JN000518

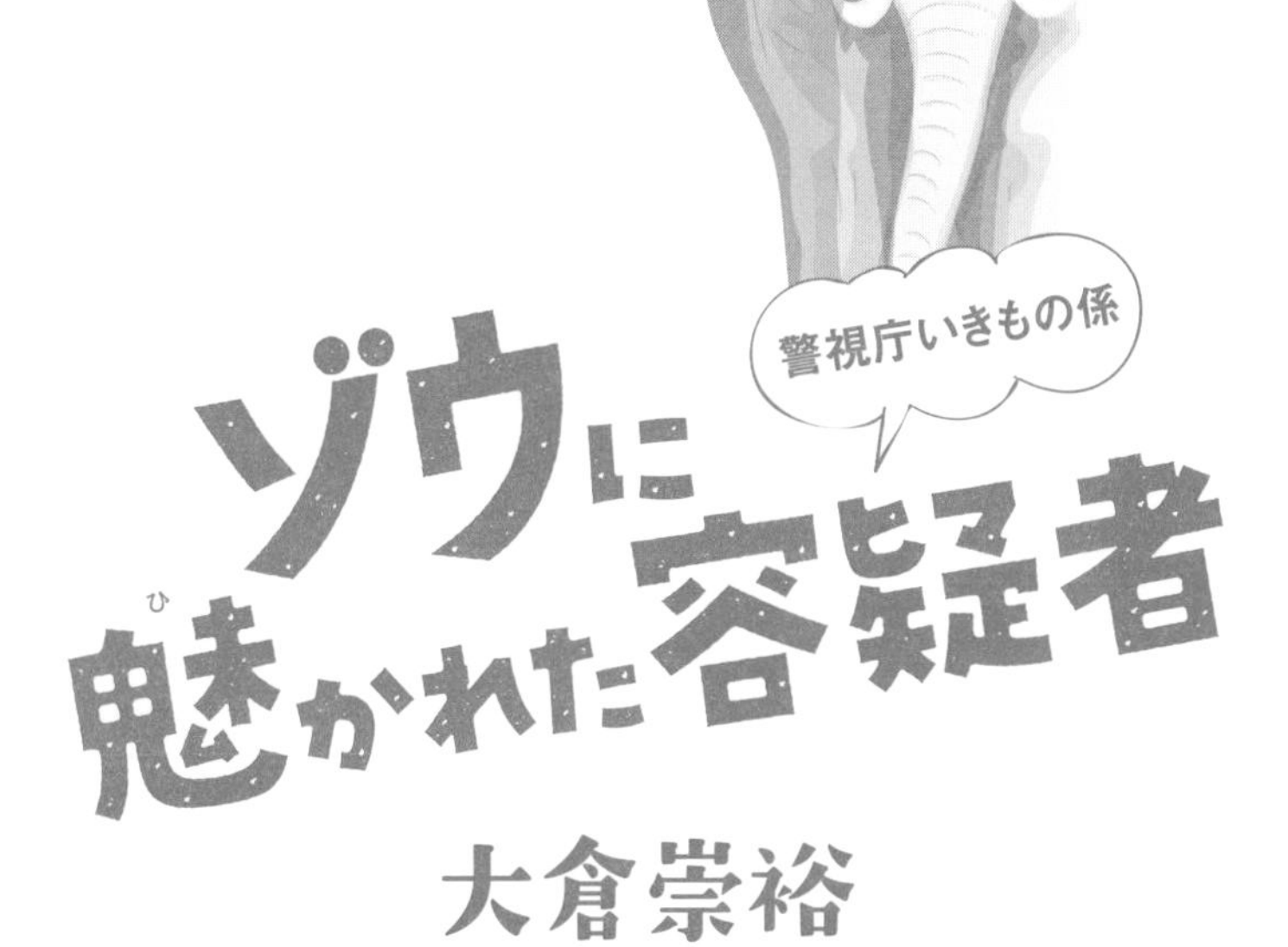

ゾウに魅(ひ)かれた容疑者

大倉崇裕
Takahiro Okura

講談社

ゾウに魅かれた容疑者

警視庁いきもの係

装画　龍神貴之
装丁　大岡喜直（next door design）

一

ひょろりとしたチークの林を抜け、湿り気を帯びた下草の中に身を隠す。森の中を進み始めて、どのくらいの時間が過ぎたのだろう。太陽はやや西に傾き始めており、生い茂った葉が日差しをほとんどさえぎってしまう。森の中は薄暗く、そのくせうだるように暑かった。じわじわと滲(にじ)み出る汗が、シャツに染(し)みを作る。このまま体力を奪われ、ゆっくりと死に至るのだろうか。自分は森に迷い込んだ哀(あわ)れな小動物のようなものだ。蛇(へび)にゆっくりとなぶり殺しにされるがごとく、時間をかけて死へと誘われるのだろうか。

気配に注意しつつ、腰をせいいっぱいかがめたまま、前進を始めた。周囲の風景はあまり変わらない。カシやシイといった常緑樹が視界を妨げ、名も知らぬ草が行く手を阻む。

このままでは……。

汗を拭(ぬぐ)う気力もなく、うなだれながらも、足は前に出続けた。止まれば終わり。いま考えられるのは、それだけだった。

蔓(つる)に足を取られ、懸命に歩いたとしても、大して距離は稼げない。このままでは、すぐに日没を迎えてしまう。

恐怖に全身が粟立った。気温が下がり、汗ばんだシャツが冷たく肌にへばりつく。

もう、ダメか。

あと十歩。十歩進んだところで足を止めよう。その場で最期(さいご)を迎えよう。

魅力的な考えに思えた。

歩数を数えながら、ゆっくりと進んだ。

五、六、七……

八……。

突然、視野が開けた。足を引っ張る下草が消え、目の前に土を踏み固めた道が延びていた。

泳ぐようにして、道の真ん中に出た。

これは何だ⁉

ジャングルの中にただ一本、車も通れるほどの道が走っている。舗装こそされていないが、凹凸もなく、砂礫（されき）の類（たぐ）いもない。

政府が重機を動員して切り開いたのだろうか。しかし何のために。この一帯には人家もなく、鉱物などの資源もない。ただ野生動物が跋扈（ばっこ）するだけの地域だ。

それに、人の手で開いたのであれば、もっと痕跡が残るはずだ。タバコの吸い殻であったり、手袋や帽子などが置いたままになっているのが常だ。

道の両側にはそれもなかった。いったい誰が、木々を切り倒し、草を刈り、ぬかるんだ地面を整備したのか。

しばし呆然とした後、我に返る。

この道を進めば、日没前に森を抜けられるかもしれない。

何とか、方角だけでも見定めたい。木々の向こうに隠れつつある太陽の位置から、大体の方角を推測した。

いけるかもしれない。

希望が芽生えたとき、気配を感じた。見事な道に目を奪われ、背後への警戒を怠った。野生の森の中では、致命的なミスだ。

足音もなく、ただ穏やかな息遣いだけが聞こえる。

ゆっくりと振り返る。

眼の前に、巨大なアジアゾウがいた。成長したメスだ。体重は三トン以上あるだろう。耳をたたみ、長い鼻をゆっくりともたげる。鼻先が近づいてくる。巻きつけられた挙げ句、持ち上げられでもしたら、もうおしまいだ。地面に叩きつけられ、全身の骨を砕かれる。

息を詰め、鼻が眼の前を通り過ぎていくのを待った。

ゾウはそれだけで満足したらしく、体の割には小さな黒目をギョロリとさせた。

ぶるん。全身を大きく震わせると、のっそりと前足を踏みだした。

ゾウはさらに近づいてくる。道の真ん中を、堂々と歩く。

このままでは踏み潰されてしまう。道端へ身を避けた。すぐ脇を、ゾウは悠々と通り過ぎていった。怯えきったこちらの顔を一瞥し、しっぽを大きく左右に振りながら。

動きはゆっくりだが、ゾウの歩みは速い。動くこともできず、ただその勇姿を見送っていると、傍の木々が突如、ざわざわと揺れ始めた。

新たな恐怖に身を縮める。木々の倒されるメキメキという音、葉のざわめきは嵐の中にいるかのように激しい。

数メートル先に、二頭目のゾウが現れた。オスだ。先のゾウよりやや小さいが、それでも二トンは超えるだろう。

三頭目は背後からやってきた。二頭目と同じ大きさ。やはりオスだった。道端にいる人間など、もはや目にも入らないかのようだった。足音も荒く、眼の前を通り過ぎていく。土埃（つちぼこり）がもうもうと立ちこめた。

三頭目の後ろには、子ゾウが二頭続いていた。オスとメス、それぞれ三歳から四歳ほどだろう。子ゾウといっても、既に三メートル近い。歩き方もしっかりしており、皆に遅れじと懸命に歩んでいた。

最後に現れたのは、肌に深いシワを刻んだ、メスだった。年齢は二十歳を超えているだろう。注意散漫な二頭の子ゾウを律するように、鼻を持ち上げ、大儀そうに歩いていく。

ここに至って、この道の意味がようやく理解できた。これはゾウの道だ。ゾウが切り開き、ゾウが踏み固めた道なのだ。人の手によるものではなく、当然、地図にも載っていない。

ゾウは群れで行動する。この森にどれだけのゾウがいるのかは判（わか）らないが、あたりにはこうした道がいくつかあるのだろう。彼らは餌（えさ）を求め、森の中を縦横無尽に移動しているに違いない。

十メートルほど先で、ふいに最後尾のメスゾウが足を止めた。それにつられ、子ゾウ二頭も止まる。

メスゾウはゆっくりと後ろを振り返った。目と目が合った。

ついてきたかったら、ついてきても良い。

彼女の意識が、なぜか理解できた。

メスゾウはまた歩き始める。もうこちらの存在など、忘れてしまったかのようだ。
赤い夕日が、森の向こうを照らしていた。
ボクはゾウとともに、道を歩き始めた。

二

「いえ、本当に大丈夫ですから」

受話器を握りしめた須藤友三は、声を大きくして言いきった。

「いま、お茶をいれたところです。弘子さんには到底かないませんが」

電話口の向こうで、田丸弘子がしゅんとした声で言った。

「そう言われると、ますます申し訳なくなるわ」

「これくらい、俺にもできます。自分で言うのも何ですが、なかなか上手くはいりましたよ。石松にも飲ませてやりたいくらいだ」

「お仕事に支障が出ないといいんですけど」

「そちらも大丈夫。暇で暇で」

「それはそれで困りものですけど」

「とにかく、たまの休暇なんですから、こちらのことはご心配なく。どうせなら二日と言わず、一週間くらい休まれてはいかがですか」

「まあ、須藤さん！　そんなに私が邪魔なんですか！」

声の調子からして、あながち冗談で言っているとも思えない。

「え……あ、いや、失礼しました。そういう意味ではないんです。とにかくですね……」

「とにかく、明後日には戻りますので。それまで、一日二度、定時連絡を入れます」

「いや、別にそこまでしなくても」

「須藤さんが心配なんじゃありませんよ。私が無事であるということを、上司である須藤さんに知っておいていただきたいんです」

須藤は思わず背筋を伸ばす。

「判りました。次回の連絡は午後五時ちょうどに願います」

「変なこと言って、ごめんなさいね。亡くなった主人も、必ず定時連絡を入れてくれたんです。亡くなったその日も私、ずっと連絡を待っていて……」

弘子の声がかすかに震えた。

「あ、それじゃあ、もう切ります。そうそう、新しく支給されたタブレット端末ですけど……」

「そのことなら、戻ってきてから聞きますよ」

「新しいマニュアル本も買いましたから、また特訓ですよ」

「猿でも判る……あのシリーズですか」

「はい、最新版。逃げようとしてもダメですよ。もうバッグの中に入っていますから」

「判りました」

通話は切れた。受話器を置きながら、須藤はデスクの隅(すみ)にあるタブレットに目を留める。いったいこれをどう職務に活(い)かすのか、それすらも判らない。スマートフォンだけではどうしてダメなのか。効率化といいつつ、業務量が増えるだけではないのか。釈然としない思いを抱きつつも、どこか楽しげにすら聞こえる弘子の声を思い返す。

『新しいマニュアル本も買いましたから、また特訓ですよ』

まあ、それならそれでいい。弘子が明るく過ごせるのであれば。

あれから、もう十年か……。

思い出にひたりつつ、湯呑みに手を伸ばそうとしたとき、ドアにノックもなく石松が入ってきた。まさに噂をすれば、だ。

「何だ、しけた面しやがって」

定番となった憎まれ口を叩くと、怪訝な顔で部屋を見渡す。

「おまえ、一人だけか？」

「弘子さんは休暇だ」

石松がはたと首を傾げる。

「ん？　今日は二月二十三日か？」

「違う。二月十三日だ」

「俺の記憶では、旦那さんの命日は二十三日。彼女が有休を取るのは、いつも二十三日当日だっただろう？」

「彼女には、彼女なりの都合があるんだろう。それに別にいいじゃないか、弘子さんがいつ休暇を取ろうと。そもそもこの数年間、彼女は年に一日しか有休を取っていない。働き方改革が叫ばれる昨今、問題だよこれは」

「俺に言ってどうする。責任を負うのは上司たるおまえだ、須藤」

太い声でまくしたてた石松だったが、やはり弘子当人がいないと、どうも調子が上がらないらしい。すとんといかつい肩を落とし、くしゃりと顔を顰めると言った。

「仕方ない、彼女のほうじ茶は明日まで我慢するか」

「残念だな。有休は明日までだ」

石松は目をぱちくりさせる。

「夫の命日以外の日に、二日の有休か。おい、これはもしかして新しい男……」

「妙な想像してんじゃねぇ。ぶっ飛ばすぞ、鬼瓦」

「冗談だ、冗談。しかし、あいつ……弘子さんの旦那が死んで何年になる？」

「ちょうど、十年」

「……早いな」

「俺は死にかけ、おまえは快調に手柄を立てている。たしかに早いが、振り返ってみるとやはり長いよ、十年は」

「歯の浮くようなセリフ、口走ってんじゃねえ。おまえだって、何だかんだでよくやってるじゃないか。居心地いいんだろ？　動植物管理係」

「ああ。一課でカリカリやっているよりはな」

「鬼と呼ばれたおまえが、そんなことを言うようになる……か。たしかに長いな、十年は」

「それより、これを飲んでみろ」

須藤は給湯室に赴くと、来客用の湯呑みを棚からだす。デスクに戻り、その真ん中にある急須から、茶をドボドボと注いだ。石松が眉間に皺を寄せ、さしだされた湯呑みを見る。

「何だこれは」

「俺がいれた茶だ。弘子さんがやっているのとまったく同じ手順でいれた。いつもと同じ薬缶、同じ急須だ。茶葉の量も事前に聞いておいたし、蒸らしの時間はメモまでとった」

「ほう」

石松はしぶしぶといった体で、一口すすった。

「ぶへっ、ダメだ。まるで違う」

うえっと舌をだしながら、湯呑みをデスクに置いた。

須藤は腕を組みながら、そんな様子を見つめる。

「やはりそうか。俺も一口飲んで吐きだしちまった」

「そんなものを俺に飲ませたのか！」

「たかがほうじ茶、されどほうじ茶だ。奥が深い。ところでおまえ、何しに来た？　俺の顔が見たくなったのか」

「バカバカしい。俺はおまえみたいに暇じゃねえ。こいつを持ってきてやったのよ」

分厚いファイルをデスクに置く。

「報告書のコピー。例の『アロワナ』の件だ。密輸から殺人まで、でかい案件になっちまったからな。おまえにも一応、目を通してもらいたい」

ファイルの厚さからみて、かなりの分量だ。

「ちょうどいい。一日かけて、ゆっくり読むよ」

「ああ、そうしろ。じゃあな。ったく、口の中がヒリヒリしやがる。口直しに缶コーヒーでも買うぜ」

そうつぶやきながら、石松は部屋を出ていった。

再び一人となった須藤は窓辺に立ち、日比谷公園を見下ろす。

弘子との会話がふわりと思いだされた。

定時連絡——か。連絡できる相手がいるというのは、いいものだ。もし俺が休暇を取ったとして、いったい誰に連絡をすればいいのだろう?


「石松だ。どうした?」

午前九時十五分。ワンコールで応答があった。須藤は動揺を抑え、早口にならないよう気をつけながら言った。

「定時連絡がない」

「何だと?」

「弘子さんからの定時連絡がないんだ」

すぐに手応えはあった。

「詳しく話せ」

「昨日の午前九時、弘子さんから電話があった。おまえが報告書を持ってくる少し前のことだ」

「続けろ」

「定時連絡の取り決めは一日二回、午前九時と午後五時。昨日の五時には簡単だが連絡があった」

「内容は?」

「元気にしているから心配ないと。声は間違いなく本人のものだった」

「かけてきたのは、彼女の携帯か？」

「ああ。番号も確認してある」

「その連絡が、今朝はないんだな？」

「ああ。約束の時間を十五分以上、すぎている」

「もう少し待ってみたらどうだ？　何か事情があって、かけられないのかもしれん」

　須藤は小さくため息をつく。

「その事情ってのが気になる。あの弘子さんが、定時連絡を怠るなんて、考えられるか？」

「いや」

『亡くなった主人も、必ず定時連絡を入れてくれたんです』

　昨日、電話で聞いた弘子の言葉を思いだす。

　そんな弘子だからこそ、定時連絡を疎(おろそ)かにするはずがない。

　須藤は言った。

「とはいえ、俺の勘だけじゃ、誰も動いてはくれん」

「だから、俺に連絡したか。まぁ、いい判断だ」

「それで……」

「言うな。こちらでできることはすべてやる」

「そっちは大丈夫なのか？」

「大きな事件(ヤマ)を終えたばかりさ。今日一日くらいなら、何とでもなる」

「すまん」

「おまえはどうする？」

「弘子さんの自宅に行ってみる。向こうの状況が判らないうちは、こちらから電話をするわけにもいかない」

「判った、現場で会おう」

「現場？　おまえ……来るつもりか？」

「手負いの半端もんに一人でやらせるほど、俺は無責任じゃない」

「誰が半端もんだ？」

「急げ。何かあってからじゃ遅い」

通話は切れた。石松に感謝しつつ、椅子にかけたままだった上着をはおる。

「では、行ってきます」

須藤は弘子の机に声をかけ、部屋を出た。

三

田丸弘子の自宅は、三鷹(みたか)にあった。駅からバスで三つ目。閑静な住宅街の中に立つマンションの三階だ。

須藤はコートの襟を立てつつ、人通りも少ない路地を見渡した。二月半(なか)ばの風が、刃(やいば)となって突き刺さる。

ちくりと針で刺したような痛みが側頭部に走った。

あまり寒い場所にはいかないように。定期検診で医者に言われたばかりだった。変に力が入ると、頭の古傷が悪化する恐れもあるという。

須藤は十字路の角に身を寄せて、弘子のマンションを監視していた。彼女の部屋は三階の角部屋。須藤のいる場所からでも、ベランダが見える。部屋の電気は消えており、人のいる気配はなかった。

「よう」

いつの間にか、背後に石松が立っている。須藤と同じく地味なスーツにグレーのコートをはおっていた。

後ろに立たれるまで、まったく気配に気づかなかった。石松が優秀なのか、自分が衰えたのか。

「どうだ、様子は？」

「部屋にはいないようだ」

「彼女は事務職員だから手帳は持っていない」

「手帳目的の線は消えるな」

「そうとは知らない何者かが、手帳目当てで弘子さんを襲った可能性は残るがな」

須藤はマンション前の二車線道路に目をやった。向こうから一台の乗用車がやってくる。

石松を促し、電柱の陰に身を寄せた。

「あの車、四度目だ」

「ナンバーは？」

須藤は走り書きしたメモを石松に渡す。

「至急問い合わせたいところだが、そうもいかないだろう？」

「それが、そうでもない」

石松は意味ありげに笑った。

乗用車が走り去った道を、別の車がやってきた。ブルーの軽自動車だ。運転席に座る男を見て、須藤は呆気(あっけ)にとられる。緊張の面持ちでハンドルを握るのは、芦部(あしべ)巡査部長だった。

軽自動車は、須藤たちの前で停車する。後部ドアがさっと開き、一人の男が降り立った。

「芦部のヤツ、ずいぶんと運転が上手くなった。これも、動物係のおかげかな」

日塔(にっとう)が濁った目でこちらを見ていた。芦部は須藤に向かって小さくお辞儀をすると、軽自動車を発進させる。

親指で走り去る軽自動車を示しながら、日塔が言った。

「あの乗用車を尾けさせる」

「そんなことより、どうしておまえがここにいる？」

「あん？　お邪魔だったかな？」

「そうじゃない。今回の件を……」

須藤ははっとして石松を見た。

「おまえ、鬼頭管理官に……」

「連絡しておいた。いきもの係案件だからな」

「何だそれは。俺たちは管理官と紐つきか？」

「おうおう、そんなことはどうでもいいだろう」

日塔が二人の間に割りこんできた。

「弘子さんの安否が先だ。須藤、おまえ、頭に血が上りすぎだぜ。事件解決のためなら、親でも子でも使う。それがおまえのモットーだったろうが」

一課時代の自分の姿が、フラッシュバックする。背に冷水を浴びせられたような気分だった。

「……昔の話だよ」

「日和りやがって。そんなヤツは足手まといだ。ここで大人しくしてな」

通りに出ていこうとする日塔の肩を、須藤は摑む。

「待てよ、てめえ、何様のつもりだ」

日塔は手荒く須藤の手を振り払う。

「日塔様だ。管理官に言われて、助っ人に来てやったのさ。ありがたく思いな」

「お呼びじゃねえんだよ。さっさと帰れ」

「いきもの係には、正式な捜査権はねえ。こんな所まで来て、どうするつもりだったんだ？　まさか、彼女の自宅に入るつもりだったのか？　そんなことをしたら、てめえ、不法侵入だぞ」

「石松がいる」

　そんな石松は、一歩離れたところで腕組みをしている。

「須藤、ここは日塔の言う通りだ。手は多い方がいい」

「おまえまで、そんな……」

「須藤落ち着け。ベストの選択肢がどれか、おまえにも判っているはずだ」

　奥歯を嚙みしめる須藤を、日塔は怒鳴る。

「決めるのなら早くしろ。俺は忙しいんだ。管理官直々の命令だから、かわいい部下たちを放りだしてわざわざ来てやったんだ」

「ふん、ハズレくじの日塔がよく言うぜ」

「動物園よりましさ」

「けっ」

　須藤は日塔から目を外し、弘子の部屋を見上げた。どう強がってみたところで、今の自分にできることは、たかが知れている。いざとなれば多少の荒事も厭(いと)わない日塔は、何よりもありがたい戦力だ。須藤は仏頂面を崩さぬよう気をつけながら、うなずいた。

「判ったよ。よろしく頼む」

　日塔はニヤリと嫌な笑みを浮かべる。

「ドリームチームの結成だ」

「俺にとっちゃ、悪夢だよ」

「つれないねぇ」

日塔が自身の携帯を須藤と石松に見せる。画面にあったのは、田丸弘子宅の間取り図だった。六帖のダイニングキッチンに七・五帖と六帖の洋間がついている。

日塔が言う。

「弘子さん、旦那が亡くなった後も、同じ部屋に住んでいるんだな」

須藤はうなずいた。

「ああ、本人の希望でな」

「彼女らしい」

日塔が携帯をしまう。

「行くぞ。例の乗用車が戻ってくる前に行動開始だ」

三人は駆け足で道を渡り、弘子のマンションへと入った。住人が解錠しないとドアが開かないオートロックのシステムだったが、テンキー付きのインターホンの脇には、管理人室の小窓があった。

須藤が小窓のガラスをノックする。初老の男性が顔をみせた。

須藤がコートの陰で身分証を見せる。

「三〇五号、田丸弘子の部屋に入りたい」

管理人の顔つきがにわかに引き締まった。須藤は続ける。

「彼女が警察関係者であることは聞いているだろう？　正規の手順を踏んでもらって構わない。ただし、緊急事態だ。早く頼む」

管理人はデスク上の受話器を取り上げた。警視庁に須藤の身元照会を行っているのだろう。受話器を置いた管理人は、マスターキーを持って飛びだしてきた。オートロックの正面扉は既に開いている。

エレベーターを待つまでもなく、石松と日塔は先を争うように、階段を駆け上がった。須藤は大義そうな管理人に付き合い、逸る気持ちを抑えながら、ゆっくりと三階を目指した。ようよう三階に着いたとき、石松たちは既に三〇五号の前に並んで立っていた。

この三人で動くことになるとはな。

とはいえ、先まで心の内で渦を巻いていた不安は、嘘のように消えている。共同戦線を張るのは初めてだし、一課時代はいがみ合ってばかりだったが、結局のところ、その実力は認めざるを得なかった。安心して背中を任せられる。

日塔がインターホンを押した。その脇では石松が、ドアに耳を近づけ、中の気配を探った後、そっとドアノブに手をかけた。

ドアは音もなく開いた。鍵はかかっていない。

三人は目を合わせると、まず須藤が管理人を下がらせた。

「あとは我々で。ただし、このことは他言無用に願います」

管理人が階段の下へと消えるのを待ち、石松はドアを開いた。すぐさま、日塔が中に入る。須藤も後に続いた。

一度は消えた不安が、より増大して胃の腑を締めつける。

無事でいてくれよ。

玄関を入るとすぐにダイニングキッチン、右側にトイレと浴室と洗面所、奥が洋間になっている。

打ち合わせも指示もなかったが、何をなすべきかは、互いに判っていた。

日塔は右手の浴室へ、石松は奥の洋間へ、須藤はその場にとどまり、ダイニングキッチンに目を走らせる。

すべてがきちんと整頓されていた。真ん中には食事用のテーブルと四脚の椅子。キッチンはカウンターで仕切られた左側にある。食器棚も冷蔵庫も、一人暮らし用の小さなものだった。造りつけの収納庫が一つ。須藤はまず冷蔵庫を開ける。調味料とミネラルウォーターのボトル、野菜室にはリンゴとオレンジが一つずつあるだけだった。冷凍庫には肉類がきちんと保存用の袋にパックされて入っている。

流し台に目をやるが、すべてが乾いている。二十四時間以内に使った痕跡はなかった。食器用の水切りラックは空で、皿やグラスはすべて棚の中にきちんと納められている。流し台の下に収納されている包丁や鍋、フライパンなどもすべて整然としていた。

冷蔵庫脇にある生ゴミ用のゴミ箱を開く。空だった。ダイニングテーブルの傍にあるゴミ箱も空っぽだ。最後に須藤は収納庫を開いた。扇風機や掃除機が入っている。掃除機を引っ張りだし、内部のゴミパックを確認する。ここも空だった。パックを替えたばかりのようだ。

ため息をつきながら、今一度、室内を見回した。浴室へと続くドアから日塔が顔をだす。表情はさえない。

須藤は七・五帖間へと移動する。

日当たりのよい、フローリングの部屋だった。年代物の箪笥が一つ。そして北側を背にする位置に仏壇があった。

青果などはなく、線香立てにも燃え残りなどは見当たらない。その横の花立ても空だった。

仏壇の横には小さな本棚があり、紀行文やミステリーなど、様々なジャンルの本が並んでいた。中には、須藤がいきもの係に来たばかりのころ、パソコンの教習に使った「猿でも判るパソコン」のシリーズもある。それまでパソコンに触ったこともなかった須藤だったが、今では簡単な書類作成であれば、何とかこなせるようになった。メールも使えるし、ネットだって怖くない。最近はスマホだって……。

弘子との思い出が次々によみがえった。

須藤は本棚の上に目を移す。写真が数枚、フォトフレームに入れられ飾ってある。今は亡き、弘子の夫の写真ばかりである。

「田丸警部補……」

隣の六帖間にいた、石松が入ってきた。

彼の顔もまた、日塔同様、さえない。

頃合いのようだった。三人はダイニングテーブルの脇で、立ったまま向き合った。

石松が言った。

「どう思う、須藤？」

「弘子さんはここにはいない。争った痕跡、血痕などもなし。すべてがきちんと片付いている」

須藤は二人の顔を見つめた。

「そう、片付きすぎている。戸棚のへりもホコリ一つない。たしかに、弘子さんは几帳面だし生真面目だ。だが、潔癖性というわけではない。日常生活でここまで病的に掃除をするとは考えられない。それに、仏壇に青果も花もないというのは、彼女の性格からみてもおかしい」

「つまり？」

「何者かが侵入したってことだ。そいつが弘子さんを拉致したのか、そこまでは判らない。いずれにせよ何かがあった。侵入者は目的を達した後、自らの痕跡を消すために、掃除をした。徹底的にな」

日塔が言った。

「風呂場もトイレも似たようなもんだ。トイレットペーパーは新品だし、風呂の排水口には髪の毛一本張りついてない」

石松もうなずいた。

「プロの掃除屋だろう。他の部屋も徹底的にやられていた。鑑識を入れても、大したものは出ないだろうな」

須藤は焦燥を必死に抑える。

「では侵入者の目的は？」

「判らん。皆目な」

そういう日塔の目には、怒りの炎が燃え立っていた。強面の石松の顔も、少しずつ赤みを増していく。

「これだけ徹底的に室内を『洗浄』したのは、侵入の痕跡を隠したかっただけじゃない。拉致のタイミングを隠したかったんだ。だから、冷蔵庫の食材も、仏壇の生花も、時間経過を悟られそうなものはすべて持ち去った。そう見るべきだろうな」

「何かを物色して、その跡を消そうとしたんじゃないか？」

「それなら逆に、もっと徹底的に荒らしていっただろう。単純な物取りに偽装する手だってあったはずだ」

「やはり、一番の目的は田丸弘子自身だったってことか」

須藤は玄関ドアの前に立つ。

「犯人はどうやって室内に入ったんだ？」

ドアには錠が二つ。上のものはもともとついていたものだろう。下の方は自前で取りつけたものに違いない。それら二つに加え、U字形をした金属製のロックもついている。

「彼女のことだ、防犯対策には人一倍、気を使っていたと思うんだが」

見た限り、錠をこじ開けたりした痕跡はない。U字ロックも外から開ける方法があるとネットなどでは情報が出ている。子細にチェックしたが、無理に開けようとした痕跡は、いっさい見当たらなかった。

「弘子さん自身が鍵を開け、招き入れた可能性もあるが……」

日塔がつぶやいた。

「となると、顔見知りか」

「だからといって、ここまであっさりと侵入を許すというのもな。よほど親しい間柄でないと……」

「相手は掃除屋を使うほどのプロだ。組織的な何かが動いているに違いない」

　石松がうなずく。

「弘子さんが拉致されたとして、タイミングも気になるな。休暇をとったその日に連れ去られている」

　日塔が須藤を見た。

「こいつの機転がなければ、発覚は明日以降にずれこんでいただろうな」

「一階の防犯カメラも当たってみるか」

「それは厳しいだろう。令状もなしにホイホイ見せてくれるわけもない」

「しかし……」

「厳しい言い方になるが、大の大人がたった一日、連絡が取れなくなっているだけだ。勤務中ならいざ知らず、休暇中だ。自宅もこの通り、綺麗でピカピカ。事件に巻きこまれた痕跡もない」

　日塔の言うことはもっともだった。もし同じ状況で須藤が相談を受けたとしても、日塔と同じ答えをするだろう。

（今の時点でできることは、何もありません。なあに、すぐに連絡がありますよ）

　日塔が忌々しげに顔を顰める一方、石松は再び、洋間に入っていく。日塔が後に続く。

「石松、どうかしたのか？」

「もう一度、部屋の中を当たってみよう」

「無駄だ。掃除屋がすべて消している」

「だが相手は田丸弘子だ」

「うん？」

「自分が拉致されると判っていながら、何の手がかりも残さず、素直に連れていかれると思うか？」

日塔はニヤリと笑う。

「そんなタマじゃねえよ、あの人は」

「そいつを探してみるのさ。もしかすると、掃除屋の目をかいくぐっているかもしれんぞ」

石松は寝室に入っていった。日塔は仏壇のある部屋で仁王立ちとなり、天井から床まで、くまなく目を走らせている。

そんな中で須藤は、ある引っかかりを覚えていた。

石松の言う通りだった。彼女が何もせず唯々諾々と連れ去られるはずがない。何か、残しているはずだ。どうして、そこに気づかなかったのか。

自らの迂闊さを呪いつつも、自分が既に弘子の残したメッセージを受け取っているという意識があった。それはいったい何なのか……。

ここに入ってからの記憶を振り返る。

俺は何かを見た。何かを見たんだ……。

体が勝手に動いていた。日塔を突き飛ばし、本棚に駆け寄る。

不意をつかれた日塔が、腰を押さえつつ怒鳴り声を上げた。

「てめえ、何しやがる」

須藤は左手を上げ、日塔を黙らせる。眼の前にあるのは、「猿でも判るパソコン」シリーズだ。左から『猿でも判るパソコン』『猿でも判るパソコン2』『猿でも判るパソコン3』『猿でもできるスマートフォン』『猿でもできるタブレット』と並ぶ。

日塔が苦笑する。

「てめえが猿より上だったとは、初めて知ったよ」

「その猿に投げ飛ばされたおまえは、いったい何だ?」

「あれはちょっと油断しただけよ。体も絞りきれたところだし、近々やるか、二回戦」

「望むところだ。審判は弘子さんに頼もう」

「あの人がやってたのは、柔道だったか?」

「本人の耳に入ったらぶっ飛ばされるぞ。剣道と合気道だ。四段と二段」

「恐ろしい」

「そんな猛者が、簡単に連れ去られるわけがない」

須藤の目には、「猿でも判る」の文字がキラキラと光を帯びて映った。

「こいつだ」

「何か判ったのか?」

隣室から石松もやってきた。須藤は本棚を示して言う。

「昨日の朝の電話で、彼女は俺にタブレット端末の特訓をすると言った。新しいマニュアル本も買い、既にバッグに入れたとも」

皆の視線が、『猿でもできるタブレット』に集まる。

石松が言った。

「弘子さんは休暇明けに、この本を職場に持っていくつもりだった。機械オンチのこいつのために」

日塔も続く。

「忘れないよう、先にバッグに入れた。弘子さん、物覚えの悪い男の部下になって、心から同情するぜ」

「うるせえよ。てめえらだって似たようなもんだろうが」

「ああ、否定はしねえ」

「しないのかよ」

石松までもが深くうなずいた。

「俺は死ぬまでガラケーで通す」

「揃いも揃って猿以下かよ」

日塔が笑った。

二人とも、いよいよエンジンがかかってきたようだった。須藤は本の背表紙を指さして言う。

「バッグの中にあるはずの本が、こうして本棚に入っている。それはなぜか」

答えたのは石松だ。

「弘子さんが仕掛けた可能性はあるな。わざと抵抗の意志を見せ、バッグや本棚の本を相手に投げつけたとか」

日塔もうなずく。

「バッグを投げた拍子に、中に入れた本が転がり出る。そして、ぶん投げた本棚の本と交じり合う」

須藤は『猿でもできるタブレット』をそっと取りだした。

「床に散らばった本は、後で掃除屋が棚に戻してくれる。きちんと順番通りに」

パラパラとページをめくっていく。三分の二ほどのところに、何か挟まっていた。栞ではない。

「何だ、これは」

取りだしてみると、チケットの半券のようだった。

「井の頭自然文化園……。武蔵野市と三鷹市にまたがる動物園だ」

「さすがいきもの係、詳しいな」

日塔の軽口を無視し、須藤はチケットを調べる。ゾウやリス、シカなどのイラストが描かれた、あまり特徴のないデザインだ。裏返すと、利用案内が箇条書きとなっている。その一番下のところに、弘子のものと思われる筆跡で書きこみがあった。

「『2016.5.27』これは日付だな」

「三年近く前か。そんな昔のチケットがどうして、本の間に？」

石松が後ろからチケットをのぞきこむ。

「それも、挟んであったのは、買ったばかりの本だぞ」

須藤はあらためて本の中を確認してみたが、これといった手がかりは見つからなかった。書きこみもほかに挟んであるものもない。

「何かあるとすれば、これってことになる」

チケットを掲げ、首を捻(ひね)る。

日塔が言った。

「偶然の線もないとは言えないが、ここは弘子さんが挟んだと見るべきだろう。本を床にばらまき、隙(すき)を見て仕こんだ……」

石松が鋭い視線を室内に注ぐ。

「このチケット、そもそもどこにあったものだ?」

「隙を見てといっても、ほんの一瞬だろう。どこからかチケットを取って、本に挟むなんて暇はなかったはずだ」

「弘子さんは、初めからチケットを持っていたってことか」

「三年近くも前の動物園の入園チケットだぜ? それに、この日は平日だ。あの弘子さんが休みをとって動物園に行くか?」

「考えにくいな……」

石松が苛立(いらだ)たしげに須藤を指さした。

「何をグズグズしてる! こういうとき、やることは決まってるだろう」

意味が判らず、須藤は眉をひそめる。

「やることって、何だ?」

「おまえ、何年、この仕事をしている？　そのチケットは何だ？　動物園のだろう？　動物園といえば？」

「あ！　薄圭子（うすきけいこ）!!」

「気づくのが遅（おせ）えんだよ」

　須藤は慌てて携帯を取りだし、番号を押そうとして手が止まる。

「あ……」

「今度は何だ？」

「俺、薄の番号知らない」

「馬鹿（ばか）野郎、何年、上司と部下やってんだ」

「いや……そういえば、こっちから連絡すること、あまりないからなぁ」

「どうでもいいから、連絡取る方法を考えろ」

「待て、ここなら多分、繋（つな）いでくれるはず……」

　警察博物館を呼びだすと、すぐに三笠弥生（みかさやよい）の声で応答があった。

「はい、須藤警部補。こちらにお電話なんて珍しいですね」

「すまん、薄の部屋に繋いでくれ」

「えっとそれが今、ダメみたいなんです」

「ダメ？　どうして？」

「音に敏感な動物がいるから、絶対に鳴らすなって」

「動物って、また動物がいるの？　今度は何？」

「実はよく知らないんです」

「名前は？」

「ギラギンド」

「判らねえな。とにかく、緊急事態なんだ。すぐに薄を電話口にだしてくれ」

「判りました。ちょっと行って、呼んできます」

「頼む」

保留になり、『チューリップ』ののんびりとしたメロディーが流れ始めた。

日塔が顔を顰めた。

「何だ、このしまりのない曲は」

「警察博物館に電話してくるのは、一般市民がほとんどだ。このくらいでちょうどいいんだろう」

弥生はなかなか戻ってこない。『チューリップ』が三巡目に入った。

「さいたー、さいたー、チューリップぅ」

音程を無視した石松の歌に、日塔が目を吊り上げる。

「世界一チューリップの似合わない男が、うれしそうに歌うんじゃねえ」

「黙れ。新婚旅行はオランダだ」

「知るかよ」

「はいはーい、おまたせしましたー、須藤さんですかぁ？」

薄の声が響き渡った。

「須藤だ。ききたいことがある」

「いや、大丈夫です。ギラギンドのことなら、もうすぐに……」

「ギラギンドのことじゃない……いや、待て、ギラギンドって何だ？」

「大したことじゃないんです。その、ちょっとした……須藤さんが気にすることじゃないです」

「余計、気になるよ」

日塔に後頭部をはたかれた。

「ギラギンドについては後できく。いまは別件だ。時間がもったいないから、こちらの話を黙って聞け。おまえ、井の頭自然文化園、知ってるか」

返答はない。

「薄？　薄？　聞いてるか？」

通信が切れたのかと思ったがそうでもない。

「薄、聞こえていたら返事しろ」

「だって黙って聞けって言ったじゃないですか」

「ムガぁ」

「すごい、初めて聞く日本語！」

「質問に……答えろ。井の頭自然文化園だ」

「とてもいい動物園ですよぉ。上野とはまた違った趣があります。水族館もあって……」

「水族館？」

「はい。動物園と水生物園があるんです。動物園の方は一九四二年に開園。井の頭恩賜公園の中にあるんですけど、面積は約十一万五千五百平方メートルあります」

「そうか……」

薄の返事を聞きながら、須藤は手の中にあるチケットを見つめる。

勢いこんで電話してみたものの、手がかりが漠然としすぎていて、いったい何を尋ねればよいのか見えてこない。

「もしもーし、須藤さん、聞こえてます？」

今度は薄の方から呼びかけられる始末だ。

ここはすべてを話すしかないか。すべての情報を薄に与え、彼女の知識と閃き（ひらめ）に期待するしかない。

「薄、実は田丸弘子さんが行方不明なんだ。拉致されたと思われる」

「田丸弘子さんって誰ですか？」

「おまえいい加減に……」

怒鳴りかけて、はたと気がついた。思えば、弘子と薄はほとんど会ったことがない。薄の職場は警察博物館だし、彼女が現場に行くときは、大抵、須藤の方から迎えに行く。薄が警視庁にやってくることはほとんどない。

弘子は一方的に薄のことを気にかけていたようだが、常に動物優先の薄にとって、弘子という人物がはるか記憶の果てにあっても仕方がない。

こいつはいよいよ、手詰まりかもしれんなぁ。

失望感に苛（さいな）まれながら、須藤は弘子と連絡が取れなくなった一部始終を手短に話した。

「いま、弘子さんの自宅にいる。そこで、井の頭自然文化園のチケットを見つけた。本に挟んであった状況から見て、何らかのメッセージである可能性が高い。どうだ、今までの話で、何か閃くものはないか？」

「ありますよ」

「そうか、いくらおまえでも無理……え？　閃いたの？」

「閃きすぎて鯛やヒラメが舞い踊ってますよ。チケットにあった日付は、『2016.5.27』なんですよね」

「そうだ」

「その前日、二〇一六年五月二十六日に何があったか知ってますか？」

「二十六？」

仕事柄、過去の出来事はできるだけ記憶に留めておくようにはしているのだが……。

「思い当たることはないなぁ」

薄の声が裏返る。

「ない？　何もない？　須藤さん、記憶喪失ってことは？」

「名前も職業もすべて判る」

「ええ？　信じられない。日本人なら誰でも知っていますよ」

「ちょっと待て」

傍(かたわ)らでイライラと結果待ちをしている日塔、石松にも念のため、きいてみた。二人は力なく首を左右に振る。

須藤は通話に戻った。

「日塔も石松も知らんと言っている」

「ええ⁉　おかしいですよ。警察官ってみんな、どっかおかしい」

「薄、おかしいおかしいでは、我々も判らない。何だ？　二〇一六年の五月二十六日に何があった？」

「ゾウが死んだんです」

須藤はしばらく二の句が継げないでいた。

「もしもーし、須藤さーん」

「薄、動物園でゾウが死んだことを、どうして日本人全員が知ってなくちゃならんのだ？　警察官である俺たちが知らなかったからって、おかしいおかしいと言われねばならんのだ？」

「え？　だって、日本の人って変なことで大騒ぎするじゃないですか。ほら、今度もゲンゴロウが変わるって」

「変わるのは元号だ。虫じゃない」

「でも、そのことでテレビも新聞も大騒ぎしてるじゃないですか。そんなことに浮かれ騒ぐ人たちの国でゾウが死んだら、みんな、嘆き悲しむんじゃないかって思ったんです。あ、それと、新しいゲンゴロウの名前はレイワがいいと思います」

「バカ言うな、レイワだと？　そんな響きの悪い貧乏くさい名前、誰が喜ぶんだよ。センス皆無だな。それと残念なことだが、日本人にとってゾウはそこまで影響力のある動物じゃない。だから、そんな大騒ぎにはならない」

「そうですかぁ……うーん」

「考えこんでいる場合じゃない。おまえ、俺の質問にまだ何も答えていない。弘子さんが残したチケットにはどんな意味があるんだ？　ゾウとどんな関係があるんだ？」

「二〇一六年五月二十六日に死んだゾウの名前は、はな子。年齢は六十九歳。日本最高齢のアジアゾウでした」

　そんなゾウがいたことすら、須藤は知らなかった。子供時分は動物園に連れていってもらったりしたが、あまり記憶には残っていない。

「最高齢のゾウ……か。それはまぁ、たしかに大きなニュースかもしれんが、俺にはやっぱりピンとこないなぁ」

　また文句の一つも言われるかと思ったが、薄はそれに対しては何も言わなかった。

「弘子さんがメッセージとして残したものが、はな子の死んだ翌日の入園チケットだった。これは偶然とは考えにくいです。はな子が死んだ後すぐに献花台が設けられ、多くの人が訪れています。弘子さんもおそらく、その中の一人だったのではないでしょうか」

「いや、しかし、あの弘子さんがゾウ？　どうもしっくりこないなぁ」

「これから行ってみましょうか」

「え？」

「井の頭自然文化園ですよ」

「いやしかし、これからって……」

　今は動物園に行っている場合ではない。だが、横で聞き耳を立てていた石松が言った。

「かまわん、行ってこい。おまえ、いつも言ってるじゃないか。動物絡みのことなら、薄に従えって」

「そりゃあ、そうだが」

日塔もうなずいた。

「これ以上、この場所を掘り返しても、大したものは出てこないだろう。そろそろこちらも、動くときだ」

「判った、判ったよ」

須藤は現地で待ち合わせることを決め、通話を切った。

「ゾウ、ゾウねぇ」

「須藤、弘子さんからゾウについて聞いたことは？」

「あったらこんなに悩んだりしねえ」

日塔が大きく分厚い手をバンと打ち鳴らした。

「さてさて、そろそろ引き上げようじゃないか。実は芦部から泣きの連絡が入っていてな」

無理もない。交代要員もなく、同じ場所を回る車を尾行しろというのだから。

「とりあえず、芦部の尾行は中断させた。だがヤツにはやってもらうことがある。だから須藤、すまんが動物園までは一人で行ってくれ」

「それは構わんが、芦部に何をさせる？」

「防犯カメラだよ。こうなったら、手がかりになりそうなもの、何でもかき集めるしかない」

石松がベランダ越しに表をのぞき、言った。

「須藤、おまえは少しここに残れ。面が割れない方がいいだろう」

日塔は大きく伸びをして、首周りをほぐしていた。

「そうだな。相手にもよるが、五分ってとこか？」

石松はそんな日塔の腹回りを一瞥し、笑った。

「柄にもなくダイエットなんかしやがって。大丈夫なのか？」

「どこも衰えちゃいねえさ。体が軽くなった分だけ……」

「御託は後で聞くよ。さて行くか。お互い身元が割れないよう気をつけろ」

「了解だ。須藤、かっきり五分たったら、部屋を出ろ。途中、何があってもお構いなしだ。まっすぐ駅に向かえ。判ったな？」

「ああ」

「やれやれ、ドリームチームもここまでか」

石松と日塔はコートのすそを翻しながら、寒風の吹きすさぶ外へと出ていった。

一人残った須藤だが、何とも落ち着かない。レースのカーテン越しにそっと表の様子をうかがうが、人通りも少なく、これといった変化はない。

五分がやけに長い。ふと思いたち、本棚上に並ぶ写真の中から、唯一、弘子が写っているものを手に取った。同僚の結婚式にでも出たときのものだろう。弘子は私服で、夫とともに白い歯を見せて笑っていた。

動植物管理係で再会した弘子は、昔のように明るく振る舞ってはいたが、こんな無防備な笑顔を見せたことは一度もなかった。彼女の中で、十年前の出来事はいまだ、心の中に深い影を落としているに違いない。

我に返ると、もう五分を過ぎていた。写真をポケットに入れ、慌てて部屋を出ると、一階の管理人に礼を言い、三〇五号の施錠を依頼した。

用心しながら、通りに出る。左右に目を配りたい欲求を抑え、まっすぐ前を向いたまま、駅方向を目指した。犬を連れた初老の女性とすれ違い、郵便配達のバイクが追い抜いていく。

五分ほどで大通りに出た。電車の駅が近いため、交通量、人通りも一気に増える。須藤は信号待ちの際に、いま来た道を振り返った。

石松、日塔の二人は、須藤を井の頭自然文化園に行かせるため、囮(おとり)になったのだ。

弘子宅の周りを巡回していたのは、正体不明ではあるが、弘子失踪(しっそう)に何らかの関係がある者たちだろう。そして、芦部の尾行は間違いなく見破られている。

もし相手がそれなりに組織立ち、頭の回る者たちであるなら、すぐに弘子宅のマンションを監視し、須藤たちの身元を確かめようとするだろう。

そして、問題の男たちがマンションを出てきたとき、相手は当然、何らかの動きを見せる。それが何であるのかは判らない。執念深く後を尾けるだけかもしれない。あるいは……。

改札へと続く階段を進もうとしたとき、けたたましいサイレンが聞こえてきた。警察の緊急車両が二台、通りを曲がってやってくる。

石松、日塔、無事でいてくれよ。

須藤は心の内でつぶやきつつ、早足でホームへと向かった。

四

吉祥寺に来るのは久しぶりだった。捜査一課時代、聞きこみで何度か訪れて以来だろう。

須藤は人混みに紛れつつ、周囲を警戒する。石松たちが囮を引き受けてくれたとはいえ、須藤の素性が見抜かれている可能性もある。徒歩ではなく電車を使ったのもそのためだ。身を隠すなら人混みの中。尾行を見つけるのなら、やはり人混みの中。

須藤の持論である。人混みの中は、尾行者もまた、己の気配を消しづらい。対象者を見失う恐れが高いし、歩行速度も一定ではない。自身もまた周囲の人の動きに翻弄される。予測できない様々な動きの中で、ふとした瞬間に発せられるかすかな気を、須藤は感じることができた。

今のところ、尾行者の気配はなかったが、須藤自身も第一線を離れて長い。かつての勘も錆びついている可能性は高かった。

携帯が震えた。公衆電話からだ。通話口からは、石松のかすれた声が聞こえた。

「おまえは無事か?」

「連絡を待っていた。そっちは?」

「残念ながら空振りだ」

「空振り?」

「ヤツら、結局、何もしてこなかった。職場に戻るわけにもいかないんで、日塔と別れて、適当に時間を潰していた」

「そうか。日塔も大丈夫なんだな？」

「連絡は取り合っている。手持ち無沙汰（ぶさた）だって嘆いていた」

「手がかりがなくなったな」

「芦部が管理人から防犯カメラの映像を手に入れたようだ。それはこっちで当たる。だが、弘子さんを助ける決定打になる可能性は薄い。やはり頼りはおまえら二人だ。何でもいい、糸口を摑んでくれ」

「判った。やってみる」

敵は囮に反応しなかった。あそこまで鮮やかな手口を見せた連中だ。何らかの手応えがあると思っていたが。

携帯をしまい、ＪＲ吉祥寺駅の南口を出る。目に入るものは人の頭ばかり。丸井方面へと渡る横断歩道の手前には、歩道からあふれるほどの人だかりができていた。

携帯に表示された地図を見る限り、目的地である井の頭自然文化園まではかなり距離がある。井の頭公園入り口は近いが、自然文化園は公園を突っ切った先にある。

須藤はちょうどやってきたバスを使うことにした。調布（ちょうふ）駅北口行きに乗り、二つ目のバス停文化園前で降りる。道の両側が緑豊かな公園である。駅を出てから五分ほどだが、まるで別世界だ。

自然文化園は道を渡った先にある。信号はやや離れた所にあるので、歩道橋を渡ることになった。家族連れでもゆったりと歩けるほど広い歩道橋を渡りきり、階段を下りていると、チケット売り場前をウロウロしている妙な人物が目に入った。薄手の素材でできた迷彩柄の上下を着こみ、見るからに頑丈そうなごついブーツを履き、迷彩柄のキャップを目深にかぶっている。背にはパンパンに膨らんだ、迷彩柄のザック、ベルトに取りつけたホルダーにさしているのは、須藤の見間違いでなければ、狩猟用のサバイバルナイフだ。

そんな須藤の気配をいち早く察したのか、その人物は顔を上げて手を振ってきた。

「すどうさーん」

須藤は一段とばしで階段を駆け下りる。

「薄!!」

「須藤さん、よかったぁ、無事に漂着ですね」

「到着な。それより何だ、おまえ、その格好」

「須藤さんが言ったんですよ。警察官っぽい格好は止めろって」

「だからって、その格好……ジャングル探検に行くんじゃないんだぞ」

「あ、これ、短剣じゃないんです。スミス・アンド・ウェッソンのアウトドアナイフ、タントです。刃は高炭素ステンレス鋼なんです。切れますよぉ」

「そんなもの持ってきて、何を切るつもりだ?」

「必要に応じていろいろ」

「絶対に抜くんじゃないぞ。人目につくのもまずい。あとでそのバカでかいザックに入れておけ」

「はぁい」

「不満そうだな」

「せっかく、久しぶりにグサッてやろうと思ってたのに」

「しなくていいんだよ、そんなこと……久しぶりってことは、前にやったことあるのか？　グサッと？」

「内緒でーす。それより、弘子さんは大丈夫なんですか？　何か手がかりは？」

「それを求めてここに来たんだ」

須藤は井の頭自然文化園の看板を指さすと、本の間から見つけたチケットを薄に見せた。

薄はふんふんとうなずきながら、チケットを手に取る。

「まずは中に入りましょう。見て欲しいものがあるんです」

須藤は薄とともにチケットを買い、ゲートをくぐった。

眼の前には、空を覆う巨大な木々がある。イヌシデやヒノキ、クスノキなどだ。真冬であるため、屋外のベンチは閑散としているが、春ともなれば家族連れで賑わうことだろう。

「須藤さん、こっちです」

薄は勝手知ったるといった風で、先に立って歩きだす。

「須藤さんは、その日付入りチケットが、弘子さんからのメッセージだと思うんですね」

「詳しいことは後で話すが、状況から見て、多分間違いない」

「刑事の勘ですか？」

「そう、缶じゃなくて、勘」

「判りました、それじゃあ、ついてきてください」

入り口ゲートの先には売店があり、軽食や飲み物を買うことができる。そこに集まっている人々が、探検隊のようないでたちの薄を見て騒ぎ始めた。早くも携帯で写真を撮っている者もいる。

「やれやれ」

須藤は顔が写らぬよう、カメラに背を向けた。

「薄、どこに行くんだ?」

「まあまあ、私に任せて。ほら、あそこ、ペンギンがいますよ」

自然文化園というだけあって、ただの動物園とは少し違うようだった。動物の檻(おり)がずらりと並ぶわけではなく、ヤマザクラ、アオダモのような木々や、ヒカゲツツジなど季節の花々が植わった花壇が広がる。薄の言うペンギンはその向こうにいた。五羽(わ)ほどが丸く仕切られた檻の中を気ままに歩いている。池の水はみるからに冷たそうだった。

「ペンギン懐(なつ)かしいなぁ」

薄はそう言うと、小走りになる。

「ほら、向こうにはヤギがいますよ。あ、黒いのもいるー」

低い柵の向こうに、白いヤギが二頭、黒いヤギが一頭、のんびりと草を食(は)んでいる。

薄は興奮状態だった。

「あっちにはモルモットコーナーがあるんです。モルモットと触れ合えるんですよぉ。ああ、触りたい」

「薄、あのな、俺たちは動物を見に来たわけじゃないんだぞ」

「あ! そうか。何しに来たんでしたっけ」

「ゾウだ!」

「そう、ゾウだ!　では須藤さん、私についてきてください」

「だから、ついてきているんだよ」

「ほら、あそこにはカモシカ、その先にはオオコウモリがいますよ」

「ゾウ!」

「そんなに慌てなくても、ゾウは逃げませんよ」

「三年近く前に死んだんだろう?」

「あ、そうか。じゃあ、なおさら慌てなくても」

「弘子さんはどうなるんだ?」

「あ、そうか。じゃあ、急ぎましょう」

薄は駆けだした。いざ走りだすと、これが恐ろしく速い。木立の向こうに小さな姿が一瞬で隠れてしまう。

「まったく、リスより素早い」

コウモリと言われたが、出てきたのはアライグマの檻だ。どこかで道を間違えたようだ。植えこみの向こうから、「須藤さーん」と薄の声がする。声はすれども姿は見えない。

「薄、どこだ?」

そのまままっすぐ進み、マーラ、フェネックというあまり馴染(なじ)みのない動物の檻を過ぎたところで、目の前がさっと開けた。大きなヤマザクラを中心にテーブルや椅子が置かれ、左手には入園ゲートの先にあったのと同じような売店がある。屋根には「はな子カフェ」とあった。

「須藤さん、こっち、右ですよー」

薄の声に従い右を向くと、そこに、はな子のゾウ舎があった。

灰色の塀をバックに、広々とした空間が広がる。床はコンクリート敷きで、向かって左手には水飲み用のプール、右手には積み木を重ねたような四角いゾウ舎がある。柵は低く、大人の背丈ほどもない。薄はその柵の前に、一人たたずんでいた。須藤も柵の前に立つ。

「ここが、はな子のいた場所か」

主のいない場所というのは、やはり寂しいものだ。寒風が吹き渡るがらんとした空間には、物悲しさと侘しさが漂っている。

「晩年のはな子は、多くの人の癒やしになっていました。様々な思いを抱えた人たちがここに立ち、はな子を見ていたんです」

「しかし、相手はゾウだろう？　はな子のいったいどこに、彼らを癒やす力があったと言うんだ？」

「はな子を見たことがない人には説明しづらいんですけど……」

「おまえは、そうした人たちの中に、弘子さんもいたと言うのか？」

「ええ。はな子を見に通っていたのは事実だと思います。だから、はな子が亡くなった次の日にここに来て、チケットにその日の日付を書きこんだんです」

「なるほど……」

本に挟まっていたチケット。それはもともとどこにあったのか。弘子は敵の目をかいくぐり、素早くチケットを本に挟んだ。つまり、チケットを彼女は既に身につけていたとも考えられる。

財布かパスケースの中に入れておいたとしたら。隙を見て取りだし、本に挟むこともできただろう。

弘子にとって、はな子が特別な存在であったとする薄の説を、須藤は信じることにした。

「判った。はな子について、もっと教えてくれ」

「ゾウ舎の中は、見学できるようになっているんですよ」

薄の案内に従って、建物の中に入る。入り口には、等身大のはな子のパネルが飾ってあった。こうして見ると、やはりゾウは大きい。その一方で、建物の中は思っていた以上に狭かった。太い柵で作られた檻は、ゾウが二、三頭入ればいっぱいだ。

通路の右側には、はな子とゾウ舎の歴史を解説するパネルが貼られ、左側にある柵の向こうには、子供たちが書いたはな子への手紙などが並べられている。

はな子、愛されていたんだなぁ。

ゾウになどまったく興味のなかった自分が、ここに来ただけで感動に胸を詰まらせている。はな子に癒やしを求め、見学に来た人々の気持ちが、何となくではあるが判る気がした。

外に出ると須藤はゾウ舎前に立ち、薄に尋ねた。

「おまえも、よく来たのか？」

「はい。何度も見に来ました。何て言ったらいいのか、この世のものであってこの世のものではない、時空を突き抜けちゃったような存在感があったんですよねぇ」

「はな子を知らない者には、やはりよく判らんなぁ。ただ、俺も一度くらい会ってみたかったよ、はな子というゾウに」

「はな子を間近で見ると、ゾウがなぜ神聖視されるのか判る気がしました。虚飾を剝ぎとった中に、圧倒的な質量を感じるんですよ。神々しいってそういうことなのかなって」

須藤は驚きをもって、薄の言葉を聞いていた。誤用も勘違いもない。きちんとした日本語になっている。

「ゾウってのは、すごいんだなぁ」

須藤は空の運動場を見ながら、ため息混じりに言った。

薄は続ける。

「だから、弘子さんがここに来ていたとしても、不思議はないと思います。もちろん、彼女が何を思っていたのかなんて判りません。亡くなった旦那さんのことだったかもしれないし、須藤さんのことだったかもしれません」

須藤は咳払いをする。

「バ、バカを言うなよ。弘子さんがどうして俺のことを考えなくちゃならん」

「だって、職場の上司だし……あれ？　須藤さん、どうして赤くなっているんですか？」

「うるさいな。心配なんだよ、弘子さんのことが。それにしても、知らないことばかりだなぁ。ここにそんなゾウがいたなんて。ゾウに救われた人もいたかもしれんなぁ」

薄が大きく両手を広げて、叫んだ。

「ブブー！　それはあくまで表向きぃ」

周囲の人たちが驚いてこちらを見ている。

「そ、そりゃどういうことだ。何だ、表向きって。ゾウに表と裏があるのか？」

「須藤さんは、世界のゾウ事情を知らないでしょう？　ゾウの生態についてもあんまり知らないでしょう？　だから、年老いたゾウの後ろに神様を見たりするんです」

「俺はそんなことひと言も言ってないぞ。言ったのは、おまえだろう」

「ゾウのはな子が、多くの人の癒やしとなり、元気と勇気を与えたことは間違いありません。でもその一方で、海外からは虐待との批判も多くあったんですよ」

虐待……。広々とした運動場。晴れていれば日がさんさんとふり注ぐ。巨象とはいえ、これだけのスペースを独り占めできたのだ。悠々自適という言葉が自然と浮かんだ。一方、夜間や雨天のときには、専用の建物がある。餌も潤沢に与えられていたであろうし、虐待と言われる意味が判らない。

そんなこちらの心中を見透かしたように、薄は冷たい目で須藤を見上げた。

「須藤さんが考えていることは、判ります。でも考えてみてください。はな子のようなアジアゾウは本来、広大な密林の中で暮らしているんです。ゾウの行動範囲はかなり広いです。一日の移動範囲が十五平方キロに及ぶ群れもあるんです」

薄はがらんとした運動場を指さす。

「あれだけのスペースで足りると思いますか？」

そう言われると言葉がない。

「それに、運動場の床はコンクリートです。ゾウは本来、土の上を移動するんです。高い木もなく、何より、たった一頭で何十年も暮らしていたわけです。ゾウは群れで行動する動物です。海外では、はな子のことを『ひとりぼっちのゾウ』と呼ぶ人たちがいました」

動物園にいる動物は、等しく幸せに暮らしているものと思いこんでいた。いや、実際に幸せな種もいるだろうが……。

　生きものを飼う上での光と陰は、どこにでもある。今まで散々見せられてきた事実ではあるが、こと動物園に関しては、そうした感覚がすっぽりと抜け落ちていた。

　薄は、空っぽの運動場を指したまま言った。

「はな子が亡くなって大分たちますが、あそこは空のままです。このままいくと、新しいゾウが入ることはないと思います」

「そうなのか？　でも、動物園といえば、ゾウだろう。そのゾウがいないなんて……」

「須藤さんが子供のころとは、まったく事情が違います。今はアジアの新興国を中心に、動物園の開園ブームだと聞きます。そのため、動物の価格が高騰しているんですよ。絶滅危惧(きぐ)種でもあるゾウは取引が厳しく制限されていますから、余計です」

「野生でなければ、ＯＫなんだろう？」

「それはそうですが、ゾウは妊娠期間が二十二ヵ月もあります。繁殖には時間がかかります。嫌な言い方ですけど、需要と供給のバランスが崩れれば当然、値段は上がります。実際、以前は数百万円だったゾウが数千万円になり、中には群れでなければ売らないという業者もいます」

「一頭数千万で群れとなれば、億の取引になるな」

「いま、外国から動物を買うのは、そういうことなんです。都立の動物園にだせるお金じゃありません」

「そうか……今まで気にしたこともなかったが……」

「日本から動物園が消える日が来るかもしれませんよ。冗談ではなくて。日本の動物園は戦後から高度成長期にかけての開園がほとんどです。だから動物の高齢化は深刻なんです。寿命で死ぬ動物が後をたたないんですが、新たに入れる動物がいない。大問題です」

「たしかになぁ。動物園がなければ、珍しい動物を見ることもできない。ゾウやライオンを見たことがない子供たちが、そのうち現れるわけか」

「ネットがあると言う人もいますが、映像と本物は違います。飼育ノウハウの継承問題もあります。事は、はな子一頭だけの問題じゃないんです」

「いやはや、勉強になりました……って、俺たちはここに何をしに来たんだったかな？」

「弘子さんの行方不明を捜査に来ているんです」

「日本の動物園と弘子さん、どっちが大事だ？」

「それは……弘子さん」

「いま、一瞬、迷ったよな」

「え？　そ、そんなことは……あ、でも、何の目的もなくここで雑談していたわけではないんです」

「本当に？」

「ほら、来た！」

薄が手を上げた先には、制服姿の警備員がいた。年の頃は四十前後。寒空の下、背筋をすっと伸ばし、左右に目を配りながら歩いている。

「草加(くさか)さーん」

薄の呼びかけに警備員は、しばし怪訝そうにあたりを見回していたが、こちらに目を留めると、明るい笑顔を見せ駆け寄ってきた。

「薄さんじゃないですか。こんな時間に珍しいですね」

そう言って帽子を取り、須藤に頭を下げた。

「警備員の草加です」

「薄の上司の須藤と申します」

須藤は身分証を見せ、会釈する。

「やっぱり、あなたが須藤さんでしたか。彼女から時々、噂を聞いています」

須藤は思わず、草加なる男性と薄を見比べる。

「ええっと、ああ、草加さんは薄とはどういうご関係なのかな」

草加はすぐにこちらの意図を察したようだ。左手にはめた結婚指輪をさりげなく見せつつ、言った。

「薄さんはよくここに来られるので、何度か顔を合わせる機会があって。動物の知識もすごいので、うちの飼育員たちも時々、相談したりしているんです」

余計なことをきいてしまったと後悔したが、もう遅い。

「ああ、そうですか……」

と答える。これではまるで、娘について回る頑固親父（おやじ）じゃないか。

「それで薄、おまえ、この草加さんを待っていたのか」

「そう！　そうなんです。実は私たち人を探していて……」

須藤は部屋から持ってきた弘子の写真を見せる。

「この女性を見かけたことはないですか？　はな子をよく見に来ていたようなんだが」

草加は眉間にシワを寄せつつ、写真を見つめる。

「さて……はな子を見に来る人は多かったですからねぇ。あれ、でもこの方なら、覚えてますよ」

「本当ですか！」

「週に一度は来ておられましたね。大抵、土日か休日でした。会社にお勤めなんだなと思っていたんですが……もしかして警察……？」

草加は薄と須藤を見る。

「まあ、そういうことです。それで、この女性についてなんですが、いつもどんな様子でした？　連れはいましたか？」

「いつもお一人でいらしてましたね。大抵は午前中。お昼前には帰られていたように思います。いつも、少し離れたベンチに座って、ただぼんやりと、はな子をながめておられました」

「あなたはさっき、はな子を見に来る人は多くいたと言いましたね」

「はい」

「だが彼女のことは覚えていた。それはどうして？」

草加は不意をつかれたような表情となり、続いて腕組みをして考えこみ始めた。

「そういえば、そうですねぇ。何でだろ？　直接話したこともないし……」

持久戦だ。口をはさみたくなる気持ちを抑え、じっと待つ。幸い薄は、近くにあるアナグマやムササビの檻に気を取られ、草加のことなど見てもいない。

「あっ」

　草加が顔を上げる。

「そうか、加賀谷（かがや）みさ子（こ）さんと話しているところを何度か見たからだ」

「その加賀谷みさ子さんというのは？」

「写真の女性と同じ、はな子のファンでした。ファン……そんな生易しいもんじゃないな。だって、ほとんど毎日ですよ。開園日は毎日来て、はな子の檻の前に座っていましたから。ボクたちの間でも有名でした」

「その加賀谷さんと彼女が話をしていた？」

「ええ。加賀谷さんは、あまり人付き合いのいい方ではないんです。ボクらと毎日顔を合わせているんですけど、挨拶もしてくれなくて。ちょっと陰のある感じで、いつも寂しそうに一人、ポツンと座ってました。ちょっと近づきがたい雰囲気でしてね。そんな人だから、ほかの人と話しているのが、珍しくて印象に残ってたんです」

「それは、いつ頃のことですか？」

「ボクが最初に気づいたのは、四年くらい前ですかねぇ。その後も時々、見かけましたよ。加賀谷さんもこの人にだけは、心を許しているようでしたねぇ。そこの『はな子カフェ』で一緒にお茶を飲んでたくらいですから」

　毎週、ここを訪れていた弘子。彼女も加賀谷みさ子のことが気になったのだろう。普通なら当たらず触らずでやり過ごすのだろうが、弘子のことだ、不屈のアプローチで加賀谷みさ子の心の扉を開いてしまったに違いない。週に一度、二人ははな子の前で会っていた。

「そんなはな子が死んで、加賀谷さんもショックだったのでは？」

「それが、はな子が死ぬ少し前から加賀谷さんは姿を見せなくなって」

「その訳はご存知ですか？」

「何でも病気で入院されたとか」

「ほほう、えらく詳しいですな」

須藤はチクリと探りを入れてみる。草加は苦笑交じりに答えた。

「興味本位で調べたわけじゃありませんよ。個人情報とかうるさく言われてますからね」

「その辺は承知しています。ご迷惑はかけませんので、教えていただけませんか」

「やましいところは何もないので、すべてお話ししますが、加賀谷さんは何度か、園内で体調を崩されたことがあるんです。一度は救急車を呼んだのかな。そんなこんなで、名前や住所は知っているんです。また何かあったとき、対処できるように」

「病名などは？」

「そこまでは判りません。知っているのは、名前と住所だけです。家族構成とかも知りません。一人暮らしなのかなとは思いますけど。いつも一人でいらしてたから」

そういう草加の表情には、言いようのない寂しさがあった。人を寄せつけないような性格であったとしても、ゾウを愛し、毎日通ってきていた女性だ。彼女が姿を見せなくなり、ゾウのはな子も逝ってしまった。そのうえ、新たなゾウは来ないときている。

草加はつぶやいた。

「何だか、一つの時代が終わったのかなって思います」

「いろいろありがとうございます。では、加賀谷さんの住所を教えていただけますか」

草加が頭をかきながら言った。

「それはボクの口からはちょっと。向こうの警備員詰め所に行ってもらえますか。ボクから上司に連絡しておきますので」

「判りました。けっこうです」

草加は小さくお辞儀をすると、アカゲザルがいる山の方へと歩いていった。実直だが人当たりもいい。警備員としても優秀なのだろう。

「いい人じゃないか」

と呼びかけたが薄の姿はない。

「お、おい、薄！」

はるか遠くから声が聞こえる。

「須藤さーん、すごいですよぉ、ヤマアラシ！　ヤマアラシ！」

「薄、動物見に来てんじゃねえんだぞ」

「ええ？　だってここ、動物園ですよー」

「いいから、戻ってこい！」

「はーい」

檻の向こうから、薄がパタパタと駆けてくる。彼女の足音を聞きながら、須藤はゾウ舎と「はな子カフェ」を振り返る。

かつてそこにいた者が、皆、いなくなってしまった。はな子も、加賀谷みさ子も、そして田丸弘子も。

弘子さん、どこにいる——。

わき起こる不安を、須藤は懸命に打ち消した。

五

三鷹市にある宿那総合病院の待合室には、いまだ会計を待つ人々が疲れきった顔でソファに座っていた。診察受付はとうに終了しているので、その過密ぶりがうかがえる。

薄はそんな人々を横目で見ながら、つぶやいた。

「獣医不足が叫ばれていますけど、人間も大変なんですねぇ」

傍にいた老人がこちらを睨むので、慌てて受付へと向かった。

草加の上司から知らされた加賀谷みさ子の住所は、三鷹市郊外にある一軒家だった。さっそく訪ねた須藤たちだったが、家に人の気配はなく、近所への聞きこみによって、彼女が体調を崩し、現在この宿那総合病院に入院していることが判ったのである。

受付でそっと身分証を示し、みさ子の主治医と会えるよう取り次いでもらう。幸い、主治医は院内にいるようで、すぐに呼びだしてくれるという。

薄はなおも待合室の様子をながめながら、どこか不満げである。

「いいなぁ、人間は。こんなきちんとした病院があって」

「いや、それは当然のことなんじゃないか?」

「どうしてです？　もっとちゃんとした動物病院があれば、死なずに済む動物がいっぱいいるはずです。ゾウだってそうですよ。インドやタイではゾウへの虐待が問題になっています。インドにはゾウ専門の病院があるんですけど、まだまだ絶対数が足りていません」

「人間とゾウは一緒にできんだろう?」

「ゾウは絶滅危惧種なんですよ。数が減ってるんです。人間はほら、こんなにいっぱいいるじゃないですか」

「おまえ、人前でそんなこと言うんじゃない。はっきり言って、危険思想だぞ」

「あれ須藤さん、何で私が魚料理アドバイザーとシーフードソムリエの資格をとろうとしていること、知ってるんですか? でもひどいなぁ、もうすぐ試験なのに、棄権しそうだとか。勉強したんですから、絶対に棄権なんかしませんよぉ」

「誰もそんなこと言って……しかしおまえ、そんな資格とってどうするんだ?」

「美味しく食べるためですよぉ。エビの踊り食いとか、もうサイコー」

「おまえの哲学がよく判らなくなってきたな。動物は保護して守るんだろう? ゾウだって、病院造って保護するんだろう?」

「保護と食欲は車の風鈴です」

「両輪な」

「リンリン」

「両輪」

「だからつまり、どっちも大事です。あ、ゾウの生息地に住んでいる人は、ゾウの肉も食べるんです。不謹慎ながら、これがそれなりに美味しいらしくて……」

「あのぅ」

夢中になっている間に、白衣の男性が後ろに立っていた。小柄だが、上半身にかなり筋肉がついていることは、白衣の上からでも判る。何かスポーツをやっているようだ。意志の強そうな目で須藤を見つめているが、視線が今ひとつ定まらないのは、ゾウの肉のくだりを聞いたためだろう。

「ええと、警察の方とうかがっていたんですが、もしかして、保健所の方？」

「いいえ、違います。警察です」

「警察です！」

須藤の脇で、薄が体幹の定まらない敬礼をする。

「は、はぁ……」

迷彩服の薄は病院内でこれ以上ないほどに目立つ。既に視線の集中砲火を浴びていると言ってよかった。

「あの、まずはこちらへ」

医師は受付カウンターの中に須藤たちを誘導すると、奥にある事務室に連れていった。

だが、ここも先と大差ない。事情を知らない職員は一斉に顔を上げ、好奇心に満ちた目でこちらを見る。

「参ったな。とりあえずこちらへ」

医師は事務室を抜け、廊下に出る。外来も終わって人気の少ない通路を進み、手近のドアを開け、自ら中に飛びこんだ。

そこは、机が一つに椅子が四つあるだけの、小さな部屋だった。どうやら医師が患者の親族などに容態を伝えるために使われているらしい。

医師は自身のテリトリーに入った意識からか、やや落ち着きを取り戻したようだ。白衣の胸についたプレートを示しながら、「合田です」と名乗った。

「それで、警察の方が何の……？」

「加賀谷みさ子さんについてお尋ねしたいのです。こちらに入院されていますね？」

どう答えるべきか、守秘義務や個人情報などの単語が頭の中を行き交っているのだろう。合田は目を泳がせつつ、うなずいた。

「え、ええ、おられますよ」

「彼女と面会したいのです。緊急の用件です。人の命がかかっている」

合田はしばらく唖然と須藤の顔を見つめていたが、まもなく首を左右に振った。

「それは、ちょっと……」

「尋問したいと言っているわけじゃない。ただ、彼女の知り合いについて、少し尋ねたいことがあるだけなんですよ」

「いえ、それでも……」

「守秘義務やら何やら、いろいろあるのは判っている。ただ、今言ったように緊急なんだ」

「いえ、そういう意味じゃないんですよ」

合田は目を伏せ、険しい表情で口を一文字に結んだ。須藤は身を乗りだしたままの姿勢で、相手の口が開くのを待つ。

「意識がないんです」

しばらくして、合田が言った。須藤は言葉の意味を嚙みしめながら、椅子に座り直す。

合田は続けた。

「私の専門は脳神経内科です。加賀谷さんは脳の硬膜が炎症を起こすという、ちょっと難しい病気です。治療法はまだなく、我々も病の進行を抑えながら、治療の道を探ってきました。ただ、長引く闘病で体力が落ち、この一年ほどは入退院を繰り返されていました。けれど、ちょうど二週間前、救急車で運ばれ、そのまま入院になりました」

「意識がなくなったのはいつからです？」

「入院直後からです。内臓などはしっかりされているので、即、命にかかわることはないのですが、いかんせん、意識が戻らず……」

「原因はやはり、脳の病気ですか？」

「はい。今まで効いていた薬の効果が薄れてきていまして……」

「回復の見こみは？」

合田は力なく首を振る。

「正直言って、判りません。もう回復されないかもしれませんし、今夜にでも目を覚まされるかもしれない」

須藤はひと呼吸置いて、気を取り直す。

「加賀谷さんのお身内の方とお会いできませんか？　もちろん、先生にご迷惑はかけません」

それでもなお、合田の顔色はさえなかった。

「それが、加賀谷さん、お身内がいらっしゃらないようで」

「一人もですか？」

「本当のところは判りません。ただ、入院手続きなどもすべてご自分でされていたようです。詳しいことまでは判らないのですが、緊急連絡先は、弁護士さんの電話番号になっています。万が一のときの支払いなどは、その方に託しておられるようです」

「その弁護士の名前は?」

「さすがにそこまでは勘弁してください。お知りになりたいのでしたら、正式に病院の方を通していただかないと」

合田の言うことはもっともだった。とはいえ、正規の手続きを踏んでいては、すべて手遅れになる恐れがあった。

須藤は弘子の写真をだすと、合田に見せた。

「この女性に見覚えはありませんか?」

合田の反応を見て、須藤は悟る。弘子の残したメッセージを、自分はたしかに受け取っていたのだと。自分たちの進んできた道は、間違っていなかったのだと。

「この方、よく加賀谷さんの病室で見かけましたよ」


病院の車寄せで須藤たちを待っていたのは、あの馴染みのある車だった。運転席に座るのは、芦部である。

須藤たちを見ると、彼は顔をほころばせて外に飛びだしてきた。

「須藤警部補、薄巡査、お迎えに上がりました」

「お迎えって……俺は何も頼んでいないぞ。それにおまえは、防犯カメラの……」

「お迎えは日塔警部補の命令です。尾行を失敗した罰に、しばらくいきもの係専属になれって」

日塔のヤツ、相変わらず性格がねじ曲がっていやがる。弘子さんが心配なら、素直にそう言えばいいものを。

「カメラの映像は、石松警部補にお渡ししました」

「判った。大いに助かるよ」

「それで、捜査の方はどうなんです？　田丸弘子さんの行方は？」

「まだ皆目判らん。ただ、ぼんやりとではあるが、手がかりは見えてきた。詳しい話はあとだ。もう一度、加賀谷みさ子の自宅に行く。家の中に、新たな手がかりがあるかもしれない」

「了解です」

芦部は大いに気合の入った顔つきで、運転席に座る。

「そんなに張り切る必要はないぞ。安全第一でな」

「了解です」

須藤はいつもと違い、助手席に座った。芦部は一瞬、怪訝な顔をしたが、何も言わず車をスタートさせる。後部シートを独り占めした薄は、さっそく大きな伸びをすると、外の景色をながめ始める。

須藤は、カーナビゲーションにちらちらと目をやりながらハンドルを握る芦部に言った。

「少し、回り道をしようじゃないか」

「え？　でも……」

このまま道なりに行けば、みさ子宅までは五分とかからない。

「次の交差点を左折だ。そのまままっすぐ」

「方向が全然違いますよ」

「いいから。気ままなドライブといこう」

「そんなぁ。弘子さんはどうなるんですか」

「ちょっとした遠回りが、実は最短コースだってこともある」

「おっしゃってることの意味が、判らないんですけど」

「経験を積めば判る。それが捜査ってもんだ」

「はぁ……」

芦部は釈然としない顔つきで、左のウインカーをだす。

須藤は後部シートに向かって呼びかけた。

「薄、備えはいいか」

「大丈夫でーす」

芦部の手元が揺れ、車が蛇行する。

「あ、あの、それどういう意味ですか？　もしかして、警部補たち、また何か企んで……」

「余計なことはいいから、ちゃんと運転しろ。このあたりは交通量も少ない。事故を起こしても、誰も助けてくれんぞ」

「そんなぁ……」

人家の影はなくなり、周囲は深い緑に彩られている。冬の太陽は既に西へと傾き、早くも夜の気配が漂い始めていた。

芦部がヘッドライトのスイッチに手を伸ばしたとき、黒のワゴン車が猛スピードで追いかけてきた。バックミラーに大映しとなったワゴン車の姿に、芦部は甲高い悲鳴を上げた。

「な、何です、この車。どっから出てきたんです？」

「病院から尾けてたよ。おまえ、気づかなかったのか？」

「全然」

「薄は？」

「とっくに気づいてました。臭いで」

「臭いぃ？」

芦部はそう叫びながらアクセルを踏む。しかし、既に曲がりくねった雑木林の道に入っている。簡単に振り切れるものではない。それに、運転技術でも、相手の方に分があるようだった。ぴたりと後ろにつけたワゴン車は、やがて、強引に追い抜きをかけてきた。対向車が来れば、大事故になるというタイミングだ。

須藤はワゴン車のサイドに目をやるが、スモークが貼られ、中の様子は判らない。

相当な腕利きか、ただの命知らずか。緊張と興奮に、体がゾクゾクと震えた。恐怖はない。知らず知らずのうちに、須藤は笑っていた。

「薄、今回は手加減なしでいこうか」

「え？　じゃあ、吹き矢もＯＫですか？」

「殺さない範囲なら、何でもいい」

「えー」

「残念そうに言うな。おまえも一応、警察官なんだぞ」

「ファシキュリン入りの吹き矢をぶちかましてやろうかと思ったんですけど」

「何だ、その栄養ドリンクみたいなものは」

「ガラガラヘビが持つ毒の成分です」

「ダメだ」

「少量なら、死なないと思います。死ぬ一歩手前くらい」

「ダメ！」

「チェッ」

「来るぞ！」

強引にこちらを抜き去ったワゴン車が、道を塞ぐ格好で急停止する。

「くそっ」

芦部が慌ててブレーキを踏もうとする。その足を須藤は蹴り飛ばした。

「こういうときは、止まったら負けなんだよ。薄、いけるか」

「私は大丈夫でーす」

「いくぞぉ」

車は減速せず、そのままワゴン車の側面につっこんでいく。車から降りていた黒覆面の二人組が、呆然と立ち尽くしているのが見えた。

「エアバッグに鼻をおられんなよ」

「そんなぁ」

芦部の絶叫が轟くなか、エアバッグが視界をさえぎる。同時にすさまじい衝撃がきた。続いて耳を塞ぎたくなる金属音。須藤は体をなるべく小さく丸め、衝撃の影響を軽くする。車体後部が衝撃で持ち上がり、顔面がエアバッグに押しつけられた。一瞬、無重力のような感覚となり、すぐにまた下から突き上げる衝撃が全身を襲う。持ち上がっていた車体後部が路面に着地したのだ。

　須藤は素早くシートベルトを外し身を翻すと、両足でドアを蹴った。ウインドウには網目模様にヒビが入っており、外の様子は判らない。二発目でドアが勢いよく開いた。頭を低くして外に飛びだす。ガソリンの臭いが鼻をついた。

　芦部の車がつっこんだ勢いで、ワゴン車は道端の植えこみにめりこんで止まっていた。運転席ではドライバーが、シートとエアバッグにサンドされ、ぐったりとしている。助手席側のドアは開いており、人の姿はない。後部ドアも開いたままで、中に人の姿はなかった。

　果たして何人乗っていたのか。ワゴン車を回りこむと、数メートル先に覆面をした黒ずくめの者が倒れていた。体格からみて、おそらく男だろう。激突の衝撃ではじき飛ばされたとみえる。

「おい、薄……」

　車の方を振り返ろうとしたとき、脇から躍り出てきた黒い影に、足をすくわれた。なす術もなく、肩から路上に倒れこんだ。マウントされ、首を絞め上げられる。手の大きさからみて男には間違いないが、覆面をかぶっているため、人相は判らない。手脚が長く、縛めを逃れようとする須藤の動きにも素早く反応してくる。素人ではない。

以前の須藤であれば、真正面から相手に挑みかかっていたところだ。手脚の一本や二本、くれてやってもいいくらいに思っていた時期もある。

今はずいぶんと丸くなったよな。

須藤はズボンの尻ポケットから、常備している小瓶を取りだす。片手でキャップを外すと、中身を男の顔にぶちまけた。

縛めが緩み、男は目を押さえて悶絶する。

起き上がった須藤は、あらためて手の中にある小瓶を見つめた。「世界一辛い」と毒々しいまでに赤い文字で書かれている。

薄愛用の七味唐辛子を、勧められるがまま常備するようにしたのだが、なるほど、役に立つ。

男が立ち上がり、意味の判らない言葉をわめきながら、殴りかかってきた。相手の拳をよけ、みぞおちに一発叩きこむ。怯んだところに、もう一発。相手はもはやうめき声も上げず、うつ伏せに倒れこんだ。

須藤は覆面を剝ぎとる。見たこともない、細面の男だった。

立ち上がり、周囲を見渡す。

「薄？　大丈夫か？　まさか、まだ車の中……」

「ウゴクナ」

目をぎらつかせた男が、須藤の前に立ちふさがる。覆面はしていない。黒ずくめの服は、激突の衝撃で破れ、肩口に大きな裂け目ができていた。

運転席に一人、路上に一人、そして足下に一人。全部で三人と決めてかかったのが敗因だった。

　襲撃犯は四人組か……。

　男は九インチほどのナイフを左手に持ち、その切っ先を芦部の喉に当てていた。

　運転席から彼を引きずりだし、人質としているのだ。

「芦部……」

「須藤警部補……すみません」

　芦部は激突の際、額に傷を負ったらしい。そこから流れる血が右目に入り視界を塞いでいる。

「オトナシクシロ」

　男は油断なく左右に目を配り、須藤との距離も測っている。

　須藤は両手を上げた。

「判った、何もしない。武器は持っていない……というか、こいつはもう使いきっちまった」

　空になった七味の瓶を投げ捨てる。

「そいつを放してやってくれ。怪我（けが）をしているようだ」

「ダメ。モウ……ミナ……コロス」

　男の両目に怒りの炎が揺らぐ。

「そんなこと、止めといた方がいいですよ」

　男の背後にさらに小さな影が現れた。幽鬼のように、何の前触れも気配もなく、薄はそこに立っていた。彼女の右手には、あのサバイバルナイフがある。切っ先は男の喉に向けられている。

男の表情が歪み、意味不明な言葉をつぶやいた。

つま先立ちになり、ナイフを相手の喉に向ける薄はニコリと微笑んだ。

「どうやって背後をとったか？　気配を消すのは得意なんですよ。野生動物は、あなたなんかよりはるかに敏感ですからね」

男が怯んだすきを、芦部は見逃さなかった。体を捻り、相手の腕をふりほどく。切っ先を突きつけられていた首筋からは、血が一筋流れ落ちていた。

人質を失った男も、じっとしてはいなかった。同じく体を捻り、薄と距離を置く。彼女と男の距離は約二メートルほど。一方、須藤からは倍以上の距離があった。割って入るには遠すぎる。

男は不敵な笑みを浮かべつつ、真っ黒な衣装の背に手を回す。そこから出てきたのは、いわゆる柳葉刀だった。鞘から抜くと、幅の広い刃がぎらりと光る。刃は緩やかに彎曲しており、独特の凄みがある。革が巻かれた持ち手は黒ずんでおり、刃先にはまだら模様が浮かび黄金色に光っている。相当に使いこまれている証拠だ。

腕に自信もあるのだろう、男はニヤニヤと下卑た笑いを浮かべ、薄と対峙していた。対する薄が持っているのは、高性能とはいえサバイバルナイフ一本だけ。リーチや力の差を考えるまでもなく、正面からでは勝負にすらならないだろう。

何とか、相手の気をそらすしかない。こちらに向かってくれれば、何とかなるかもしれない。

とはいえ、あれだけの得物を持った相手に、素手で何ができるのだろうか。

背筋を冷たい汗が流れ落ちた。

しかし、男はまず薄を第一のターゲットと定めたようだ。背後をとられたことが、ヤツのプライドをいたく傷つけたのだろう。一歩、彼女との間合いを詰めた。怯えた薄が下がるか逃げだすと踏んでのことだろう。ヤツに背を見せたら、もはやなす術はない。背後から切りつけられ、ズタズタにされてしまう。

せめて何か、飛び道具があれば。須藤は叫んだ。

「薄、ヤツの間に入ったらおしまいだ。例のヤツを使え。ほら、アロワナのときに使った、強烈なヤツだ」

薄は右手で握ったナイフをヒョイと放り投げると、逆手で握り直す。

「大丈夫ですよ。こんなところで使ったら、立ち食い蕎麦屋さんで使えなくなるじゃないですか」

「いや、しかしだな……」

男が奇声を上げると、順手に持った柳葉刀を8の字に振り回し、一気に踏みこんできた。とても逃げようがない。須藤は思わず目を閉じた。

鋭い金属音が二度響き、続いて何か重いものが落ちるガランという音。須藤は薄目を開く。男が左腕を押さえ、うずくまっている。足下には取り落としたと思われる柳葉刀が転がっていた。男の背後に立ち、髪を摑んでぐいと頭を引き上げているのは、薄である。喉に、サバイバルナイフの刃がピタリと当たっていた。

須藤は叫んだ。

「止めろ、薄。殺すな！」

「ええ？　喉を裂いて頭の皮を剥いでみましょうよ。私、一度やってみたかったんですよぉ」

「止めろ。ここはアフリカじゃない」

「須藤さん、それは偏見です。アフリカの発展を知らないんですね」

ナイフを喉に当てられた男は、口を半開きにしたまま、涙を流していた。命乞い(いのちご)いをしようにも、声をだそうとすれば、喉が切れる。

「おまえ、何の話をしているんだ。今は、命の話だぞ。人の命は尊いの。ね？　動物と一緒。ほら、人間も動物だって、薄、いつも言ってるだろう？」

「哺乳(ほにゅう)綱霊長目ヒト科ヒト亜科ヒト族」

「そう、それ。だから、殺すな」

男も涙の浮かんだ目で訴えている。

「でもこの人、芦部さんを刺そうとしましたよ。例えばゾウの親子ですが、子供を殺されそうになったゾウは皆、怒り狂います」

「それは親子だろう。おまえと芦部は別に血の繋がりはないよな。同種族ってだけの関係だよな」

「まあ、そうですけど」

道端でへたりこんでいる芦部の表情が曇ったことを、須藤は見逃さなかった。

「じゃあ一つ、あとは俺に任せてくれ」

須藤はゆっくりと薄に近づいた。まるで凶悪犯の説得だ。

薄は口を尖(とが)らせたまま、ナイフを男の喉から離し、ホルダーの中に納めた。

男がハッと大きく息を吐いた。喉をさすり、無事を確かめている。

次の瞬間、すさまじい形相で薄に摑みかかろうとした。須藤は相手の襟足を摑み引き寄せると、路上に押し倒し、顔面に二発、食らわせる。飛び散った血が、頰に点々とつくのが判った。

須藤はさらに拳を振り上げたまま、無言で男を睨みつける。男の目から再びあふれだした涙が、吹き出る鼻血と混じり合い、浅黒い顔をまだらに染め上げた。

男は中国語と思しき言葉で何かをわめいた。

「何を言ってるか判んねえよ、バカ」

肘を打ちこみ、髪を摑んで路面に顔を叩きつけた。

須藤は立ち上がり、意識をなくしぐったりとした男を見下ろす。

「もしかして命乞いだったのかな。どっちにしても遅いんだが」

須藤は芦部に向き直る。目があった瞬間、芦部は息を詰め、体を硬直させた。

血が飛び散って、相当ひどい面相になっているんだろうな。須藤は苦笑する。かつてはこの顔で、凶悪犯と対峙してきたのだ。

「芦部、悪いが日塔に連絡してくれ。ここの現場処理はおまえに任せる。所轄の連中は騒ぐだろうが、日塔を通して鬼頭管理官に出張ってもらえ。弘子さんの安否がかかっているんだ。手順を踏んではいられないってな」

「は、はい……」

「それと薄！」

「はい、はーい」

「ティッシュ持ってないか。顔の血を拭き取りたいんだが」

「狩りにウェットティッシュは必携ですよぉ」

薄が手にしたティッシュで、須藤の顔を拭ってくれる。

「おまえ、狩りのつもりで来たのか?」

「当然。獲物は剝製にして、部屋にぶら下げておこうと思っていたんですけど」

「剝製はまた今度だな」

「はぁい」

「あ、あの……」

かすれた声で芦部が言った。

「お二人は、これからどちらへ」

「当初の予定通り、加賀谷みさ子の自宅に行く。ここからなら、歩ける距離だろう。警察が来る前に、失礼するぞ」

「須藤さん、私たちが警察です」

「警察にもいろいろあるんだよ」

「いい警察と悪い警察。私たちはどっちですか?」

「いい警察に決まってるじゃないか」

須藤は薄と並んで、道を外れた雑木林に足を踏み入れた。久しぶりに血湧き肉躍る時間だった。捜査はやっぱり楽しい。

六

人通りのある道に出てタクシーをひろい、みさ子の家にたどりついたのは、襲撃現場を離れて三十分後だった。須藤の携帯には電話一本かからず、これは取りも直さず、芦部が現場で上手く立ち回っていることを示していた。今頃は日塔が現場に出張り、所轄連中を恫喝しつつ、様々な恨みを一手に引き受けてくれているのだろう。

今度、酒の一杯もおごらないとまずいか。

そんなことを考えつつ、自宅の敷地内に入りこむ。こぢんまりとした二階建ての一軒家で、築年数はかなり古そうだ。壁面にはひび割れが目立ち、下から見上げた限り、屋根瓦のいくつかは割れていた。

ただ、家の裏手はかなりの広さの庭になっている。もっとも今は、鬱蒼と木がただ生い茂り、足を踏み入れる気にすらならない。

家屋自体は小さいが、庭まであわせるとけっこうな敷地面積となる。固定資産税がどのくらいなのかは判らないが、一人暮らしの家としては、あまりに広すぎて不経済だ。

玄関ドアは建物同様、古びた開き戸で、錠も古いタイプのものが一つあるだけだ。薄に頼るまでもなく、須藤がピン一本で開けることができた。

何とも不用心なことだ。もっとも、盗られるようなものもないか。

ドアを開きながら、思う。

しかし中に一歩入ったところで、須藤は田丸弘子の存在を感じ取った。空気の中に残る、かすかな香り。それは、須藤のオフィスと共通のものだ。

ほうじ茶か。

須藤の後から入ってきた薄も、まったく同じことを悟ったようだ。鼻をクンクンと鳴らす。

「いますいます、絶対にいます」

「人をお化けみたいに言うんじゃねえよ。それに、弘子さんはここにはいない」

「そうですけど、気配がばっちり残っていますね」

外とは違い、中はよく片付いていた。チリ一つ落ちていない廊下を進み、各室内を見て回る。どの部屋も生活感に乏しく、家具調度の類いも少ない。まさに、余計なものを切り捨て、最低限のものに囲まれて暮らしている――そんな印象だ。一方、どの部屋も掃除が行き渡り、座卓にもホコリ一つない。

すべて弘子さんがやったということか。

家中に残る彼女の気配、そして彼女が病院のみさ子を見舞っていた事実から考えれば、まず間違いない。彼女は鍵を預かってここに入り、家中を掃除し整えていたのだ。

問題はその理由だ。なぜ、動物園で知り合っただけの弘子が、みさ子のためにそこまでしてやらねばならない？　生活の様子から見て、報酬など望むべくもないであろうに。

唯一の手がかりは、ゾウだった。現時点で、二人を繋げているのは、はな子というゾウだけだ。井の頭自然文化園のゾウ舎の前で、二人は何を話し、何を約束したのか。

もう少し、つっこんで見てみるか。

キッチンや浴室をざっと見た後、須藤は二階を薄に任せ、一階奥の部屋に入った。元は客間だったのだろうが、今はみさ子の寝室兼居間として使われているようだ。畳の上に厚手のカーペットを敷き、その上にベッドが置かれている。

主がいないため、窓には薄いカーテンが引かれ、ベッドにはカバーがかけられたままだ。元は二階にあった寝室を、病気で階段の上り下りがおぼつかなくなったため、一階に移した、そんなところだろう。

須藤の求めていたものは、そのベッドサイドにあった。フレームに納められた写真が、サイドテーブルにずらりと並んでいる。

その並べ方に、これといった特徴はないが、須藤には数時間前、弘子宅で見た写真の並びとダブるものがあった。

これを並べ整理したのは、弘子だろう。

一番手前にあった一枚を手にする。日傘をさした女性が白い歯を見せ微笑んでいる。歳（とし）は五十前後。もう少し上かもしれない。黒い髪を眉まで垂らし、日本人女性でありながら、どこか異国風の情緒があった。彼女こそが、加賀谷みさ子と見て間違いあるまい。何となく弘子さんに似ているな。そんなことを思いながら、次の写真に移る。二十代半ばくらいの、顔つきにそれとなくみさ子の面影（おもかげ）が残る男性を写したものが四枚、並んでいた。スーツを着て緊張した面持ちで立っているもの、この家の前で撮影したもの、スーツケースを持ち、空港で撮ったと思われるもの。どれもが生活の一幕を写したスナップだ。

奥の方には、また別の中年男性の写真がひとかたまりになっていた。真っ黒に日焼けし、体つきもがっしりしている。照りつける日差しの中で、明るく豪快な笑顔を浮かべたものが多かった。

須藤は写真を前に考えこむ。

若い方の男は、見た目からして、おそらくみさ子の息子あるいは親類だろう。そして中年男性は夫と考えるのが自然だ。しかしどの写真も、服装や背景から見て、撮影したのはかなり前のようだ。そんな写真を、どうしてベッドサイドに並べているのか。

二人とも亡くなっているのか――？

「須藤さん、終わりましたー」

薄が戻ってきた。

「二階にはなーんにもないですねぇ。物置っていうか、空っぽのタンスとか、段ボール箱とかそんなのばっかりです。けっこうごちゃごちゃしているので、ちゃんと調べるのなら人手がいりますねぇ」

「薄、二階に仏壇はあったか？」

「ブツダンって、プラモデルとかおもちゃ作ってる会社ですか？」

「そりゃバンダイだよ。『ダ』以外、何一つ合ってないだろうが」

「タカラトミー」

「玩具(がんぐ)メーカーから離れろ。仏壇っていうのは、亡くなった人の位牌(いはい)を入れて、毎日、拝むもの」

「ああ、お線香をあげて、チーンってするあれですね」

「拙(つたな)い表現だが、まあ、それだ」

「見当たりませんでした。一応、冷蔵庫の中も見ましたが」

「冷蔵庫にあったら、それはそれで手がかりだけどな。ふーむ」

　須藤は寝室奥にある引き戸に目を向けた。手をかけて、少し開いてみる。壁にはめこまれた豪華な仏壇が姿を見せた。三帖ほどの部屋には、畳の香りと白檀（びゃくだん）の香りがほんのりと漂っている。仏壇の脇には丸い折りたたみ式の木製テーブルがあり、そこにも寝室のサイドテーブル同様、写真が並べてあった。そこにあるのは、先ほど見た若い男性の生い立ちが辿（たど）れるものだった。みさ子に手を引かれた三歳くらいのものから、照れた笑みを浮かべた十歳前後のもの、さらに成長し凜々（りり）しい表情で微笑むもの——。

　息子の死で、この部屋を増築したのか……？

　みさ子の聖域に土足で踏みこんでしまった。そんな後ろめたさを、須藤は感じていた。

　これらの写真を調べれば、みさ子と息子の経歴を辿ることはできるだろう。しかし、それが弘子の行方不明と繋がるのかどうか……。

　ふと顔を上げると、薄が二つの位牌をそれぞれの手に持ち、くるくると回していた。

「薄！　止めろ！　罰当たりだぞ」

「太鼓なんてないですよ」

「そのバチじゃねえ。天罰の罰だ！」

「どうしてこの板切れが天罰に？」

「おまえ、宗教について考えたことはあるか？」

「もちろんありますよ。でも、よく判りません。世の中には人は神が創ったとか言ってる人がいますけど、チャルメラが美味しいですよ」

「チャンチャラおかしいな」

「そう、チャラチャラ。そもそも生物というのはですね……」

「それは長くなりそうだからいい。とにかく、すぐにその位牌を仏壇に戻せ」

「へえ、これで麻雀（マージャン）やるんですか？」

「その牌（パイ）じゃねぇ！　とにかく、すぐ戻せ」

「ねぇ須藤さん、このパイの後ろに書いてある名前と数字はなんですか？」

「パイじゃなくて位牌。後ろに書いてあるのは、多分、亡くなった人の名前と没年月日、あと亡くなった年齢だろう」

「右の方に書いてあるの、弘子さんが拉致された日と同じじゃないですか？」

「何？」

　須藤は薄から位牌を取る。

「須藤さん、すぐに戻さないとダメなんじゃ……」

「今はいいんだ」

　裏には加賀谷雅彦（まさひこ）、二〇〇九年二月十三日没、享年二十九歳、と彫（ほ）られている。

「この日付、これは……偶然か……？　いや……」

　もう一つの位牌も薄から奪い取る。こちらには加賀谷康栄（こうえい）とあり、日付は一九九〇年九月二十九日と記されていた。

　携帯が震えた。日塔からだった。

「はい、須藤」

日塔の声は、いつになく活き活きとしていた。

「須藤、相変わらず、いい仕事っぷりだな」

「世辞は後でいい。用件は?」

「襲撃現場は俺の方で押さえた。鬼頭管理官にも報告済みだ」

「で、何か判ったことは?」

「あまり思わしい展開ではない。この四人は中国系で、ただ雇われただけらしい」

「ヤツらがそう言ってるのか?」

「まさか。おまえが痛めつけたヤツは顎が砕けていて、当分、口がきけん。エアバッグとシートにサンドされていたヤツを叩き起こして尋問したが、日本語は判らないだの黙秘だの、お決まりのパターンさ。ざっと調べただけだが、組織的なものとの繋がりは出てこない」

「パスポートや身分証は?」

「当然、所持していない。住所も判らん始末さ」

「しかし、柳葉刀まで持っていたんだぞ。ただのはぐれ外国人であるはずがないだろう」

「リーダー格はその柳葉刀の兄ちゃんさ。そいつをどっかの誰かさんがボコボコにしちまったから、尋問が進まねえ」

「……すまん」

「いや。俺だったら殺してたかもしれん」

「防犯カメラの方はどうだ?」

「石松から連絡はあった。昨日の午後五時半頃、宅配便の制服を着た男たちが三人、来ている。大きな段ボール箱と台車を持ってな。おそらく、こいつらで決まりだろう」

「三人？　ヤツらは四人組だ。残りの一人は？」

「午後四時すぎ、サラリーマン風の男が、親子連れと一緒にオートロックをくぐっている。親子連れに確認したところ、面識のない男だったそうだ。その男は五時四十分にマンションを出ている」

「そいつが残りの一人？」

「まだ判らん。管理人にも手伝ってもらって、男が住人かどうか確認している。だが今のところ該当者なしだ」

「先に一人が中に入った。どういうことだ」

「とにかく、宅配業者を装った三人が入っていった五分後、そのうちの一人が段ボール箱をのせた台車を押して、建物を出ている」

「そこに弘子さんが押しこめられていたんだ」

「おそらく。残る二人が出ていったのはそれから三十分後。部屋の『掃除』をしていたんだろう」

「人相、背格好はどうだ？　例の四人組と合致するか？」

「キャップをかぶっていて、面相は上手く隠していた。背格好は合うが、決定打とまではいかない」

「証拠不十分……か」

「すまんな、あまり役に立てなくて。そっちはどうだ。加賀谷みさ子の自宅にいるんだろう？」

「石松か、おまえでもいい、この家を徹底的に捜索してくれ。何か出てくるに違いない。それと、加賀谷みさ子の身辺調査」

「ほう、手応えありのようだな」

「日塔、もしおまえに息子がいたとして、何かの事故で亡くなったとする」

「おいおい縁起でもないことを……まあ、俺には今のところ子供はいないけどな」

「もしだよ、もしもの話だ。命日におまえなら、何をする？」

「当然、墓参りだろうな」

「自分が仕事や病気でどうしても行けなかったら？」

「花でも買うか……誰か代わりに行ってもらうか」

「それだよ」

「何？」

なぜ、弘子がいつもと違う日に有休を取ったのか、いつもより一日多く休みをとったのか。その答えがそこにあるように思えた。

「また連絡する」

通話を切ると、須藤は仏壇に戻した位牌を取りだし、裏の日付を確認、写真を撮ると、また戻した。線香の一本もあげたいところだが、そこまではさすがに行きすぎのように思えた。

「薄、息子の墓がある場所を知りたい。何かヒントになるようなものはないか？」

「ありますよ」

「何⁉」

「そこのカレンダー、十三日のところにお寺の名前が書いてあります。輝禮寺。きれぢって、肛門科のお寺ですか？」

「こうらいじって読むらしいぞ。それに宗派の別はあっても、寺に肛門科はないだろう」

「とにかく、きれぢ……じゃない、こうらいじを調べますね」

薄は携帯で所在地を調べる。みさ子宅から車で十分ほどのところだった。

須藤は薄とともに家を出ると、通りまで行ってタクシーを捕まえる。

運転手は二人が乗りこむやいなや、ニヤニヤと笑いながら、バックミラーに目をやった。

「いやあ、旦那、すごいっすなぁ。それ、サバイバルっていうんですか？　山ん中とかまで行って、お楽しみですなぁ。いっひひ」

須藤は運転席を蹴り飛ばし、身分証を突きつけた。

「テメエ、俺と一緒に署に来るか？」

「うわっ、そのバッジもよくできてますねぇ。刑事とサバイバル、やりますなぁ」

「薄、例の吹き矢持ってるか？」

「持ってますよぉ。やりますか？」

「いや、考えるだけに止めておこう」

サバイバルぅ、サバイバルぅ。運転手の歌を聞きながら、須藤は腕組みをしてシートに身を沈める。

七

輝禮寺は、深い緑と静寂に包まれた場所にあった。闇(やみ)に沈む墓地からは、線香の香りが漂ってくる。

住職は若く、三十代後半くらいだろうか。須藤の身分証と薄の格好にぎょっとしつつも、落ち着いた対応を見せた。

「はい、加賀谷みさ子さんは、毎日のようにお参りに来ておられました。ただ、体調を崩されてからは、月に一度くらいがせいいっぱいというご様子で」

懐中電灯を手にした住職を先頭に、墓地へと足を踏み入れる。案内された墓は、入ったすぐ右手にあった。雑草が伸び放題というものもある中で、そこは綺麗に整えられていた。花立てには仏花が供えられ、線香立ての底には、わずかな灰がたまっている。

「これ、一つだけですか?」

須藤の問いに、住職は「はて」と上品に首を傾げる。

「それは、どういうことでしょうか?」

須藤は懐中電灯で照らし、墓石の側面を見た。加賀谷みさ子建立、加賀谷雅彦と彫られている。

「これは息子さんの墓ですよね。旦那さんのものは?」

「当寺には、息子さんのお墓があるだけです。私の父親から聞いたことですが、旦那さんは外国で亡くなり、その地で弔われたとか。ですから、墓は日本にはないと」

「外国？　どこか判りますか？」

住職はまたも上品に首を左右に振った。好奇心とは無縁、余計な情報は知らないし、漏らすことはありませんと宣言しているようにも見える。

須藤はあらためて住職に尋ねた。

「昨日、この女性を見ませんでしたか？」

弘子の写真を示す。住職は深くうなずいた。

「お見かけしましたよ。このお墓に参られていましたよ。お声はかけませんでしたが、加賀谷みさ子さんの名代でお参りされたのでしょう」

須藤は礼を言い、墓地を後にした。薄も彼女なりに弘子の行方を心配しているのだろう。押し黙ったまま、ついてくる。

須藤は石松の携帯にかける。かなり待たされた後、ようやく野太い声がした。

「待たせたな。いま、加賀谷の家を捜索している。そっちは？」

「寺だ。息子と思われる男の墓がある。旦那の康栄は海外で死んだらしい」

「それで？」

「弘子さんが拉致された理由が、判ったように思う」

「回りくどい表現を使わないで、判ったことがあるならさっさと言え！」

「間違えられたんだ」

「何？」

「弘子さんは、加賀谷みさ子と間違えられて、拉致されたんだよ」

須藤と石松、日塔は、加賀谷みさ子の寝室で立ったまま向き合っていた。家の中は捜査員たちでごった返し、あちこちで声高なやり取りが続いていた。

石松が鋭い目でこちらを見ながら言った。

「間違えられたとは、どういうことだ？」

須藤は答える。

「弘子さんは加賀谷みさ子と親しくなった。細かな経緯は不明だが、おそらく、井の頭自然文化園のゾウ、はな子を見にいったことがきっかけだ。病気のみさ子を気遣い、弘子さんはあれこれと世話を焼き始める。そうこうするうち、みさ子の体調は悪化。死んだ息子の命日に墓参りもできない状態となった。そこで……」

「弘子さんが代わりに赴いた……か」

「拉致を企んでいたヤツらは、寺で張りこんでいたんだろう。そして、墓参りに来た弘子さんをみさ子と勘違いし、あとを尾け、部屋に押し入り、彼女をさらった」

「宅配業者を装いか……。しかし、何のためにみさ子をさらう？　見たところ、暮らし向きもさほど豪勢とは言えない。近しい身内もいないようだ。さらったとして、見合うだけの身代金を得るのは、難しいと思うがな」

その指摘には、須藤もうなずかざるを得ない。

「加賀谷みさ子についても、徹底的に調べる必要がありそうだな。息子と旦那についても」

「そのあたりは、いま至急当たらせている」

「もう一つ、弘子さんの拉致に関して、鍵の件が解決されていない。まずはエントランスのオートロックだ。これは、他の住人が開けた時、そ知らぬ顔で一緒に入ればいい。問題は中だよ。弘子さん宅の鍵だ」

「そいつは判らないな。人違いで押し入っているわけだから、合鍵の線はない。となるとピッキングか何か……」

「鍵にこじ開けた跡はなかったぞ。それに捕まえた四人、武闘派揃いで、ピッキングとか小技がきくとも思えない」

須藤は日塔にきく。

「その後、四人は何か吐いたのか」

日塔は肩をすくめる。

「さっきようやく通訳の算段がついたばかりだ」

重苦しい沈黙が下りる。

須藤は言った。

「その辺のことは、弘子さん本人から聞こうじゃないか。見つけだしてから」

険しい顔でうなずく日塔。一方、石松は眉間にしわを寄せつつ、低い声で言う。

「俺は須藤の言う人違い説に賛同できん。拉致したヤツらがみさ子の顔を知らなかったとは思えない」

日塔が口をはさむ。

「そうとは言いきれんぞ。身柄を押さえたヤツらは、ただの雇われの可能性が高い。ネットか、あるいは歌舞伎町の外れでスカウトされたんだろう。ヤツらはみさ子の人となりすら知らない。ただ、さらってくるよう言われただけかもしれん。二月十三日に加賀谷雅彦の墓に来る女をひっさらえってな」

「顔写真はもらっただろうが、歳の差はあれ、みさ子と弘子さんは背格好、顔形もなんとなくだが似ている。ヤツらが間違えてもおかしくはないぜ」

「通訳を待ってヤツらを尋問したところで、大した情報は得られんだろうな。八方塞がりか。とりあえず、みさ子の身辺調査、急ぐよう発破をかけてくる」

日塔は目をぎらつかせながら、部屋を出ていった。

一方、石松は自身のタブレット端末で、何事かを確認している。

「どうした？　新情報か？」

「日塔の発破を待つまでもない。加賀谷雅彦については、おおよそのことが判ってきた」

「聞かせてくれ。雅彦はいつ、どこで、なぜ死んだんだ？」

石松の顔に困惑の表情が広がる。

「それなんだがな……まず、あの墓の下に雅彦の骨はない」

「どういうことだ？」

「彼は十年前に失踪している。七年間の失踪の末、三年前に死亡が認められたんだ」

「失踪宣告か……。それで、失踪の詳細は？」

「海外に渡航し、行方を絶った」

「また海外か⁉　で？　彼が行ったのはどこの国だ？」

「ラオス」

「ラオス？」

「そう、ラオス」

ラオス人民民主共和国。東南アジアの内陸にある国だ。

「どうしてそんな所へ」

「そこまではまだ判らん。とにかく、十年前、ラオスに渡航し、彼は行方不明となった」

「須藤さん、ラオスですよ！」

薄が部屋に飛びこんできた。

「そんなことは判ってる……何？」

石松たちとの会話に夢中で、薄のことをすっかり忘れていた。彼女は彼女なりに、家のあちこちを独自に探検していたらしい。

「薄、ラオスがどうした？　何か見つけたのか？」

「じゃじゃーん」

薄が示したのは、額装された紙だった。

「なんだそれは？　表彰状か？」

「違いますよぉ。ゾウ使いのライセンスです」

「はあ？」

須藤は額に納められた紙に目をこらす。草原に並ぶゾウたちを背景に、英語が数行にわたって印刷されている。須藤には何のことやらチンプンカンプンであったが、中ほどに記された“Ms. Misako Kagaya”の文字とその横に四角く縁取られたみさ子の顔写真は確認できた。

一番下には日付も記されており、「13 Feb. 2013」とあった。

雅彦の位牌に記されていた日付と同じだ。

「薄、説明してくれ。こいつはいったいなんなんだ？　ゾウ使いってのは、つまりあのゾウのことか？」

「須藤さん、少しオチをつけてください」

「オチついてだ」

「ツチノコですか？」

「誰もそんなこと言ってない！　だから、そのぅ、つまり、この紙は何なの？」

「だから、ゾウ使いのナンセンスです」

「さっきはライセンスと言っただろう」

「ナイスセンスです。あ、だからオチがつく。なるほどねぇ」

「うるせえよ。弘子さんの命がかかってるかもしれないんだ。真面目にやれ」

「やってますよぉ。須藤さんが変なことばっかり言うから……ええっと、これは、ラオスにあるエレファントキャンプでゾウに乗る訓練を受けるともらえるものなんです。私も一度行きましたけど、これがけっこう大変で……」

「おまえの体験談は後で聞く。これはどこにあった？」

「一階廊下の横に小さな物置部屋があって、そこにラオスの資料がごっそり。その中にありました」

　石松は薄から額を受け取り部屋を出ていく。須藤は薄に言った。

「ラオスにはゾウがたくさんいるのか？」

「大分減ったと言われてはいますが、アジアゾウの貴重な生息地です。野生のゾウ以外にも、エレファントキャンプなど、ゾウゆかりの観光施設もいくつかあります」

「加賀谷みさ子は、井の頭自然文化園のはな子をよく見にいっていた。こいつは偶然かな」

「何とも言えません。ただ、ラオスまで行ってライセンスを取ってくるわけですから、ゾウに何らかの思い入れがあったのは間違いないと思いますねぇ」

　須藤は両手を握りしめる。

「何がどうなっているんだ。外国人に襲われたかと思えば、今度はラオスか。いったい弘子さんはどこにいるんだ？　これだけ動き回っているのに、彼女の手がかりはまったく摑めない」

「須藤さん、そんなにマッタリしないでください」

「ガッカリな」

「実は私、個人的に足を打ってあるんです」

「手だ」

「え？」

「打つのは手」

「じゃあ、足は？」

「どうでもいいんだよ、そんなことは。で、どんな手を打ったの」

「こんな手です」

　薄が携帯をさしだした。着信中で、画面には非通知の文字が表示されている。

「こ、これをどうすればいいんだ?」

「出てください」

「かけてきたのは、誰なんだよ」

「死神（しにがみ）さん」

「何?」

「いいから、出てくださいよ」

　仕方なく通話マークをタップする。何とも気怠（けだる）げな間延びした声が聞こえてきた。

「薄さぁん、遅くなってしまって、すみません」

「ああ、これは薄の携帯で間違いないんだが、いま話しているのは、上司の須藤だ。そちらはどなたかな?」

「あぁ、須藤警部補ですかぁ。はじめましてぇ、私、薄さんの友人で、儀藤（ぎどう）と申します。儀藤堅忍（けんにん）」

　何とも妙な名前だ。

「警察官であれば、所属、階級をうかがいたい」

「階級は警部補なんですがぁ、所属は……困りましたねぇ、所属ないんですよ」

「そんなバカな話があるものか。おまえ、何者だ?」

「何者って……まあ、人によっては、死神だなんて呼ばれてますけど……」

どこまでもふざけたヤツだ。

「あんたねぇ……」

言いかけて、ふといつか聞いた噂のことを思いだした。警視庁には、裁判で無罪判決が出た場合、その事件の再捜査を行う極秘部署があるという。担当するのは一匹狼(いっぴきおおかみ)の刑事であり、彼に協力した者はその後、出世の道を永久に閉ざされることから「死神」とあだ名されている――。

「あ、あんた、まさか……」

「ええ、おそらくご想像通りだと思います」

「しかし、死神と言われるあんたが、どうして薄と?」

「まあ、薄さんにはいろいろとお世話になったことがありまして」

死神の世話をするって、いったい何なんだよ。詳しく聞きたいところではあったが、今はそれどころではない。

「それで、死神さん、ご用件は?」

「薄さんに言われましてね、総務課の職員、田丸弘子さんの渡航歴について、調べてみました。あ、私、以前は警察庁の方におりまして、いろいろと、そちらの方に顔がきくものですから」

つまりは、元公安ということか?

間延びした声は続いた。

「田丸さんはパスポートをお持ちですが、出国された形跡はありません」

「当然でしょう。職員が渡航する場合は上司等の決裁が必要です。彼女が海外旅行を希望していただなんて、聞いておりません」

「それはそうなんですけどねぇ」

　鼻で笑われているようで不快感が募る。

「用件はそれだけですか？　だったら……」

「まあまあ。だからといって、田丸さんが渡航していないとは限りませんよ。私、これでもちょっと顔がきくものですからね、昨日と今日の成田空港と羽田空港の監視カメラ、その画像を解析させたのですよ。まあ、データはあなたの携帯に送りますがね、ちょっと気になるものが見つかりました」

　須藤の携帯に着信がある。驚いたことに「死神」という差出人からのメールが届いていた。添付ファイルを開くと、出国審査の様子を撮った監視カメラの映像である。

「これは……」

　映っていたのは、間違いなく田丸弘子だった。ベージュのロングコートをはおり、うつむき加減で審査官にパスポートをさしだしている。そして、彼女のすぐ隣には、体格のよい四十男がいた。弘子にピタリと寄り添い、同じくパスポートをだしている。

「これは昨日深夜の羽田空港で撮られたものです。画像を見る限り、映っているのは田丸弘子さんで間違いない」

「しかし、パスポートは確認されていないんでしょう？」

「その時刻に審査場にいたのは、タイ人のジェイ・ウィーヘン、トゥ・ウィーヘン夫妻となっています」

状況が須藤にも飲みこめてきた。

「偽造パスポートか」

「彼女の横にいる四十男。彼が田丸さんを脅し、偽造パスポートを使って、国外に連れだしたと思われるのです」

何てことだ。

「それで、彼女が連れだされたのは、どこなんです？」

「搭乗した飛行機もすべて確認しましたよ。こう見えてちょっとしたツテが……」

「ツテ自慢は後で聞きます」

「そんな自慢するほどのツテでもないのですが、ウィーヘン夫妻の目的地はバンコクです」

ついに手がかりを得た。須藤は興奮で携帯を耳に押しつけていた。

「よく突き止めてくれた。これから鬼頭管理官と相談して……」

「いえ、あのぅ、実はまだ話は終わっていないのです。バンコクというのは経由地でして、ウィーヘン夫妻の最終目的地ではないのですよ」

「な……」

怒鳴り散らしたくなるのを必死で抑え、儀藤の言葉を待つ。

「タイのバンコクの先にある国、実のところ、もう皆さんある程度、見当がついているのではないでしょうか？」

「バンコクが経由地……それは……ラオスか」

「その通りです。本日、ウィーヘン夫妻のラオス入国が確認されています」

「あなたの言う通り、こちらでもラオスとの関連を示すものが出てきている」

「日本人警察関係者が拉致され、海外に連れだされる。これは由々しき事態です。何としても無事に取り戻さねばなりません。そのための協力は惜しみませんよ。まあ、今の私にできることはたかが知れておりますが」

「いえ、ここまで調べていただいただけでも、感謝のしようがありません」

「またいつでもご連絡を」

通話は切れた。携帯を薄に返しながら、須藤は、ラオスという未知の国について考えていた。

「なあ、薄、おまえ、ラオスに行ったことあるんだよな?」

「はい。ベトナム国境あたりで、ゾウの生息数調査をしたことがあります。ただ、途中でゲリラに出くわして銃撃戦になっちゃって、もう大変でした。私が吹き矢で敵の隊長を……」

「いや、もういい。それ以上は聞かなかったことにする。とにかく、それなりの知識があるんだな」

「はい」

「行くか、ラオス」

「もちろん!」

「すぐ、準備にかかろう」

「私、いつでも出かけられます。常に準備はオタンコナシ!」

「オコタリナシ!」

「モンダイナシ!」

「……いや、あるぞ、大きな問題が一つ」

「何ですか?」

「俺、パスポート持ってないんだよ」

八

「す……東さん、そっちじゃないですよぉ。こっちこっち」

薄に言われ、須藤はエスカレーターから慌てて飛び降りる。キャリーケースが太ももに当たり、思わず「痛ぇ」と声を上げた。すぐそばにいた家族連れが、慌てて須藤から離れていく。

「どっちがどっちなのか、まるで判らん」

事前に手渡された地図を睨むが、既に方向を見失っている。カリカリしながら地図をポケットに押しこみ、薄のいる場所に戻った。

薄は使いこまれた黒いウェストポーチ一つを身につけ、飛行機の発着を知らせる掲示板を見上げていた。

「す……東さん、大丈夫。時間通り、飛びそうですよ」

「だから、その飛行機が出発する場所が判らんのだ」

「そんなに慌てなくても大丈夫ですよ。出発までまだ四時間もあるんですから。ラウンジにでも行って、ゆっくりしましょうよ」

「ゆっくりっておまえ……ラウンジ？　そんなものがあるのか？」

「ありますよぉ。私たちが使えるのは、バンコクエアウェイズのラウンジです。ここからだと、ちょっと歩きますが」

「地図も見ないで、現在地が判るのか」

「判りますよ。ここには何度も来たことありますから」

「何度も？」

「ええ。タイは動植物の宝庫ですからねぇ。この仕事を始める前は、一年に二、三回は来ていました」

「そうか……。まあとにかく、おまえに任せるよ。日本とは勝手が違いすぎて、ついていけない」


タイ、スワンナプーム国際空港。二〇〇六年に開港した、世界有数の巨大国際空港である。

急遽(きゅうきょ)ラオスに行くことになったのはいいが、パスポートすらとったことのない旅オンチの須藤だ。あまりの展開の早さに、脳も体もついていけない。結局のところ、同行している薄に頼りきるしかないのが実情だった。

今のところ日本からラオスへの直行便はない。いったん周辺国に飛び、乗り換えをしてラオスに向かうのだ。

羽田を零時三十分に出発、バンコクまでのフライトは約七時間。時差は二時間である。到着は五時三十分。しかし、バンコクエアウェイズのラオス行きの出発時刻は九時二十五分。約四時間、空港で待たねばならない。

羽田空港を出発するところまでは何とか平静を保っていたものの、いざバンコクに到着し、機外に出た瞬間から、須藤の頭はパニック状態だった。機外の空気はじっとりと湿っており、肌にまとわりつくようだ。漂う香りも様々で、しかも濃厚。香水、整髪料、排気ガスなどが混じり合った異国独特の香りが、須藤をより不安にさせる。日本人はごく少数で、行き交う人々のほとんどが肌の色も喋る言葉も違う。がっしりとして二の腕にタトゥーを入れている白人が前を通っただけで、須藤はキャリーケースを引く手に力がこもってしまうのだった。

長く広い通路を進み、手荷物検査を受ける。ここでも制服姿の厳しい顔をした男女が、鋭い視線を須藤たちに向けてくる。須藤の後ろからは中国人の団体客がやってきて、検査場の喧騒は増していった。

薄は勝手知ったる何とやらで、須藤のことなど気にもせず、さっさと行ってしまう。プライドが邪魔をして、ちょっと待ってくれのひと言が言えず、須藤は一人、不安な思いで手荷物検査を受けることとなった。

何事もなく終わったものの、エスカレーターで三階に上がると、そこにはさらに広大な空間が待ち構えていた。

幅広の通路が十字に走り、それぞれAからGまでの表示が出ている。どの通路にもこれといった特徴がないため、自身の居所が何とも摑みにくい。早朝六時前であるにもかかわらず行き交う人は多く、良く言えば活気があり、悪く言えばただただ忙しない。

少し先にあるインフォメーションセンターに目をやるが、座っているオペレーターは当然のことながら、全員日本人ではない。

一人あたふたしているうちに、薄の小さな姿は、人々の合間に消えていきそうになる。

「おい、待て、いや、待って」

須藤は慌てて、彼女の後を追った。

『常に監視がついていると考えてください。あなたがたは観光客です。そのことを絶対、忘れないように』
出発前に言われた言葉がよみがえるが、そこまでの余裕はない。
生きて帰れんのかなぁ。須藤はすっかり弱気になっていた。

羽田空港第二ターミナルの三階出発ロビーは、思っていたよりも混み合っていた。

午後十時半ちょうど。エスカレーターを上ったすぐのところが待ち合わせ場所だった。

時刻通りに来たものの、誰もいない。須藤は厚手のコートを脱ぎ、額に浮き出た汗を拭う。

ダメだ。まるで勝手が判らない。

スーツケースを購入するため、ネットで検索を始めたのが、昨日の午後だ。

日程は二月十六日から二十日までの三泊五日である。日本は真冬だが、ラオスは夏。いったいどんな服を持っていけばいいのか、何着くらい必要なのか、まるで想像がつかない。

捜査一課時代、犯人を追って全国各地を駆け巡った。要請があれば、身一つで飛びだしていくことに、何の躊躇(ちゅうちょ)もなかった。だがそれはあくまで国内での話。

海外という未知の世界を前に、須藤は途方に暮れていた。

いったいどうすればいいんだ。

こんなとき、田丸弘子がいてくれたら。

考えが及ぶのは、常にそこだった。弘子の陽気な笑い声を思いだし、それが萎(な)えそうになる気力を奮い立たせる。

弘子を見つけ、日本に連れて帰る。その強い思いだけを糧(かて)に、須藤は丸一日かけて荷造りをすませ、バスと電車を乗り継いで、ここ羽田空港までやってきたのだった。

額の汗は、暖房の効きすぎではなく、焦りと緊張によるものである。

そんな須藤の懸命さをあざ笑うかのように、約束の時間となっても誰も現れない。

時計が十時三十五分を示すに至って、須藤はにわかに不安になる。

まさか、成田空港……？

血の気がひいたとき、携帯が震えた。見知らぬ番号からだ。

「はい」

「どうも、儀藤です。儀藤堅忍です」

間延びした、何とも緊張感のない声が聞こえた。

「ああ、儀藤さん。もう待ち合わせ場所におるのですが」

「そこから、出国審査ゲートのある方向に進んでください。両側にチェックインカウンターが並んでいますが、ずっとまっすぐ突き当たりまで」

須藤は言われるがまま、スーツケースと機内持ちこみ用のキャリーケースを転がしていく。

航空会社によっては、カウンターに長い列ができているところもある。人々を避けつつ進んでいくと、正面に両替所が見えた。

携帯から儀藤の声がする。

「両替所の左側に、ネイルサロンがあります。看板に大きく『ＳＵＳＨＩ　ネイル』と書いてあります」

なんだそりゃ？　と訝（いぶか）りつつ目を向けると、なるほど、エビやマグロなどの握り寿司（ずし）が爪（つめ）に描かれたポスターがある。

「その店に入ってください」

「俺にはこんな趣味はない」

「おやおや、寿司ネイルをバカにしていますね。これで外国人にはなかなかの人気が……」

「そんなことはどうでもいい。いいか、俺はこれからラオスにまで行かにゃならんのだ」

「判りきっていますよ。だから来ていただきたいのです。どうも状況は思っていたより深刻です。用心に越したことはありませんからねぇ」

そう言われてしまっては、逆らうわけにもいかない。須藤は自動ドアを入る。

入ったところにはカーテンが引かれ、その前に儀藤が粘っこい笑みを浮かべて立っていた。

「どうぞ、こちらへ」

そのままレジ脇の部屋へと誘導される。慣れぬスーツケースをカウンターの角にぶつけながら、ようやくのことで、須藤は中に入る。部屋は思っていたより広かった。十帖ほどはあるだろう。真ん中に薄圭子がニコニコしながら立っていた。さすがに今日は制服姿ではない。動きやすそうなジーンズにグレーのシャツ、その上にかなり着古した薄いブルーのジャケットをはおっていた。黒いウェストポーチは、小柄な薄がつけるとやけに大きく見える。中に何が入っているのかは、神のみぞ、いや、薄のみぞ知るだ。

薄は須藤の顔を見ながら、子供のようにまくしたてる。

「須藤さん、ラオスですよ、ラオス。ゾウに会えますよぉ」

「観光旅行に行くんじゃないんだぞ」

「判ってますよ、そのくらい。ゾウに会いに行くんですよね」

「判ってないだろう！　弘子さんはどうなる」

「あ！　そうだ。弘子さん」

「おまえ、本気で心配してないだろう」

「そんなことないです。ああ、心配」

儀藤がニヤニヤと笑いながら、須藤に紺色の冊子をさしだした。パスポートだ。

「これをお持ちください」

「やや、これはすみません。無理を言いまして」

パスポートの発行には通常もっと時間がかかる。二日足らずで手元に来たのは、やはり儀藤のコネがものを言ったのだろう。

しかし、儀藤の薄気味悪い笑みには、まだほかの意味合いがありそうだった。

不安を感じ、須藤はパスポートを開く。

「何だ、これは？」

写真はあきらかに須藤のものだったが、名前は東研作（けんさく）となっている。

儀藤は顔をくしゃりと歪めると、もう一冊のパスポートを薄にも手渡した。

「これは我々が用意したものです。あなた、まさか本名でラオスに飛びこむつもりだったのですか？」

「本名を名乗って何が悪い。それにどういうことだ？　薄はちゃんと自分のパスポートを持っているはずだ」

薄はパスポートを開くと、「わぁ」と無邪気に歓声を上げる。

「私、高杉幹子！」

須藤は真顔で儀藤に詰め寄った。

「説明しろ。なぜ薄まで偽造パスポートが必要なのか」

しかし、儀藤は一向、気圧された様子もない。

「あなただって、元は捜査一課の刑事だ。今回の事件、一筋縄でいかないことくらい、お判りでしょう？」

「それは……覚悟している」

「では、何が待ち受けているか判らない国へ、自分は警察官でございと本名を名乗って乗りこむ愚かさについても、当然、お判りでしょうね」

「だからといって、不法行為を犯して入国しては、逆効果だろう」

「こちらでもいろいろと調べてみたのですが、どうもはっきりとしない。事件の芯が見えてこないのです。こういうときは、まず用心です。これが私のモットーでしてね」

目の前に立つ儀藤という男がいったい何者なのか。須藤にも今もってよく判らない。

「あんたのあだ名は死神だったな。不吉だな」

「そのくらいのリスクは負っていただかないと」

摑みどころのない奇妙な男ではあるが、いまだ所在が摑めない田丸弘子を心配していることだけは、本当のようだ。

彼と弘子に面識があったとは思えない。つまり儀藤は、一警察関係者の失踪を、本気で心配ない。

していいるわけだ。いかに怪しげな人物でも、警察官としての思いを受け取らないわけにはいか

それに今のところ、彼に頼る以外、選択肢はないのも現実だ。

須藤の思いを、儀藤はいち早く察したようだ。口元を緩め、ふむふむと一人うなずくと、おもむろに話し始めた。

「お二人は観光客です。職業その他は、機内で適当に考えてください。まあ、きかれることはないでしょうがね。飛行機のチケットなど一式はこちらです」

儀藤は封筒を、須藤、薄それぞれに手渡した。

「その中には往復のチケットが入っています」

「往復?」

「帰国するのは四日後、二月二十日です」

「ちょっと待て、それでは……」

「申し訳ありませんが、すべてこちらに従っていただきます。ラオスを発(た)つのは、二月十九日。もし、こちらの指定した便に乗れなかった場合、皆さんの安全は保証できません」

「もしそれまでに弘子さんを見つけることができなかったら?」

「それでも、帰国していただくよりほかありません」

「そんな……」

「ラオスをなめない方がいい。下手をすると、戻ってこられなくなります」

そのとき、薄が口をはさんだ。

「でも、弘子さんのチケットはどうするんですか？　行くときは二人ですけど、帰るときは三人になります」

儀藤はゆっくりと薄の方に顔を向けると、眠そうなトロンとした目をかすかに見開いた。

「その辺も手配済みです。三人目のチケットは向こうで受け取る手はずになっています」

「向こうってラオスで？」

「そうです。むろん、パスポートも」

「今度の偽名は何なんですか？　もしかして江崎愛子？」

「玉井光子」

「そっちかぁ」

須藤は怒鳴る。

「偽名で盛り上がってるんじゃないよ！　儀藤さん、向こう、つまりラオスで受け取る手はずと言ったが、向こうには誰か仲間がいるってことなのか？」

「そこは、こちらの方から、説明していただきましょうか」

儀藤が半歩後ろに下がると、部屋のドアが開き、かっぷくの良い初老の男が入ってきた。

須藤は驚いて、男の名前を口にした。

「牛尾さん……牛尾久兵衛警視！」

牛尾は相変わらずだなと苦笑しつつ、須藤を見た。

「とっくに退職した身だ。階級は止めてくれと頼んだだろう」

「失礼しました」

「薄君も元気そうで何より」

「はい。この間、沖縄でハブに嚙まれそうになりましたけど、元気です」

牛尾は目を細めつつ何度かうなずいた後、真顔にかえった。

「須藤君、田丸さんの居所は、まだ？」

「はい。とりあえずラオスに乗りこんでから、捜すつもりです」

「無茶なことをするねぇ。しかし、止めても行くんだろう？」

「むろんです」

「タイ、ベトナムには何度となく足を運んだが、さすがの私もラオスにはまだ行ったことがない」

牛尾久兵衛は、もともと警視庁生活安全部、生活環境課に所属していた。動物の密輸事件のエキスパートであり、暴力団の資金源にもなる動物の密輸ルートを摘発、多くの希少動物を救ってきた伝説の男でもある。

今は退職し、妻とともに田舎(いなか)暮らしをしている。須藤とは、アロワナ事件以来の付き合いである。

須藤は言った。

「しかし、牛尾さんがどうしてこんなところに？」

牛尾が口を開く前に、儀藤が言った。

「私がお願いしました。私よりも牛尾さんの方が詳しいと思いましたので」

牛尾は「いやいや」と首を振る。

「先も申した通り、ラオスは門外漢でね。ただ、隣国には今も、生活環境課のＳ、情報屋がいる」

「ということで、口を利いていただいた次第なのですよ」

「実はアロワナ事件の後、家庭菜園の会で偶然、田丸弘子さんとお会いしてね。妻を交えて数回、食事をしたんだよ。警察官であった旦那さんを亡くされ、ご苦労されたことも聞いている。彼女の身に危険が及んでいると知って、矢も楯(たて)もたまらなくなってね」

「そうですか」

　須藤はうなずいた。

「いや、牛尾さんの協力が得られるとは、百万の味方を得た思いです」

「できることは何でもさせてもらう。タイにいるＳの一人が、今日、ラオスに入っているはずだ。観光ガイドということでね。あなたがた二人は、日本から来た観光客。あとは、Ｓの指示に従っていただきたい」

「了解です」

「それから……」

　牛尾は薄を見た。

「君はゾウの実情には、当然、詳しいね?」

「はい。アフリカゾウ、マルミミゾウ、アジアゾウ、すべて絶滅の危機に瀕(ひん)しています」

「アフリカゾウの個体数減少については、象牙(ぞうげ)密輸の影響が最大だ。今回の件、そのことと無関係であれば良いのだが」

「中国が国内の象牙販売を禁止しましたから、今や、日本が世界最大の象牙マーケットとなりつつあります。残念ですけど、無関係とは考えにくいです」

「関係ありとすれば、状況はかなり厳しい。覚悟しておく必要がある」

たまりかねて、須藤は尋ねた。

「それはどういうことです？　弘子さんは密輸組織によって拉致されたとでも？」

「可能性だよ。だが聞けば、君たちも既に、襲撃を受けたのだろう？」

薄がにっこりと笑う。

「はい。もう少しで頭の皮を剝ぐところでした」

「吹き矢は使わなかったのか」

「相手との距離が近かったのでナイフを使いました」

牛尾は苦笑混じりに須藤を見た。

「心強い相棒だな」

「少々強すぎます」

「君たちを襲った者たちの身元は？」

「黙秘を通していて、いまだにはっきりしません。不法滞在者をネットなどで集めた、急ごしらえのグループのようです」

「問題は黒幕だな」

「ネットやら半グレの若いのを使っているので、容易には辿れないようです。石松や日塔ががんばってくれてはいるのですが」

牛尾はため息とともに言った。

「象牙密輸の根は深い。八〇年代後半に、アフリカ―東南アジアのルートを追ったことがあるんだが、結果は惨敗だった。忘れがたい黒星だよ。Sを何人も失い、象牙の押収は失敗、首謀者たちにも逃げられた」

「牛尾さんにも、そんな経験が」

「アフリカ―東南アジアルートには、日本人も関わっていてね。暴力団、向こうでいうヤクザが地元のマフィアと結託して、一儲け企んでいたような時代だ」

当時を思いだしたのか、牛尾の話は止まらなくなる。

「タケイ・Tと呼ばれる正体不明のグループリーダーがいてね、名前からみて、どうやら日本人らしい。何とか正体を突き止めてやろうとがんばったんだが、結局、ダメだった」

薄が言う。

「アロワナのときのXみたいですね」

牛尾は苦笑する。

「そう。Xとタケイ。大物を二人も取り逃がした。伝説だの何だの、若い者は持ち上げてくれるが、とんでもない。失敗ばかりさ。そして、いまだに象牙の密輸を止められないでいる。忸怩たる思いだよ」

「いえ、そんなことはありません」

須藤は言いきる。

「あなたのような方がいたからこそ、今があるんです」

牛尾はどこか悟ったような風情でうなずいた。

「そうだな。動植物管理係がこうしてがんばってくれているんだ。バトンは渡せたかもしれないな」

「むろんです。なあ、薄」

「さあ、どうですかねぇ」

「ここは素直にうなずいておくところだよ」

「空気を抜け」

「読めだ！」

牛尾は温厚な笑みを浮かべ、須藤と薄を見た。

「とにかく、十分に気をつけて。田丸さんの無事も祈っている」

「判りました」

儀藤が腕時計を見て言った。

「そろそろ、行った方がいいでしょう。加賀谷康栄についての情報が入ることになっていたのですが、間に合わなかったようですなぁ。おっとその前に……」

須藤を手招きする。出入り口にかかるカーテンを小さく開き、店の前の通路を指さす。そこには、アジア系の男二人が、所在なげにたたずんでいた。

「あの二人に見覚えは？」

「いや」

「あなたがたを見失って、困っているようです。いずれにせよ、相手は思っている以上に手強(てごわ)

いということです。あの二人はこちらで始末をつけておきますが、油断されないように。常に監視がついていると考えてください。あなたがたは観光客です。そのことを絶対、忘れないように」

須藤は儀藤に対し、敬礼をする。

「何から何まで、お世話になります」

儀藤は敬礼を返すこともなく、眠そうに微笑んだ。

「警察関係者が拉致され、海外に連れだされたのですから、当然です。本当は、総力を挙げてあなたがたをバックアップしたいところですが、今の私にそこまでの力はなく……」

「これで十分です」

須藤は薄を振り返る。

「行くぞ」

「はーい」

Dゾーンにあるラウンジ入り口には小さなカウンターがあり、そこに女性が二人座っていた。飛行機のチケットを示すと中に入れてくれる。

時期的なものなのか、時間的なものなのか、中に人影はなかった。コンセント付きのカウンター席と、四人がけのテーブル、ソファなどが整然と並んでいる。奥にはサンドイッチやマフィンなどの軽食、コーヒーマシーン、ジュースのサーバーが並ぶ。

それを見て、薄は目を輝かせる。

「す……東さん、何か食べますか?」

「いや、食欲がないし、さっき飛行機の中で食べただろう」

「機内食とラウンジの軽食は別腹ですよ」

「いくつ胃袋があるんだよ」

薄は鼻歌を歌いながら、コップを取り、鮮やかすぎるオレンジ色の飲み物をたっぷりと入れて戻ってきた。

「何なんだ? その飲み物は?」

「判りません」

「判らないものを飲むのか?」

「郷と言ったら郷ひろみ」

「郷に入っては郷に従え」

薄はジュースをがぶりと飲む。

「美味いか?」

「微妙です」

「じゃあ、俺はコーヒーにする」

「ひどい! す……東さん、私を実験台にしたんですね」

「郷と言ったら郷秀樹さ」

ラオス行きの飛行機まで、あと三時間はある。ラウンジに落ち着いたことで、須藤の緊張も解けつつあった。

ラウンジ前の通路も含め、今のところ、不審な人物は見当たらない。あまりに気を張っていては、いざラオスに乗りこんだときに身がもたなくなりそうだった。

コーヒーをいれ戻ると、薄はいつのまに取ってきたのか、マフィンを頰張(ほおば)っていた。

「こっちは本気で美味しいです」

「そりゃ良かった。ところでう……高杉、出発前に牛尾さんが言っていた象牙の密輸についてだが、今日本が市場の中心になりつつあるとか言っていたな。あれはどういうことだ？」

須藤は象牙について興味もなければ知識もない。一方、薄が常々、象牙の輸入や販売について良く思っていないことは知っていた。別の事件の捜査中、象牙製品を身に着けていた者をケチョンケチョンにやりこめたこともある。

「ほうへといへは、はんほひっへも……」

「口を空にしてから言え」

「はひ、ふひはへん」

口をもぐもぐさせ、オレンジ色のジュースを一気に飲み干すと、薄はふぅと息をついた。

「ゾウの個体数減少については、世界的に問題になっています。す……東さんに合わせて、大雑把に説明すると……」

「俺に合わせてってのは、余計だよ」

「アフリカゾウは象牙などを目的とした密猟による減少、アジアゾウについては環境変化による減少が特に注目されています」

「俺たちが行くラオスにいるのは……」

「アジアゾウです。ラオスやタイなどの密林に生息していましたが、あの地域は開発の嵐(あらし)にさらされています。森林は消え農地になり、やがて都市化していきます。森が失われれば、当然、ゾウの住処(すみか)もなくなります」

「なるほど。それはゾウに限らず、あらゆる生きものに言えそうなことだな」

「す……東さん、膨張しましたねぇ！」

「成長と言いたいのか？」

「そう、それです。昔は動物のことを動物とも思わない、頑固で愚かなトンチキでしたけど」

「う……高杉、俺は一応目上であり、おまえの上司だぞ」

「それ、笑いが止まらないヤツですか」

「それは笑止な。それに、笑いが止まらなくなると書くが、そのままの意味じゃない」

「ベンソン！」

「それはジョージ」

「マイケル！」

「ジョージでそれが出てくるヤツはそうはいないだろう。大抵は、ハリスン……って何の話をしてんだよ。ゾウは？」

「ゾウ、早く乗りたいなぁ。えっと何の話でしたっけ」

「アジアゾウだよ！　森林の消失に伴って、個体数が減っていると……」

「環境変化っていうと、餌などがなくなって死ぬことを一番に考えるかもしれませんが、アジアゾウの場合は、もう少し複雑なんです。密林が農地などに変わるということは、つまり人の住むエリアが広がるってことです。今まで、アジアの地域では、ゾウと人が共生してきました。ゾウの住む場所と人の住む場所の間には、密林という境界があり、ゾウと人は顔を合わすことなく、お互い、別の世界で暮らしていたんです。まあ、タイなどでは、ゾウを農作業などに使役してはいましたが、基本、野生のゾウとは上手くやっていたんです。それが……」

「境界がなくなり、ゾウと人が出会ってしまった。なるほど」

「日本でも鹿やイノシシによる害が問題になっていますよね。熊もそうです。アジアの密林では、今でも住人がゾウに殺されたりしているんです。逆に、農地を荒らすゾウが殺されたりもしています」

「そうやって、個体数が減っていくわけか……。悲しい現実だな」

「タイやベトナムなどでは、保護の動きが進んでいます。ただ実際にゾウによる被害が拡大しているなか、どこまで実行力があるか……」

「しかし、アフリカゾウは象牙のために密猟が行われているんだろう？　アジアゾウの場合はどうしてそういったことが起きないんだ？」

「アジアゾウの牙は短くて、象牙目的で殺されることは滅多にないと聞いています」

「では、アジアゾウしかいないラオスに行くのに、どうして象牙だの密輪だのが絡んでくるんだ？」

出発前、薄は牛尾と密輪についての話をしていた。日本が象牙市場の中心とはどういうことなのか。

「牛尾さんとの話にも出ましたけれど、これまで象牙市場は基本的に中国が主でした。伝統的に象牙を珍重する習慣があり、現在、取引が禁止されている象牙は、当然、高価格で取り引きされることになります」

「象牙の輸出入は禁止されているんだよな」

「はい。一九九〇年から、ワシントン条約によって、国際取引は原則禁止になりました。ただ、それ以前に国内にあった象牙に関してはその対象とはなりません。そこで問題となるのが日本です。八〇年代、日本は象牙の消費大国でした」

「牛尾さんが言ってた、タケイとかいうヤツらが暗躍していたころだな」

「ええ。その名残(なごり)で、国内には大量の象牙が残っています。それらが最終的に違法な形で国外に持ちだされている……というわけです」

「しかし、違法は違法だが、既に存在している象牙なんだろう？　だったら、新たにゾウが殺されることにはならない」

「ブブー！　それだと日本の頭でっかちな役人と全然、変わりませんよ。例えばですけど、日本で象牙を取り引きするためには、登録が必要です。でもそれは、全形の象牙だけなんですよ。ハンコなどに加工されたものは入っていないんです。ですから、二分割、三分割された象牙が国内に持ちこまれると、もう規制のしようがないんです」

「つまり、いったん半分に切れば、持ちこまれた象牙は、極端な話、取り引きし放題ということか」

「まあ、極端な例ですけど。いずれにしても、『日本には違法な象牙はない』と自信を持って言いきれないのは事実です。ほかにも、象牙の登録申請がまともに機能していないという指摘もあります。これまでは申請された象牙の領収書確認も放射性炭素年代測定もされていませんから、多少の知恵があれば、違法な象牙を、一九九〇年より前から所有していたと言い抜けることはできたんです」

「つまりはザルってことか」

「少なくとも、私はそうした法の不備により、毎年、相当量の象牙が国外から持ちこまれ、それが不法に海外へと持ちだされていると考えています」

「政府は動かないのか？」

「はい。国内取引は合法のまま。世界で唯一です。でも、大手のオークションは次々と取引を止めていますし、百貨店などでも販売を中止しました。民間レベルでは、いい方向に進んでいます。頭の固い高齢者や政治家が問題なんです」

「政治家がハンコ議連を作ってるくらいだからな」

「そもそも、印鑑なんて今やまったく意味をなしませんよね。百円ショップでも買えるんですよ。そんなものが、どうして身元や意思の確認になるんです？　今はデジタル社会です。伝統とかにかこつけて、印鑑を文化と主張するのは無理がありすぎます」

「いやまあ、俺もたしかにそう思うけどな」

「顔認証や指紋認証の時代に、印鑑ですよ。そんなもの喜んでいる人って、ふだん、何を食べてるんですかね？」

「よくは判らんが、普通のものを食べてるんじゃないかなぁ。いや、印鑑が前時代の遺物であることは判ったし、それを伝統とか言ってもてはやす輩（やから）が時代錯誤であることも判った。だが俺たちはいま、タイにいて、象牙について話しているんだ。どうだ、高杉、思いだした？」

「えっと、象牙？」

「本当に忘れてんのかよ！」

「や、やだなぁ、忘れているわけはないじゃないですか。象牙ですよね」

「完全に忘れていて、いま、必死で思いだそうとしている顔に見えるが」

「当たらずともあしからず」

「遠からずな」

「で、象牙ですが、中国では国内での取引が禁止されました」

「それはさっき聞いた」

「日本では禁止されていないため、今後は取引の中心となる可能性が……」

「それも聞いた。ベトナムやタイ、日本を経由して中国に入っていることも」

「アロワナの件でもそうでしたが、取引が禁止されると、当然、密輸が横行します。動く金額も大きいですから、そこには……」

「反社会的勢力が関与する……か。第二のタケイ・Tが登場するかもしれんな」

「取引が禁止されても、中国国内には一定数の需要があります。密輸を取り仕切る組織にとって、取引禁止は儲(もう)けを拡大する好機でもあります」

「商品の値段が高騰するからな」

「ただ、取り締まりも厳しくなりますから、リスクもマシマシです。従来の密輸ルート壊滅に動きだす国も出てくるでしょう。そうなると、組織として急務なのは……」

「新ルートの開拓だな。なるほど、それが日本か」

「ええ。持ちこむリスクはかなり高いですが、何といっても、国内での移動、加工、販売ができる。これは大きいですよ。これは牛尾さんが考えていることなんですけれど、私も可能性は大ありだと思っています」

薄がいつになく真面目な顔で言った。

「ラオスを象牙密輸の中継基地にしようと考えている者がいるのではないでしょうか」

「なるほど。ベトナムやタイルートに代わる新たな密輸経路だな」

「はい。ラオスは中国への直行便もありますし、中国、タイ、ベトナムとも国境を接しています。そして、これは悲しいことですが、ラオスはまだ発展途上にある貧しい国です。金が稼げるとなれば、荒っぽいことも厭わない人たちも……」

「アフリカからラオス、そして日本。なるほど、考えられなくはないな。しかし、その件と弘子さんの拉致は関わりがあるんだろうか？」

「それは判りません。私たちが持っている手がかりは、ゾウ使いのライセンスだけですから」

「だが、ほかに何もない以上、手をこまねいているわけにもいかん」

「手でコマネチですか？」

あのポーズを取ろうとする薄を、須藤は懸命に止める。ラウンジ内は少しずつ人が増え始め、白人の家族やアジア人のカップルが、近くのソファに座り、談笑している。実年齢より幼く見える薄にそんなことをされては、同行の須藤がどんな目で見られるか。

「おまえは肝心なことは何も知らんくせに、妙なことには詳しいんだな。とにかく、ここまで来たんだ。やるだけのことはやってみよう」

「当たっても遠からず」

「そう、ケロケロです。す……東さんは肝心なことは知ってるくせに、どうでもいいことは知らないですねぇ」

「そ、そうか。すまんな……って、それでいいんだよ！」

薄はへへへと笑いながら、壁にある飛行機の運航表示板を見る。

「まだ少し時間がありますけど、搭乗ゲートまではけっこう遠いので、もう行きましょうか」

ヒョイと椅子から立つと、さっさと歩き始めた。

「ちょっと、う……高杉、待って」

置いてけぼりを食らっては、どうにもならない。須藤は慌てて後を追いかける。趣味も持たず休暇もとらず、海外旅行にも行かず、ただ一線で犯人と格闘してきた。自分の人生に不満や疑問を持ったことはないが、今、初めて、須藤の心は揺らいでいた。

せめて、飛行機くらい、もっと乗っておくんだったなぁ。

九

「これに……乗るのか？　本当に？」

　午前十時前、うっすらと雲のかかった空の下、須藤は移動用のバスを降り、目の前にあるプロペラ機を見上げていた。

　全長は三十メートルほど。左右の翼にはそれぞれ一基ずつのプロペラがつき、後方にある乗降口では、年配の白人たちがそのプロペラを指さしながら、携帯片手にワイワイと盛り上がっていた。

　むろん、見た目は立派な飛行機であるのだが、日本から乗ってきた巨大な機体を見た後では、あまりにも頼りない。

　薄はヤレヤレとばかりに肩を落とす。

「何を言ってるんですか、す……東さん。これはＡＴＲ72。定員は約七十人です。世界のあちこちを飛んでいる、優秀な機体なんですよ」

「それは、そうだけどな……」

　ラウンジを出た後、薄とともにいったんメイン・ターミナルビルを横切り、多くの旅行者で賑わう店舗を左右に見ながら、どこまでも続く長い直線をえっちらおっちら歩く。ようやく着いたコンコースＦは、いかにも空港の外れといった感じの薄暗く寂しい場所で、待合の椅子に腰掛けている者もほとんどいない。

やれやれと一息つく間もなく、係員にパスポートと搭乗券を確認され、エスカレーターを下りて進めと指示された。その通りに歩いていくと、今度はバスが待機している。座席はほとんどなく、皆、立ちっぱなしだ。

全員が揃うまでかなり待たされた後、バスは空港の中をけっこうなスピードで飛ばしていく。左右に様々な国の航空機が見え、どこまでも続く滑走路が一望できる。薄がいなければ、写真の一枚でも撮っていただろう。

もっとも、興奮しているのは須藤くらいで、車両の半分ほどを埋めた乗客たちは、退屈そうにぼんやりと窓の外を見つめるだけだった。

ラウンジを出て小一時間、ようやっと、須藤はラオス行きの飛行機までたどりついたというわけだった。

数段のタラップを上り、機内に入る。二席ずつの座席が両側に整然と並んでいる。乗客はそれほど多くはない。七十人乗れるとのことだったが、実際に乗っているのは二十人足らずだろう。

須藤は案内されるがまま、機体中央の席に、薄と並んで座った。

「それにしても、やっぱり少し怖いな」

シートベルトをしながら言う。

「犯人をバンバン撃ち殺してた人の言葉とは、思えませんね」

「誰も撃ち殺してねえよ。逆に撃たれてこのザマだ」

「ここまで来たんですから、もう引き返せませんよぉ。鼻に力を入れて……」

「力を入れるのは腹な」

早口の英語でアナウンスが始まり、それが何を言っていたのか薄に尋ねる間もなく、飛行機は滑走路を動き始め、覚悟を決める前にさっさと離陸、腹に力を入れるころには、かなりの高度に達していた。

「わあ、サンドイッチですよぉ。いっただきまーす」

機内食として配られたターキーサンドを、薄は美味そうに頬張っている。封を切る気にもなれない須藤は、包みをテーブルの隅に押しやった。

プロペラ機と正直、小馬鹿にしてしまったが、機内は大きな揺れもなく快適だった。

ほかの乗客はほとんどが年配の白人旅行者であり、皆、疲れた様子でシートにもたれ会話をする者もほとんどいない。

須藤もようやく眠気を感じ始めていた。しかし、ラオス、ルアンパバーン国際空港までは約二時間である。眠っている暇もない。

「見てください、すごいですよぉ」

窓側に座った薄が、窓の外を指さす。どうしようか迷ったが、思い切ってのぞいてみた。ぷかりぷかりと浮かぶ雲の下、見えるのは鬱蒼とした密林だった。濃緑色の密林だけが、はるか地の果てまでも続いている。

「このあたりの密林も、どんどん減っていってるんですよねぇ」

木々の下に棲む動物たちに、思いを馳せているのだろう。薄の声は沈んでいた。

再び英語でのアナウンスがあり、機体が降下し始めるのが判った。

気がつけば、到着まで三十分を切っていた。

いよいよか。

須藤は座席の肘掛けを摑む。

無事に着いてくれよ。

「暑いんですか？　汗かいてますよ」

「うるさい」

「お腹でも痛いんですか？　サンドイッチ食べていなかったですよね」

「いいから放っておいてくれ」

「あ、もしかして、飛行機が怖いんですか？」

「うるせえ！」

「梅干し！」

「図星!!」

ふと目をやった窓の外には、緑に覆われたラオスの山々が広がっていた。山の間を縫うようにして未舗装の道路がのび、ところどころに石や土でできた簡素な家がある。巨大な寺院や碁盤の目に走る広い道、高いビルがそびえるタイのバンコクとは大変な違いである。

こんなところにまで、弘子さんは無理やり、連れてこられたのか。その心情を思うと、抑えがたい怒りに体が熱くなる。

何としても日本に連れて帰る。

ドンと機体が大きく揺れた。着陸したのだ。

しかし、窓の外にあるのは、道を挟んだ向こうに広がる森と、そこを切り開いて作ったと思われるわずかな畑だけだ。

ここが国際空港……？

滑走路をさらに進むと、ようやく、コンクリート造りの建物が見えてきた。空港ターミナルビルのようだ。

ビル前に広がる駐機場には、三機の飛行機があった。一番奥にあるのは、かなり大きな、いわゆるジェット機だ。一方、真ん中と手前にあるのは、須藤が乗ってきたのと同じ、プロペラ機で、機体はさらに小さい。

出発・到着ゲートは三つしかないようで、タラップ車が一台、ビルの前に駐車してあるだけだ。その横を通って、一台のバスがこちらに向かってきた。

須藤の乗った機体は、ゆっくりと機首をターミナル方向に向けると、動きを止めた。

シートベルト着用のサインが消え、英語のアナウンスが響いた。どうやら、無事、到着したようだった。

安堵に包まれてはいたが、それを態度や表情にだすと、薄にまた馬鹿にされる。なに食わぬ顔でベルトを外し立とうとして足がもつれた。足が痺（しび）れている。通路を挟んだ向こうにいた白人の男性が慌てて、支えてくれた。

何か言ってきたが、皆目判らない。須藤は無理やり微笑んで、オーケー、オーケーと繰り返した。

その顔があまりに強張（こわば）っていたからだろう、男性は苦笑しつつ、そのまま離れていった。

タラップを下りると、バンコクと同じく、じわりと湿気を含んだ熱気がまとわりつく。それでも、匂いや肌触りは大分違う。バスのだす排気ガスの臭いに混じって、濃い緑の香りが負けじと周囲に広がっていた。

乗客が乗りこむとバスはすぐに走りだす。といっても、ターミナルまではごくわずかな距離だ。歩いても三分とかからない。そこを大きく駐機場を回りこむ格好で、進んでいく。意図は不明だが、到着したばかりの外国人を好き勝手に歩かせるわけにもいかないのだろう。

ターミナルに着いたバスから降り、人々の流れに乗って建物に入る。冷房が効いていてひんやり、というわけではない。周囲はガラス張りでまぶしいほどの陽光が入ってくるものの、室内は殺風景でほこりっぽい。装飾の類いは何もなく、まるで講堂か体育館に案内されたようだった。

建物に入ってすぐの場所にカウンターが三つ。そこが入国審査の場所であることに、須藤はしばらく気づかなかった。

開いているカウンターは二つで、右側が海外からの旅行者用のようだ。須藤は薄にならい、右側の列に並ぶ。カウンター内にいるのは、何とも厳しい顔をした痩せた男で、カーキ色の制服を着用、しっかりと帽子もかぶっている。役人なのか軍人なのか、須藤には判別できない。

薄に言われるまま、パスポートと搭乗券を用意する。パスポートに記されているのは、偽名の東研作だ。百戦錬磨の須藤とはいえ、初めての海外旅行、ニセのパスポートとなれば緊張しないわけがない。心臓がせりだしそうになりながら、順番を待つ。薄が先に呼ばれる。

平然とした様子で男の前に立ち、英語でされた質問にもスラスラと答えている。こちらを指さしたのは、連れであることを示すためだろう。

ものの一分ほどで薄はカウンターの向こうに通された。わずか数歩の差だが、向こうとこちらは大違いだ。一人取り残されたような、言いようのない不安がわき起こる。

男が鋭い目でこちらを睨み、手招きした。落ち着けと自身に言い聞かせながらも、ぎくしゃくとブリキ人形のような足取りになってしまう。

パスポートなどを渡し、懸命に心を落ち着かせながら、カウンターの前に立つ。

縁についているのは、小型カメラのようだ。男はここを見ろと無言で指さした。須藤がカメラとにらめっこをしている間、男はやけに時間をかけ、パスポートの写真を確認、猜疑心に満ちた目で何やら手元の書類をめくっている。

薄のときはもっと簡単にすんだはずなのに。

うそ寒いものを感じつつも、須藤は必死に平静を装った。

男が突然、にっこりと微笑んだ。鋭い目が線のように細くなり、日焼けした顔とは対照的な真っ白い歯が薄い唇の間からのぞく。

須藤がパスポートを受け取ると、男は一瞬で元の厳しい顔つきに戻り、須藤の後ろにいる次なる入国者に視線を向けた。

須藤は小さくサンキューと言い、薄の許まで行った。

「ふー、どうなることかと思った」

「普通の入国審査ですよ。さすが儀藤さん、ギドーだけに、ギゾーも完璧」

「こんなところで、偽造とか言うんじゃない。誰が聞いているか判らんぞ」

「畳に目があって障子に耳があるんですね」

「目があるのは壁。畳に目があってどうする。いや違う、壁にあるのは耳だ！　目は障子！」

そばに立っていた制服姿の男二人が、ぎろりとこちらを睨んだ。

「まったく、おまえのせいで睨まれたぞ」

「大丈夫ですよ。私たちは、ただの陽気な日本人です」

審査カウンターを出た右側にある小さなターンテーブルが動き始めた。薄のカーキ色をしたトランクが真っ先に姿を見せる。やたらと重そうだが、薄はひょいと持ち上げる。続いて、須藤のスーツケース。買ったばかりなので、傷一つないピカピカだ。

「さて、出発！」

薄はトランクを転がしつつ、腕を突き上げる。

またも男たちが険しい目を二人に向けてきた。

「だから、あんまり目立つ行動を取るなよ」

「す……東さんみたいにビクビクしてたら、かえって目立ちますよ」

二十メートルほど進んだところに自動ドアがあり、するすると開く。出たところが到着ロビーだった。ロビーといっても、出迎えの人間がワイワイとたむろしているごくごく狭い場所だ。売店などもなく、ここもいたって殺風景である。

「ええっと、アズマさんにタカスギさん？」

つば広の帽子をかぶった男が近づいてきて言った。

「ボク、ガイドのパチャラです。よろしく」

黒く日焼けした精悍(せいかん)な顔つきで、体は引き締まっており、腕も太い。明るいグレーのシャツを着て、胸ポケットにはサングラスがさしてあった。

「高杉幹子です」

パチャラと握手をする薄にならい、須藤も右手をさしだした。

「東です。東研作」

握り返してきた手は、大きく力強かった。

「よろしくお願いします」

パチャラはちらりと左右に目を走らせると、声を落として言った。

「ふだんはタイに住んでいますが、時々、観光ガイドとしてラオスに来ます。ウシオさんから話は聞いています」

「ということは、ふだんはタイで……」

「そういった話はあとで。ひとまず、車の方へ」

ロビーを抜けた先に大きく丸いロータリーがあった。そこで待っていたのは、トヨタのランドクルーザーだ。相当に使いこまれており、紺色の車体はホコリだらけである。

「ふだんはラオスで車を調達するんですが、今回は特別です。タイからこいつを転がしてきました」

どうやら、パチャラの私物らしい。

後部シートには、空き缶やらタバコの箱やらが散乱している。

「汚くてすみません。掃除する暇もなくって」

牛尾からの急な依頼に応えてくれたのだ。贅沢は言えない。

荷物をトランクに詰め、薄は助手席に、須藤は後部シートに陣取った。ロータリーには、観光客をピックアップする車がひっきりなしにやってくる。一方、空港前の道を往来するのは、二輪車が圧倒的に多い。中には黒い煙を上げながら、猛スピードで走り抜けていくものもある。人々の表情は総じて明るいが、着ているものなどを見るに、決して豊かな印象はない。

「さて、では参りましょう」

運転席に乗りこんだパチャラが、ランドクルーザーをスタートさせる。急ハンドルで一気にロータリーを回り、通りへと出た。

道は低い山の間を縫って進む。二月はそろそろ乾期が終わろうとする時期だ。そのせいもあってか、山の斜面にはえる木々に勢いはなく、葉も茶色く乾いている。

二車線の道は、とにかくバイクがひっきりなしだ。運転も乱暴で、無理な追い越しは当たり前、センターラインをはみだしてきて、あわや正面衝突というところをすり抜けていく者もいる。

もっとも、パチャラは慣れっこなのだろう。いちいち気にする風もなく、悠々とハンドルを切っていく。

出発して五分ほどで、パチャラが言った。

「尾行などの類いはないようです。あらためまして、パチャラです。よろしくお願いします」

「高杉こと、薄です」

「東こと須藤だ」

薄が言った。

「日本語、お上手ですね」

「タイの大学で日本語を専攻しました。三年ほど、日本にもいました」

「日本では何を？」

「まあ、いろいろですね。日本は豊かな国と聞いていたのですが、いざ行ってみると、事情はけっこう違っていて……おっと、失礼しました」

「いいんですよ。日本なんて、ちょっとしたムー帝国ですから」

「ムー帝国？　ああ、海に沈んだと言われている幻の国ですね」

「はい。いろいろ沈んでます。沈むばかりだから、チンチン国ですね」

「それはずいぶんと手厳しいですね。まあでも、日本で働いていたころのことを思うと、正直、もう日本には戻りたくないなぁ」

　須藤は後ろからそっと口を開いた。

「それで、パチャラ君はどうして牛尾さんと？」

　聞きにくいことではあったが、そこははっきりとさせておきたかった。

　口が重くなるかと思いきや、パチャラはさばさばとした調子で答えた。

「日本で働いた中には、ペットショップもありました。あまり筋のよくない店というか、言われるがまま、いろいろやっていたら、一斉摘発を食らって……あとはお判りでしょう？」

「取り引きしたということか」

「ええ。強制送還一歩手前のところを、ウシオさんに声をかけてもらったってわけです。さっき、日本にはもう戻りたくないと言いましたけど、行きたくても行けないってところもあるんですよ」

　パチャラは明るく笑う。

「そうか、いろいろあったんだな」

「でも、ウシオさんには本当によくしてもらいました。その分、危ない目にも遭いましたけどね。こっちの密輸業者はマフィアとあまり変わりませんから。情報とるのも、命がけです」

「それにしても、日本語が上手いなぁ」

　文法も発音もほぼ完璧である。

「語学は武器ですから。母国語はタイ語ですが、日本語、中国語、ラオス語……」

「ラオス語ってのがあるのか？」

「はい。何となくタイ語に似ているようでいて、実はかなり違っているんです。ラオスは英語が通じないところも多いですから、観光客はけっこう苦労するんです」

　これといった渋滞もなく、車はいつの間にか山間部を離れ、家々の建ち並ぶ一角へと入っていた。家といってもほとんどが平屋であり、見渡す限り高い建物はない。道の両側には車やバイクがずらりと停(と)まっており、その間を人々が気ままに往来している。信号などは見当たらず、慣れていなければ間違いなく接触事故を起こすだろう。

　人々は日焼けしていて、皆、細身だ。道のところどころには屋台が出ていて、穏やかに微笑む女性が土産(みやげ)物などを売っている。

　パチャラが言った。

「ラオスの歴史は争いの歴史でもあります。そのため、近代化が遅れました。国は今も貧しいです」

車は細い道に入り、するりと石塀脇の小さなスペースに滑りこんだ。

パチャラはエンジンを切り、人懐（ひとなつ）っこい笑みを浮かべる。

「さて、降りてください。観光しましょう」

須藤は驚いて言い返す。

「そんなことをしている時間はない。俺たちが来た目的、君も聞いているだろう？」

「もちろんです。でも、あまり目立つ行動は取らない方がいい。お二人は観光で来たことになっているんでしょう。なのに、お寺も見ずにホテルに閉じこもったら、怪しく見えてしまいますよ」

「しかし……」

薄がひょいと手を挙げて言った。

「ゾウは？　ゾウはどうなってます？」

「エレファントキャンプは明日です。明日の朝、八時に行くことになっています。一日コースでゾウ使いのライセンスを取ることができます」

「わぁい、ゾウ使い」

「う……高杉！　俺たちは物見遊山に来たんじゃないんだぞ」

「登山は得意です。高いんですか？　そのモノミユって山」

パチャラが手を叩いて言う。

「そういえば、エレファントキャンプの近くにはエレファントマウンテンがあります。ゾウ山ですね」

「登りたい！」

「二人ともうるせえよ！」

これでは日本にいるときと変わらない。

「とにかく、パチャラ君の言うことにも一理ある。気は焦るが、ここはひとまず、観光といこう」

冷房の効いた車内から出ると、思わず尻込みしたくなるほどに暑い。日差しも強烈だ。薄はちゃっかり、迷彩柄のキャップをかぶっている。パチャラもまた、愛用のものなのだろう、白い帽子を頭にのせている。

白壁に囲まれた細い道を抜けると、広々とした場所に出る。まず目につくのは、左手にある巨大な建造物だった。大きく湾曲した屋根が折り重なるようにして、天を突いている。遠くから見る屋根は黒々としていて優雅な中にも風格がある。思わず居住まいを正したくなる荘厳さだ。

パチャラが建物を指しながら言った。

「ここはワット・シェントーン。一五六〇年、セーターティラート王によって建立されました。ラオスにはたくさんの寺院がありますが、その中でも一番、美しいと言われています」

歩いて近づいていくと、正面には黄金の精緻な装飾、各壁面には、モザイク画がびっしりと描かれていた。

「一三五三年にファーグム王がラーンサーン王国を造りました。ワット・シェントーンが造られた時期は、王国が隆盛を誇っていた時期でもあります」

観光の中心地ということもあり、見学者は多い。見ていると、皆、靴を脱ぎ建物の中に入っていく。

「ここは中も見学できるのか?」

「ええ。ただし、ここは今でも僧侶が修行をしていますから、あまり大きな音をたてたり……」

「僧侶が修行? つまり、そのぅ、この寺は現役ってことか?」

「はい。日本の人からすると意外かもしれませんが、修行やお勤めの場を実際に見ることもできますよ」

強く袖を引かれた。薄が本堂の斜め向かいにある建物を指さしている。

「怪獣がいますよ。金色で首が三本!」

パチャラは苦笑して言った。

「時々、そういう風に言って興奮する日本の方がいるんです。本当は三本だけではないんですけど。あれは霊柩車庫といって、一九六〇年に行われたシーサワンウォン王の葬儀で使用された霊柩車が置かれている場所です」

「霊柩車? つまり、あれに遺体をのせて?」

「はい。葬儀の規模が判るでしょう?」

霊柩車は数メートルの高さがあり、金ピカで、龍の鱗一枚一枚に至るまで、鮮やかに彫りこまれていた。

「ここも中に入って、ぐるりと一周、回ることもできるんですよ」

「私、行ってきまーす。ギドラ、ギドラ」

自作の歌を口ずさみながら、薄は建物の中に消えた。

強い日差しにあぶられながら、須藤はパチャラと並んで立つ。

「君の言うことは正しかったようだな」

「そのようですね」

「ついてきているのは、何人だ?」

「今のところ二人。観光客を装っていますが、目つきが普通じゃありません。ガイドなら、すぐ気がつきます」

「警察か何かか?」

「いえ、違うでしょう」

パチャラはそう言い置くと、一人、スタスタと霊柩車庫の向こう、チケット売り場近くの木陰にいる四人の男に何事か声をかけた。

男たちは威張りくさった態度で、パチャラに何事か話している。パチャラはペコペコと頭を下げ、愛想笑いを見せると、こちらに戻ってきた。

「あれは?」

「警官です。ボクがガイドであなたがたを連れ歩いていることを報告しておいたんです。その方が、何かとやりやすいので。それと、彼らの反応を見に」

「結果は?」

「何の疑いももたれていないようです。となると、向こうの二人は……」

「さっそく食らいついてきたってわけか」

「ギドラ、ギドラ、オロチ、オロチ」

薄が出てきた。

「連中の正体は不明だが、我々を警察に密告する恐れはないのか? 叩けばいくらでもホコリが出るぞ。偽造パスポートとか」

「それは連中とて同じですよ。ウシオさんは、象牙密輸の新ルート開拓を目論む組織……」

「ラオス—日本ルートか」

「ええ。彼らが絡んでいると考えているようですが、ならば、下手に目立つ行動は取らないでしょう。将来的にはラオスの高官や警官を抱きこむつもりなのでしょうが、それまでは、なるべく関わりを持とうとはしないはずです」

「個人的には、さっさととっ捕まえて、弘子さんの居所を白状させたいんだがな」

須藤たちが話している間も、薄は敷地内を歩き回っている。

パチャラはそんな彼女を目で追いながら言った。

「焦る気持ちは判りますが、慎重に行きましょう。もう何ヵ所か観光した後、ホテルにお送りします。チェックインをすませたら、夕食です。そこで、街に詳しい人物をご紹介します。何らかの情報を持っているかもしれません」

「ラオスの山奥でぇ、修行してぇ」

「う……高杉、いつまで歌ってるんだ。そろそろ行くぞ」

「はーい」

薄が須藤の許に駆け寄ってくるのに応じ、寺院脇にいた背広姿の男二人も、さりげなく行動を起こす。これといって特徴のないアジア人だ。右手にはガイドブックを持っている。

薄が言った。

「後ろから来る二人、何か変ですよねぇ」

「気がついてたか」

「観光客には見えないですしねぇ。何しに来たんでしょう」

「俺たちを尾行してるんだよ」

「え⁉　交尾？」

「尾行だ！　後をつけてくること」

「なあんだ」

「がっかりすることはないだろう。おまえも気をつけろ」

「はーい」

車に乗りこみ、再び、露店や通行人、バイクでごった返す道に出る。これを無秩序と見るべきか、活気と見るべきか。

須藤はそっと後ろを見る。車の姿はないが、油断はできなかった。風体を変え、歩行者やバイカーに紛れている可能性もある。誰もが怪しく見え、判断がつかない。

日本の感覚がまったく通用しない異国で、須藤は手足をもがれた思いであった。

運転席でパチャラが言った。

「次はワット・マイに行きます。仏教芸術の最高峰とも言われる建築物です。その後は、ルアンパバーン国立博物館」

「判った」

須藤はぐっと歯を食いしばる。弘子のことを思うと、いても立ってもいられなくなる。

弘子さん、無事でいてくれよ。

今の須藤には祈ることしかできない。

十

ホテルの名前は「バルジオン」といい、シーサワンウォン通りとインタソム通りの交差点を渡った右側にあった。ルアンパバーン国立博物館からは車で三分とかからない場所であり、飲食店が軒を連ねるにぎやかな場所だった。

「チェックインだけ、すませましょう」

パチャラの案内で、バルジオンに入る。思っていたよりはるかに近代的で、そして美しい場所だった。

エントランスにはよく手入れされた木々が茂り、そこを抜けると、ガラス張りの明るいロビーがある。チェックインカウンターの男性は英語も堪能のようであったが、ラオス語の方が話しやすいらしい。パチャラが手早く手続きを行ってくれた。

パチャラが言う。

「ここはタイ資本のホテルです。向かいには中国資本のホテルがまもなくオープンする予定で、もう少し北に行ったところには韓国資本のホテルも建設中です」

「世界遺産ともなると、すごいもんだな」

タコ部屋のようなところを想像していた須藤は、己の見識のなさを恥じた。アジアの国々はまさに日進月歩で発展の道を進んでいる。日本にいると、その感覚がまったくなくなり、井(い)の中の蛙(かわず)となってしまう。

パチャラが部屋のカードキーを二枚持ってきた。

「こちらがアズマさんの、こちらがタカスギさんのキーになります。荷物はそれぞれのお部屋に運んでくれるとか。どうしますか、少し部屋で休みますか？」

「いや」

須藤は首を振った。

「情報を集めたい。我々には限られた時間しかないんだ」

「判りました。タカスギさんは大丈夫ですか」

薄は明るく笑って言う。

「もちろんです」

ホテルの外に出たところで、パチャラは腕時計に目を落とした。時刻は午後五時前。まだ日は高く、暑さが和らぐ気配もない。

「少し早いですが、夕食に行きましょう。マントゥラート通りに『テリナQ』というレストランがあります。そこに予約を入れてあります」

パチャラは声を低くして続けた。

「テリナQのオーナー、ブンミー・マイファーピンは、地元のちょっとした顔役です。裏社会とは距離を置く信用できる人物で、こういったときには頼りになります。彼には既にタマルヒロコさんの顔写真を渡し、それとなく情報を集めるよう頼んであります」

「なるほど。さすがだ」

須藤はパチャラに頭を下げた。

「我々だけでは、手も足もでない。助かるよ」

「こんなところでガイドに頭を下げていたら、怪しまれますよ。さあ、ここで待っていてください。車を回してきます」

駆けていくパチャラを見送ると、須藤は薄に向き直る。

「どう思う」

「多分、大丈夫だと思います。この季節でも、不用意に淡水魚などを食べると、タイ肝吸虫症になったり、牛やブタからは、レプトスピラ症なんかも……」

「食べ物のことじゃねえよ。ブンミ……ナントカさんのことだ」

「ブンミ・フルビンタさんのことですね」

「いや、何か違うと思う」

「間違いありませんよ。人の名前を覚えるのは得意なんです」

「おまえ、ランの事件のとき、被害者をコウシュウデンワって言ったよな」

「あれは漢字が読めなかっただけです！」

「自慢げに言うな。しかし……、念のため聞いておくが、やっぱり食事には気をつけた方がいいのか？」

「海外に出たら、その土地その土地で気をつけるのは当然です。ラオスだからどうってことではありません。蚊を媒介としたデング熱やマラリアなどの危険性は常にありますし、狂犬病の恐れがあるから野良犬などには近づかない。最近では鳥インフルエンザなどにも気をつける――」

パチャラの運転する車がやってきて、二人の前に停まる。

「あれ、どうかしたんですか？」

「い、いや、何でもない。高杉、行くぞ」

「毒蛇や毛虫だっているんですからね。なめたら痒い目に遭いますよ」

「なめてなんかいないさ」

強がってはみたものの、内心はひどく落ち着かなかった。虫除けスプレーとか持ってくるべきだったかなぁ。不安がモヤモヤと広がっていく。

レストランは再びルアンパバーン国立博物館の前を抜け、通りを左折、メコン川方向に少し進んだところにあった。木造二階建てで、まるでリゾートにあるロッジのようだ。そんな風情の建物が通りに沿って数軒並んでいる。ラオスの流行りなのだろうか。

車を降りたパチャラが言った。

「テリナQの右側はスパなんです。オーナーは中国人で、観光客には大人気です。左側は昨年オープンしたばかりのホテルですね。こちらも人気があります」

「開発も急ピッチなんだな」

「それがそうもいかないのです。ルアンパバーンは街全体が世界遺産になったのです。ですから、建物を壊すことも新しく建てることも、厳しく制限されます。そしてそれは、住民の生活にも及ぶんですよ」

「生活？」

「極端な言い方をすれば、世界遺産の街にふさわしい、昔ながらの生活を続けろと」

「それは無茶だ」

「ええ。ラオスは貧しいとはいえ、近代化は進んでいます。それに背を向け、不便で不自由な暮らしを続けろと言われても、住民は納得できないでしょう」

「たしか世界遺産には、定期的な審査があるんだったな」

「よくご存知ですね。そう、ルアンパバーンは必ずしも安泰ではないのですよ。そういえば、日本の富士山も難しい問題を抱えているようですね」

「大変だな、世界遺産も」

薄が真顔で言った。

「簡単です。食べる前に薬を飲んで抑えればいいんですよ」

「そりゃ、胃酸だろ！」

「カンポ、カンポ、カンポ」

「うるさいよ」

店に入ると、浅黒く日焼けした精悍な若者がメニューを手に近づいてきた。どうやらラオス語しか話せないらしい。パチャラがすべて応対してくれるが、会話の内容はチンプンカンプンだった。

店は日本で言う古民家のような造りで、天井が高く、古びてはいても、木々の温かさがしっかりと残っている。須藤にとっても居心地の良い空間だった。

今は早い時間のためか客はほかにいない。案内されるまま、一階の窓辺の席についた。

パチャラにも席をすすめたが、彼は申し訳なさそうに首を振る。

「ボクはあくまでガイドですから、一緒に食事はしません。あとのことは、ブンミー・マイフアーピンに任せておけば大丈夫です」

「いや、いきなりそう言われても……我々は彼の顔も知らない」

「まずは食事をきちんととることです。どこに監視の目があるか、判りません」

「それはそうだが……」

これがラオス流のやり方なのかもしれないが、あまりに悠長に感じる。弘子の命がかかっているかもしれないというのに。

先の男がやってきて、水の入ったピッチャーをテーブルに置く。その後、何やらラオス語らしき言葉で喋っていたが、当然、須藤には理解できない。

薄が水をコップに注ぎながら言った。

「料理はセットになっているので、新たに注文する必要はないそうです」

「う……高杉、おまえ、ラオス語が判るのか？」

「何となくですけど。来る前にちょっと夜襲をかけて……」

「予習な」

「検便でしょう？」

「勤勉！」

「苦戦しましたけど、基礎は判りました。ラオス語なんて、チョロいですよ」

「ラオス語よりまずは日本語を学べ」

「私、日本語、ペラペラです」

「全世界が認めても、俺は認めないからな」

料理が運ばれてきた。皿にそれぞれ炒めものやカツレツ、春巻のようなものが盛られている。

男は料理の説明を早口でまくしたてた。

「彼は何と言っていた?」

「さっぱり判りませんでした」

「チョロいんじゃなかったのかよ」

「まあそういうことにしておいてください」

意味をなさない言い訳をしながら、薄は炒めものをぱくつき始める。

「美味しい! たけのことききくらげが入っています」

食欲はないが、ここまで来て何も食べなければ、かえって怪しまれる。箸で薄のすすめるものを口に運んでいく。

野菜の炒めものはブロッコリーやインゲンなども入っていて、油っこくもなく、実に美味かった。石松であれば、味が薄いと塩をぶっかけたかもしれないが。

春巻のようなものは、中に人参やきくらげ、そして春雨が入っていた。酸味のあるタレにつけると、箸が止まらなくなる。

またラオスの名物でもある赤餅米を蒸したものは、赤飯ともチマキとも違う、素朴で深みのある味わいだった。

結局、気がつけば、美味い美味いと完食している。

一段落ついたところで、何とも言えぬ罪悪感に苛まれた。

弘子さん、すまん。

薄も小柄な体に似合わず、猛烈な食欲を見せ、須藤と同量を完食したうえ、赤餅米にいたってはお代わりまでしていた。いまは甘いラオスコーヒーを至福の表情を浮かべながら飲んでいる。まったく、これでは物見遊山に来たようなものではなく、本当の物見遊山だ。

ラオスに到着して半日、観光と食事しかしていない。

厨房があると思しき奥から、小太りの中年男がやってきた。英語で何か言っている。英語であれば何となく聞き取ることもできる須藤だが、アクセントに癖があり、これまた何を言っているか判らない。

一方、薄は普通に理解ができているようだった。

「その様子だと、食事には満足できたみたいだな、と言っています」

どうやらこの男が、オーナーのブンミー・マイファーピンのようだ。

須藤、薄と握手を交わすと、彼はまた何か言った。薄が通訳する。

「ボクのことは、ノックと呼んでくれと言ってます。ニックネームのようです」

この国の人々は、名前よりもニックネームを使う方が一般的だとガイドブックにも書いてあった。

「判った。う……高杉、ではきいてくれないか。タマルヒロコという日本人について、何か情報はあるかと。表向きはタイ人の夫婦として入国していることも。顔写真はもう持っているはずだ」

時間がたち、店も大分混雑してきた。日本語を解する者がいるとは思えないが、自然と声は低くなる。

薄の言葉を聞いたノックは、早口で何かを語り始めた。

薄が通訳する。

「ルアンパバーンは狭い街ですが、観光客の出入りはとても多い。ただ、この女性の情報ならあると言っています」

「本当か？」

「ただ、弘子さんの安否を直接知っているわけではなくて、知っていそうな人の名前を教えると。会う手はずも整えてやると」

須藤は失望を顔にはださず、薄に言った。

「そんなあやふやな情報で、のこのこ出かけていくヤツがいるものか。もっと確実な情報を寄越せと言ってくれ」

薄の言葉を聞いたノックは浅黒いふくよかな顔に、困惑の色を浮かべる。彼は薄に身振り手振りを交え言った。

「彼自身は、弘子さんの行方については知らないそうです。ただ、ナイトマーケットで店をだしている人が、そういうことに通じているらしいです」

須藤はノックを睨みつけながら言った。

「そういうこととは、どういうことだ？」

薄はノックの言葉を素早く日本語に直す。

「もし弘子さんが偽造のパスポートで入国し、その後、どこかに姿を消したのであれば、入国審査官や警察に影響力のある人間が関わっていると考えるべきだ。その窓口とも言える男に会わせると」

「なるほど。弘子さん受け入れに一役買った男であれば、彼女の行き先についても知っている可能性が高いというわけか。それで？　男とはいつ会える？」

ノックは力なく首を振る。

「連絡はすべて向こうから来ることになっているそうです。こちらから連絡するのは、ズバットなんだそうです。ラオスでも放送してるんですね、快傑ズバット」

「ズバットじゃなくてご法度（はっと）なんじゃないか？　どちらにしても、そんな要求はのめねえ。もういい加減、相手のペースに合わせるのは飽きてきたぜ」

須藤の形相に、ノックの顔に怯えの色が走った。

「どこに行けばその男に会えるか、それだけ教えてくれればいいと。後はいっさい、コンタクトしない」

薄の英語を聞き、ノックは泣きそうな顔になりながら、次々やってくる客に挨拶をしている。

須藤はノックに顔を近づけた。

「愛嬌を振りまいている場合か？　俺を見ろ。その男の居場所を教えろ。いいか、田丸弘子に何かあったら、おまえも無事ではすまさんぞ。メコン川に顔をつっこんで、鼻先をピラニアに食わせてやる」

「メコン川にピラニアはいません」

「うるせえな。いま大事なとこなんだよ」

「ワニもカミツキガメもなぁ。鼻を食べるような動物はいませんよ。水牛、ブタ、リス……うーん」

「鼻はもういいから」

「ちょっとモグラ捕まえてきますよ。もしかすると、鼻を齧(かじ)るかも」

「だから、それはもういいから」

「ソムタイ・ハットタム、トミー」

ノックが突然言った。

「ソムタイ・ハットタム」

どうやら男の名前とニックネームらしい。ノックは懇願(こんがん)するような様子で薄に何かを訴えかけている。

「う……高杉、彼は何と言ってる？」

「お願いだから殺さないでくれって」

どうやら、薄と須藤の日本語による会話を、誤解しているようだ。それならそれで、都合がいい。

「ナイトマーケットに店をだしているんだったな」

須藤は腕時計を見る。午後六時五十分を回ったところだった。

「これから出ればちょうどいい。行くぞ」

須藤は立ち上がり、ノックに言った。

「ごちそうさん」

外に出ると、パチャラが既に車を回して待機していた。

十一

ナイトマーケットは歩行者天国となったシーサワンウォン通りでほぼ毎夜、午後五時前後から八時前後の間、開催される。道の両脇に露店が所狭しと並び、ラオスに住むモン族の人々がハンドメイドの布製品などを売る。スカーフやシャツ、エプロン、レース、様々なものがあり、どれも派手さはなく落ち着いた色合いでまとめられていた。店の中には掛け軸や書、あるいは僧侶のマスコットや木製の携帯ケースなどを売るところもあり、思っていた以上の賑わいであった。

ルアンパバーンの道には街灯も少なく、当然のことながら派手な看板などもない。日が暮れると街の大半が暗闇(くらやみ)に閉ざされる一方、ここナイトマーケットは別世界であり、臨時に設置された照明器でこうこうと照らされていた。

様々な国籍の人々が行き交うマーケットを、須藤は逸(はや)る心を抑えて進む。

ソムタイ・ハットタムという名前に、パチャラは心当たりがあるようで、先頭に立ち人々をかき分けながら進んでいた。最後尾の薄は、露店で売っていたクモの飾り物に興味津々だった。

「そんなに高くないと思うんですよねぇ。そんなにふっかけてはこないですから、まあ一割引きくらいで買えればいいのかな」

「俺たちは買い物に来たわけじゃないぞ」

「クモはダメですか?」

「ダメ！」

「カエルは？」

「ダメ！」

「ブタ」

「ダメ！」

「カメ」

「カメ！」

「引っかかった！」

「うるせえよ。頼むから真面目にやれ」

「はーい」

路上で行われるマーケットと聞いていたので、もっと雑然としたものを想像していたのだが、売り物を無理にすすめられることもなく、激しい呼びこみの声もない。

「活気はあるが、実に行儀のいいマーケットだな」

須藤のつぶやきに、パチャラは何も答えなかった。騒乱の時代から社会主義へ。内戦を抜けだし、市場経済への転換期にあるとはいえ、まだ市民生活の向こうには姿なき恐怖が見え隠れする。

「あれ？」

パチャラが足を止めた。手作りと思われるゾウのマスコットを売る店の前である。布で作られた色とりどりのゾウが並ぶ。日本の感覚では考えられない、サイケデリックな紋様がついていた。お守り代わりに鞄につけられるサイズのものから、一抱えもある大きなものまで、黒い目をした無数のゾウが、じっとこちらを睨んでいる。

店の真ん中、店番が座る丸いスペースは空いており、ほかに人の姿はない。

「留守番もおかずに、店を空けるはずはないんですが」

パチャラも怪訝顔である。

観光客にゾウは大人気で、手に取ってながめていく者がひっきりなしだが、主人が留守であるため、ゾウを置いてそのまま行ってしまう。

「ちょっと裏に行ってみましょう。店の主たちがバイクを駐めておく場所があるんです」

パチャラが先に立って歩きだす。

露店の間を抜け、カフェと土産物店の間を通る路地へと入る。両店とも既に明かりが消え、先までの活気が嘘のように、闇が須藤たちを取り巻いた。

店と店の間の、湿った異臭の漂う道だ。人の気配はまるでなく、道を行くバイクのエンジン音が遠く聞こえるだけだった。

「こっちです」

パチャラが道を左に曲がる。行き止まりの狭い空間だった。三方を古びた石壁に囲まれている。そこに数台のバイクが壁に沿って整然と並ぶ。正規の駐車場なのか、勝手に皆が駐めているだけなのか。左手の壁沿いには、街灯が一つ、ぼんやりとした明かりを放っていた。

パチャラが指をさした。

「あれが多分、トミーのバイクです」

左端に停まっている古いものだった。近づこうとした須藤は、気配を察して足を止めた。

「高杉、判るか」

「はい。血の臭いです」

「え？」

パチャラが振り返った。

須藤はゆっくりとバイクの列に近づく。人の気配はないが、油断はできない。武器が何もないのが何とももどかしかったが、その前に確認すべきことがあった。

「高杉、おまえ、何か持っているのか？」

「目立ちたくなかったので、何も持っていません。折り畳みの傘があるんですけど、先端が鉄でできていて、棍棒（こんぼう）代わりになります。あと、ボールペンなんですけど、これ、ステンレス鋼でできているんですよ。この先端で太ももの付け根を刺すともう痛いのなんの」

「十分持ってるじゃないか。いざというときは任せる。ただし、ここは日本じゃない。相手は飛び道具を持っている可能性もある」

「え？　飛ぶことのできる道具ですか？　ヘリトンボみたいな？」

「バカなこと言うな。二十一世紀じゃないんだ」

「二十一世紀ですよ」

「あれ？　そうだったか？」

「あのぅ……」

パチャラに肩を叩かれる。

「ここには長居しない方が……」

「そうだった!」

須藤はさらに歩を進め、トミーのものと言われたバイクの向こう側をのぞきこんだ。植えこみがあり、雑草が生い茂っている。その陰から、裸足(はだし)の足がのぞいていた。

パチャラが須藤の肩越しにそれを見て、「ひっ」とくぐもった声を上げた。

須藤はバイクを乗り越え、茂みにしゃがむ。雑草を手でかき分けると、仰向けに倒れた男の体が現れた。暗がりだが、死んでいることはすぐに判る。

「パチャラ、こいつがトミーか?」

うなずくパチャラから目を移し、あらためて死体を観察する。

着ているのは、薄茶色の麻シャツだ。左胸のあたりにべっとりと血が染みこんでいる。目を近づけると、小さな穴と焼け焦げが確認できた。手首を取るとまだ温かい。しかし、脈はなく、完全にこと切れていた。

「射殺か。至近距離からだな。撃たれたばかりのようだ」

草むらには多数の飛沫(ひまつ)血痕もある。撃たれたのはこの場所で間違いない。

薄も須藤の横に来て言った。

「万手をぶたれましたね」

「先手を打たれた」

「タカラさん……」

「トミー」

「タカラトミーさん」

「タカラだけでいいんだ。違う、トミーだけでいいんだ」

「腰に銃をさしてます」

「見ただけで判るのか？」

「ふくらみで何となく」

「武器を取る間もなくやられたか」

「ここは暗いですから、不意をつけば、誰にでも狙えたはずです」

「参ったな」

路地の向こうから人の話し声が聞こえてきた。

パチャラが言う。

「早くここを離れた方がいいです。誰かに見られたら、おしまいですよ」

偽名で入国しているから、現地警察とコンタクトを取るわけにもいかない。暗がりで遺体検分もままならず、焦りばかりが募る。

「待ってください」

薄が音もなく遺体に駆け寄ると、固く握りしめたままの右拳を持ち上げた。

「中に何か挟まっていますよ」

薄は細い指で、トミーの指を一本一本、伸ばしていく。

「死後硬直はまだ、腕にまで及んではいませんねぇ」

そう言いながらつまみ上げたのは、握りしめられていた紙片だった。薄はそれを手早く開き、須藤に見せる。

TAKEI T.

ボールペンの走り書きではあったが、はっきりとそう書かれていた。

「おい、これって……」

牛尾の思い出話の中に出てきた名前だ。八〇年代後半、象牙密輸グループのリーダーであった人物——。

呆然とする須藤の肩を、パチャラが強く叩いた。

「危険です。あとはボクができるだけやってみます。お二人は早く、ホテルへ」

「わ、判った」

従うしかない。須藤は紙片をポケットに入れると、薄とともに小走りで路地を抜け、ナイトマーケットへと戻った。

なに食わぬ顔でシーサワンウォン通りを抜け、交差点を渡り、ホテルバルジオンへと入る。

冷房の効いたロビーで、須藤はほっと一息ついた。

カウンターの前を通って、中庭に出る。大きなプールがあり、ライトアップされている。白人の家族連れが、まだ泳いでいた。

客室棟は二階建てで天井が高く、入り口脇には、座り心地の良さそうなソファが置いてある。開放的な空間でのんびりソファに身を埋め、居眠りできたら……。ふとそんな思いにとらわれる。

らせん階段を上がり、左手に進むと、須藤の部屋があり、薄の部屋はその隣であった。

新たな発見について薄とゆっくり話したいところであったが、どこで聞かれているか判らない。部屋の中も盗聴の疑いがある。

「今夜のところは、部屋に引き取った方がいいだろう。すべては明日だ」

「そうですね。ホテル内でも監視されていると思いますから」

「くれぐれも用心しろよ」

「はーい」

明るい返事とともに、薄はドアの向こうへと消えた。カードキーで中に入る。抑え目の照明に、真っ白なベッド。壁には南国の海を描いた絵がかかり、テーブルにはウェルカムフルーツまで置いてある。

とんだ大名旅行だ。

トイレ、シャワールームも最新式。窓のカーテンも電動である。そのすべてが中国製だった。

「メイド・イン・ジャパン、今は昔か」

シャワーを浴びると、ベッドに大の字になった。お湯の出は決してよくはなく、十二月から一月にかけて最低気温が十五度を下回ると言われるラオスで、シャワーだけというのはきついよな——などとぼんやり考えているうちに、ウトウトとまどろんだ。

いや、寝ている場合ではないんだ。殺害されたトミーのこと、「TAKEI T.」のこと、いまだ手がかりすら摑めぬ田丸弘子のこと。考えねばならないことは山ほどある。

せめて日本にいる石松たちと連絡を取りたいところだが、盗聴の可能性を考え、それは厳禁とされていた。

どうにか、しないと……。

はっと目が覚めたとき、時計は既に朝七時近かった。

「しまったぁ」

一人叫びながら飛び起きる。カーテンの向こうには、キラキラと明るい日差しがあった。

この大事なときに、寝過ごしてしまうとは！

スーツケースから新しいシャツと黒のジョガーパンツを引っ張りだす。何といっても、今日はゾウに乗るのだ。動きやすい服装でと薄からも言われていた。

パスポートなど一式を身につけると、部屋を出て、薄の部屋のドアをノックする。

返事がない。もう一度、強く叩いてみる。やはり、返事がない。ムクムクと不安が頭をもたげてきた。

「おい、う……高杉！」

さらにドアを叩く。

「あれ、す……東さん！」

廊下に薄が立っていた。今日はカーキ色のシャツとパンツ、使いこんだウエストポーチと迷彩柄のキャップは昨日のままだ。両手にはコーヒーの紙コップを持っている。

「ど、どこで何してたんだ！　心配したじゃないか」

「下で朝ご飯を食べてたんです。パンケーキ！　美味しかったですよ」

「朝飯かぁ……」

自身の腹具合を探ってみるも、たらふく食べた夕食と疲労などで大して空腹は感じない。こういうときこそ食べておくべきと判ってはいるが、もう体が受け付けない年齢になっている。

「俺はいらないよ」

「そんなことだろうと思って、コーヒーだけ、もらってきました」

薄が紙コップをさしだす。

「助かるよ」

ブラックの苦みが、重たい体に心地よい刺激となった。

ラオスはコーヒーの産地と聞く。自国の豆かどうかは判らないが、実に美味かった。しかし、心地よい刺激の向こうで、やはり須藤が思い浮かべてしまうのは、弘子のほうじ茶だ。あれが毎日飲める日常を、何としても取り戻す。

コーヒーを飲みながら、外に出た。天気は快晴だが、気温は思ったほど高くはない。シャツ一枚だと少々肌寒いほどで、はおるものが欲しくなる。プールにもさすがに人影はない。

コーヒーを飲み干し、紙コップはロビーの建物脇にあるゴミ箱に入れる。ロビーでは、パチャラが既に待っていた。

昨夜の出来事のことなど微塵(みじん)も感じさせない、明るい笑顔で手を挙げた。

「アズマさん、タカスギさん、おはようございます。よく眠れましたか？」

「あぁ、おかげさまで」

「はい、朝までぽっくりでした」

「ぐっすりだろ。死んでどうすんだ」

その辺のやり取り、パチャラは理解できているのかいないのか、曖昧(あいまい)な笑みを浮かべながら、ホテルの正面玄関から外に出る。昨日と同じ車が、車寄せに駐まっていた。

後部シートには、ミネラルウォーターのボトルが四本、置いてある。

須藤は薄と並んで座り、シートベルトをする。

パチャラは勢いよく運転席に乗りこむと、大きくハンドルを切り、激しく行き交うバイクの群れに車を割りこませた。

昨夜のナイトマーケットの名残など、もはや微塵もなく、道はバイクであふれている。一車線に三台が並んで走ることも当たり前。センターラインなどあってないようなものだ。

そんな中を、パチャラは慣れた様子で、ぐいぐいと車を走らせていく。

かつて警察車両の運転なら自信があった須藤も、この往来を無事に乗り切る自信はない。

それでも、人々の持つ力、勢いをひしひしと感じる。これから伸びていこうとする国には、やはり熱がある。

車は街中の細い道を抜け、曲がりくねった山道に入った。右手からは鬱蒼とした山の斜面が迫る一方、左手には石造りの平屋が点在している。畑のようなものもあるが、何を栽培しているのかは、定かではない。

雑踏が一段落したところで、須藤はパチャラに声をかけた。

「昨夜の件、その後、どうなった?」

「警察も来てかなりの騒ぎになりましたが、今のところ、強盗の線で動いているようです。観光客にまで目が行くことは当分、ないかと」

これが日本であれば、凶器の追跡、死亡推定時刻の確定などが一つの流れの中で行えるのだが。

「彼はなぜ殺されたのだろう?」

「さあ」

「パチャラ君、君もこの殺しが偶然だなんて、考えていないだろう?」

しばらく間があって、返事が来た。

「ボク個人としては、そう思います」

「彼は何を我々に伝えようとしていたのか」

須藤は昨夜、遺体から回収した紙片をポケットからだした。

「TAKEI T. これについては?」

パチャラはハンドルを握ったまま、首を捻る。

「さあ」

「危険を感じたトミーが撃たれる直前に握りしめたんだろう。言うなれば、ダイイングメッセージのようなものだ」

「タケイと読むと、日本人の名前のようですね」

「今から三十年以上前、同じ名前の日本人が密輸グループのリーダーとして暗躍していたらしい」

「三十年! それじゃあ、ボクには何も判りません」

「そのころのことに詳しい人はいないか?」

「タイに戻ればいると思いますが、ラオスでは……」

パチャラから、これ以上の情報は引きだせそうもない。須藤は紙片をポケットに戻す。それを横目で見ながらパチャラがシュンとうなだれる。

「お役にたてなくてすみません。ボクはトミーと親交があったわけではありませんので」

「いや、気にしないでくれ。ほかに何か聞いておくべきことがあれば、何でも言ってくれ」

「トミーは役人に顔の利く、便利な男として評判だったようです。これも噂ですが、役人たちの弱みを握っていて、恐喝のようなこともやっていたとか」

「甚だ評判悪し。殺されても仕方ないってとこか」

「彼が死んで喜んでいる者も多いと思います。特に弱みを握られていた警官や役人たちは」

「彼は弘子さんの入国に際して、審査官に金を握らせていた可能性が高い。その審査官が怪しくはないか」

「ラオスでも殺しは大罪です。言い方は悪いですが、不法入国の手引きと殺しでは比較になりません。たとえ不正が明るみに出て、警察の手に落ちても、今度は警察に金を摑ませれば、もみ消すことは可能です」

「何と……」

「もちろん、実際にそのようなことが行われているのかどうか、ボクは知りませんけど」

「君にも立場ってものがあるだろうからな。ここはそういうことにしておこう」

「どっちにしても、おかしいですよ」

突然、脇から声がして、須藤は思わず飛び上がった。

「う……高杉！　おまえ、起きてたのか」

「起きてますよぉ。ゾウのこと考えると、寝てなんかいられません」

「それで？　何がおかしいんだ？」

「昨夜殺されたタミヤさん」

「トミー」

「トミーさん、私たちが見つけたとき、撃たれてからそれほど時間はたっていなかったですよね」

「ああ。血は固まっていなかったし、体温もまだ残っていた。死後硬直も進んでいなかった」

「殺された原因が、もし私たちに渡す情報にあったとすると、ずいぶんと乱暴な殺し方だなと思って。あの走り書きの紙を残したのもそうです。手から取りだす時間もなかったんだと思います」

「なるほど」

トミー殺害の動機が口封じにあるとするなら、もっと早くに機会はあった。須藤たちは昼間、のんびり観光と食事を楽しんでいたのであるから。

薄は続ける。

「現場はナイトマーケットのすぐ裏です。現場は人気がないとはいえ、いつ人が来てもおかしくない場所です。銃声を聞かれる恐れもあります。そんな中で、慌てて射殺したというのは、何か切迫した状況があったのではないかと」

「もちろん、殺しの動機自体が我々とは無関係とも考えられるが、もし、そうでないとすれば……」

「トミーさんが何か我々に流す新しい情報を摑んだのかも」

「それがTAKEI T.か。だがそれの意味するところが皆目判らん。どういうことだ？　タケイとかいうリーダーがまだ生きていて、ラオスで暗躍しているとか？」

「ゼロではないですが、可能性としては低いです」

「いずれにせよ、情報が少なすぎる。象牙密輸を企む組織が絡んでいる可能性も高い。俺たちのことがヤツらに漏れたとしたら……」

「情報ならとっくに漏れてますよ。日本を出る時点で、尾行がいましたよね。それに、組織の仕業だったら、昨夜のうちに私たち、襲撃されてますよ。実を言うと私、待ってたんですよ。化粧水の瓶に、ガラガラヘビの猛毒を……」

「捨てろ。捨てるといっても、その辺に流しちゃダメだぞ。ちゃんと、危険のないようにして、捨てろ」

「でもたくさんあるんですよ。虫除けスプレーには、毒ガエルの毒、これ強烈ですよぉ。吹きかけたら、もうイチコロ」

「捨てろっていうか燃やせ。すぐ、どっかで燃やせ」

「燃やしたからって、毒性が消える確証はないんですよねぇ。気化してさらに大変なことに……」

「そんな大変なもの、持ちこむんじゃねえよ。まったく……」

「でも襲撃、なかったですから。使いませんでした」

「使わなくてよかったよ。一生、ラオスから出られなくなるところだった」

「とにかく、今の段階では何を推理しても、結論はでないですねぇ」

パチャラが言った。

「いずれにせよ、警察などに、あなたがたの正体はばれていないようです。不幸中の幸いです」

正直なところ、気休めにすらならない言葉だった。

「とにかく、トミー殺しの現場には絶対に近づかないことです。それだけは約束してください」

須藤は不承不承ながら、うなずいた。

とにかく気に入らないことだらけだった。予定外の何かが、動きだしている。そんな予感があった。

薄がにっこり笑って言った。

「す……東さん、いま、何かヨガのこと考えていたでしょう？」

「ヨガ……？」

「鶴（つる）のポーズとか」

「……もしかして、よからぬことか？」

「そうそれ！　その後、俺の悪い予感はよく当たるんだとか、考えていたでしょう」

図星だった。

「梅干し！」

「図星！　それに、俺はそのことを口にだしていない」

「顔見たら判りますよ」

「しばらく口を閉じていろ。パチャラ君に笑われるぞ」

「大丈夫です。もう笑われてますから」

パチャラの笑い声を聞きながら、さらに数分行ったところで、車は十三号線という広い通りに出た。左手には、茶色く濁ったメコン川の勇姿が姿を見せる。

笑いをおさめたパチャラが言った。

「この時期は水が澄んでいるんですが、一昨日までけっこう雨が降りましてね。それで濁っているんです」

川幅は広く、向こう岸ははるか遠くだ。橋のようなものはなく、ただ茶色い水が悠々と流れているだけだ。

パチャラが続ける。

「橋はほとんどないので、住民は自分たちで竹の橋をかけるんです。雨季になって水かさが増すと流されてしまうので、乾季に入ると、また新しく作り直すんですよ」

迫る山の斜面と大河に挟まれ、道はどこまでも続く。あまり変化のない風景に、須藤は眠気を感じ始めていた。薄は既にぐっすりと眠りこけている。

完成したばかりと思しき橋を渡り、ショベルカーやダンプカーの行き交う工事現場を横目に、車はさらに曲がりくねった細い道へと入っていく。

民家はほとんどなく、川の向こう岸にちらほらと木々の合間から屋根が見える程度だ。ときおり、川辺で遊ぶ子供たちの姿が見えるから、実際に生活が営まれてはいるのだろう。

緑のトンネルを抜け、大きく右に回ったところに、突然、「MAIFA ELEPHANT CAMP」と書かれた看板が現れる。

「さあ、着きましたよ」

パチャラがサイドブレーキを引きながら、言った。

ホテルを出て、四十分ほどの行程だった。途中、背後に注意を向けたが、尾行などの気配はなかった。

外に出ると、かなり気温が上がっていて、汗が噴きだしてきた。風向きによって、動物特有の鼻を突く臭いが漂ってくる。

薄はゼンマイを巻いたばかりの人形のごとく、ぴょこんぴょこんと雑草の間を飛び回っている。

「ゾウ！　ゾウの臭いですよ、す……東さん」

「しかし、ゾウの姿は見えないな」

パチャラが石段を上がった先の建物を指さした。

「あそこが事務所です。手続きはボクの方ですませておきました。案内の人がいるはずなんですが……」

横の茂みの中から、サングラスをした中年の男がぬっと顔をだした。ルアンパバーンで見た人々同様、浅黒く、体は引き締まっている。男は段ボール箱を小脇に抱え、じろりと須藤たちを一瞥する。

パチャラがラオス語で何事かを伝える。とたんに、男の顔つきが変わり、真っ白な歯を見せて笑った。

「これは、ようこそ」

実に流暢な日本語だった。

「私はマロウです。日本語、判ります。今日はお二人の案内をさせていただきます」

「よろしく」

須藤は握手をしながら、マロウの抱えている箱の中をのぞいた。黄緑色をした奇妙な形の果物がぎっしりと入っていた。

マロウは須藤の視線の先を見て、ニカリと笑う。

「これはスターフルーツ。切ると断面が星形になります。ゾウの好物なんですよ。向こうの林にいっぱい生っています」

マロウは薄とも握手をすると、石段を軽快に上っていく。

一方、パチャラはこちらに手を振ると、一人、車へと向かう。

「事務所で休んでください。着替えを用意してきます」

「君は来ないのか?」

「ボクがゾウに乗るとお金を取られます。マロウさんに任せておけば大丈夫です」

「しかし……」

たった一枚の「ゾウ使いライセンス」だけを頼りにここまで来てしまったが、まったく見当違いの方を向いているような気がしなくもない。弘子はまったく別の場所にいて、今もひどい目に遭っているのではないか。

不安で胃が、きゅっと痛みを発する。

「大丈夫ですよ、す……東さん」

後ろから薄が声をかけてきた。

「何しろ、ゾウに乗るんですから」

なぐさめにも何もなっていなかったが、それでも、須藤の心持ちは幾分、軽くなった。

そう、こちらには薄圭子がついている。エレファントキャンプ。いよいよ、彼女の領分に突入だ。

事務所は東屋(あずまや)のような造りになっており、壁はなくすべて吹き抜けだ。中からも、正面にメコン川の雄大な流れを見ることができる。川の向こうは鬱蒼とした森、さらに向こうには山々がつらなるという神秘的な光景だ。

マロウが木のテーブルを指して言った。

「そこに着替えがあります。階段を下りたところが更衣室になっていますから、どうぞ」

紺色の上下がきちんとたたんで置いてあった。

「別に着替えなくても、十分、動きやすい格好で来たつもりだが」

須藤が言うと、マロウは悪戯心(いたずらごころ)にあふれた微笑みを浮かべる。

「強制はしませんが、着替えた方がいいと思いますよ。貴重品類は自分でお持ちください」

そう言い置くと、マロウはスタスタと事務所を出て、メコン川の河原へと下りていく。

「う……高杉、どうする?」

「私は着替えますよぉ」

どうやら彼女はマロウの微笑みの意味を知っているようだ。

「なあ、これからいったい、何が起きるんだ? ゾウに乗るだけで、どうして……」

「ゾウに入ってはゾウに従えです」

薄は着替えを手に階段を下りていく。意固地になる気持ちを抑え、須藤も服を手に階段を下りる。明かりもない薄暗い地下室だった。右がトイレと女子更衣室。左手の男子更衣室は、仕切り板も何もない場所だった。壁奥には男性用の小便器まである。

結局、便所なんじゃねえのか？

ついでだからと用を足し、紺色の服に袖を通す。麻のゴワゴワした肌触りが気になるが、軽くて実に動きやすい。サイズもぴったりだった。

階段を上がり、薄を待つ。

人の声も車の音もしない。ひどくのんびりとして、須藤にとっては贅沢この上ない時間が流れていく。

「おまたせしました」

薄が上がってきた。もともと探検家のようなスタイルだったので、着替えてもあまり印象が変わらない。

どこかで見ていたのか、すぐにマロウがやってきた。

「服はそこの棚の中に」

言われるがまま、観音開きの棚に服を入れる。マロウが鍵をかけ、須藤に手渡した。紐がついていて、首からかけられるようになっている。

「さて、行きましょう」

マロウは手をパチパチ叩きながら、陽気に言った。

事務所を出ると、急な階段が待っていた。下りると低木が生い茂る場所があり、スターフルーツがたわわに実っている。そこを抜けると、ここにも小さな東屋があった。日本で言う高床式の造りになっていて、床は地上から二メートルほどのところにある。

短いはしごを登って、床の上に立つ。

そこからのながめはひどく殺風景なもので、目の前には事務所に通じる階段と荒れた斜面。周囲は雑木林であり、ほとんど展望はない。

こんなところで何をしようっていうんだ？

そんな訝りも、木々の間から現れた巨大な動物を見たとたん、消し飛んでしまった。ゾウはあまりにも突然、何の前触れもなく現れた。足音がほとんどしないと聞いていたが、本当だ。若者に誘導された二頭のゾウが、ゆっくりと東屋に近づいていた。長い鼻を左右にぶらぶらと振りながら、小さな黒い目でじっとこちらを見つめている。

体の色は赤茶で、ところどころ、皮膚がたるんで皺になっていた。耳は思っていたより小さく、牙はない。

体は大きいものの威圧感はなく、ただ悠然と須藤たちの待つ場所に歩いてくる。

二頭は東屋にぴたりと横付けする格好で立ち止まった。ゾウの頭頂部がちょうど須藤の肩のあたりであるから、体高は三メートル弱くらいか。

薄が言った。

「メスのアジアゾウですね。年齢は四歳から五歳くらいでしょうか。標準的な大きさ、人にも慣れているようです」

それを聞いたマロウが目を丸くした。

「いやいや、詳しいですね。何かそういうお仕事を？」

「動物関係の仕事をずっとやってきました。ゾウに乗るのも初めてじゃないんです」

「それは素晴らしい。前はどこでゾウに乗られたんです？」

「タイのエレファントキャンプです」

「ほほう。向こうはかなり俗化されていますからね。背中に輿(こし)をのせて簡単に乗れるようにしているんですよ」

「でも、ゾウに対する虐待も多いですからねぇ。一度、悪質な業者を五人、縛り上げてゾウの前に転がしてやったことがあるんです。もう泣くやら、わめくやら……」

須藤は慌てて会話に割りこむ。

「う……高杉さん、いまはそういう冗談は止めた方が」

目を丸くするマロウの前で、須藤はやんわりと言った。

「いや、冗談じゃなくて……」

「そう、ゾウを前にそんな冗談、冗談じゃないですよ。さあさあ、ゾウに乗せてください」

なんでこの俺が道化を演じねばならんのだ。イライラしながらも、とにかく、笑ってごまかす。

「彼女はけっこう冗談が上手くてね」

納得したのか、していないのか、ひとまず、マロウは元の笑顔を取り戻した。

「右のゾウがチョコラ、左のゾウがココアです。どちらもよく慣れていて、危険はありません」

事実、二頭のゾウは大人しく、東屋の横で鼻を揺らしている。

マロウが言った。

「では、乗ってみましょう」

「え？」

「だって、乗りに来たんでしょ？」

「いや、乗りには来たが、まだ乗り方も何も教わっていないのだが」

須藤たちが申しこんだのは、一日コースというヤツで、午前九時から十二時までの第一部、昼食を挟んで、午後一時から午後三時までの第二部に分かれている。

第一部はゾウに乗るための基礎練習で、本格的に乗るのは午後から——須藤は勝手にそう思いこんでいた。

マロウは須藤の言葉に一瞬、ぽかんと口を開けた後、すぐにまたいつもの微笑みを浮かべた。

「乗り方といっても、簡単です。乗る場所は、頭の後ろ、ちょっとくぼんでいるところがあるでしょう。あそこ。両足は耳の後ろくらいに置いてくださいね。両手は頭の上に。耳とか引っ張らなければ、暴(あば)れたりはしませんから」

何やらえらいところに来てしまったようだ。不安にかられ薄を見るが、彼女はもう須藤のことなど気にしていない。キラキラと光る目でゾウのココアを見つめている。

「マロウさん、乗るのはいいが、手綱とか鞍みたいなものはないのかい？」

「そんなものありませんよ。さあ、どうぞ」

マロウはチョコラの横に立ち、大きく丸い胴体をペタペタと叩いた。

それぞれのゾウの脇には、棒のようなものを持った青年が一人ずつ待機している。いわゆる、「ゾウ使いの少年」というヤツだろうか。少年というほど若くもないようだが。

ゾウ使いの少年とゾウの間には、切っても切れない絆が生まれ……という感動秘話を須藤も耳にしたことがある。だが、実際のところ、青年とゾウの間にそうした絆めいたものがあるようには見えない。二人はお互いにラオス語で話しており、別段、ゾウを気遣う素振りもない。

マロウが須藤のそばに来て、言う。

「どうしますか？　ゾウに乗るの、止めますか？」

「いや、乗る。乗るよ」

ここで引き下がっては、すべての努力が水の泡だ。

須藤はチョコラとあらためて向き合った。耳をパサパサと動かし、チョコラは相変わらずマイペースだ。須藤が視界に入っているのかどうかも判らない。

人がゾウに乗るのではない。人がゾウに乗せてもらうのだ。

須藤はチョコラに近づくと、そっと皮膚を撫でた。ザラザラとしていて、ところどころに、乾いた泥がこびりついている。月日を感じさせる、粗い感触だった。

触れてみれば何か通い合うものが生まれるかと思ったが、そんな劇的な展開もなく、チョコラはただじっと、東屋の脇にたたずんでいた。

「す……東さーん、乗らないんですかぁ」

ふと横を見ると、薄が既にゾウに乗っていた。

「う……高杉さん、いつの間に！」

「動かないでいてくれるから、簡単ですよ。ひょいですよ、ひょい。憑依(ひょうい)!!」

薄の言葉にならったわけではないが、須藤はゾウに取りついた。ゾウの背は須藤の頭の少し上あたりにある。腕の力を使えば、簡単によじ登れそうではあるが、何しろ相手は巨大な生きものだ。それに、手がかり、足がかりとなるものは何もない。

マロウをちらりと見たが、助言するつもりはないようだった。須藤は半ば自棄(やけ)になり、ゾウの皮膚を思い切り摑んだ。爪をたてるようにして、勢いをつけ体を引き上げる。ゾウは痛そうな素振りも見せず、人間が体の脇でジタバタしていることにすら気づいていないようであった。

どうにかこうにかゾウの背にへばりつく。ふと見ると、地面がはるか下方にある。一瞬、体が固まった。三メートルほどであるが、かなりの高度感である。落ちたら、無事ではすまない。打ち所が悪ければ、死ぬだろう。

須藤は身を起こすと、ゾウの首のあたりにまたがり、マロウに言われた通り、両足を耳の後ろあたりに置く。手綱などの手がかりがないので、ひどくバランスが悪い。仕方なく、ゾウの頭頂部に両手を置き、かろうじて平衡を保った。頭の周囲は針金のように尖った毛がところどころにはえていて、チクチクと手のひらを刺激する。つい、この毛を摑みたくなるのだが、何となくゾウの怒りを買いそうでためらわれる。

傍(はた)から見れば、さぞ、無様(ぶざま)だろう。屈辱的ではあったが、命には代えられない。須藤は懸命に内股(うちまた)に力をこめ、ゾウの体を挟みこんだ。

須藤が落ち着いたのを見て、ラオス人の青年二人が、「ラオ」だか「マオ」という言葉を発し、ゾウの右足の付け根あたりをぽんと押す。すると、ゾウがゆっくりと歩き始めた。

平衡を保っていた背中がゆらりと動き、須藤は新たな転落の恐怖に襲われる。今、唯一の頼りは内股だ。内股で締めつけ、体を固定するよりない。こんなにも内股に力を入れたことが、かつてあっただろうか。

ゾウに乗ってまだ五分足らずというのに、須藤は疲労困憊(ひろうこんぱい)していた。

これが、一日、続くのか……。

ゾウはゆっくりと土の道を進む。

生まれて初めてのゾウ。その乗り心地は、すこぶる悪い。ゾウの背中はバイクのシートよりさらに硬い。そのうえ、歩行するとき、左右に大きく揺れる。また背骨との関係もあるのか、大きく上下にも動く。左右と上下の動きを上手く捉えないと、一瞬で振り落とされ地面に激突だ。

内股に力をこめたまま、背筋を伸ばし、上下動に合わせ、こちらも尻の左右を上下させる。そうやってゾウと同調し、バランスをとるのだ。

常に自身の中心、つまり体幹を意識していないと、命がいくつあっても足りない。

剣道と柔道をやりこんでおいてよかった。

全身汗まみれになりながら、須藤は何とかチョコラの背にまたがっていた。

「上手い、上手いもんです」

下からマロウが気楽な調子で言う。

「タカスギさんは、さらに上手い。さすが経験者ですね」

薄のことまで気を回す余裕はない。須藤は尻と内股に全神経を集中し、ぜえぜえと荒い呼吸を繰り返す。

ゾウは東屋をゆっくりと離れ、事務所の建物に沿って、緩やかな坂を上り始めた。

これから何が起きるのか、マロウに尋ねたいところだが、彼は後ろから来る薄との会話に夢中のようだった。

「今は大分、落ち着きましたけど、日本からのお客さんはけっこう来ました。だけどうちのキャンプは、日本の観光ツアーには入れてくれないんですよ。保険に入れないってことでね。そんなに危なくないと思うんだけどねぇ」

耳に入ってくるマロウの言葉で、須藤の肝はさらに冷える。

当たり前だ。ド素人をいきなり、何の装備もないゾウに乗せているのだ。そりゃ、保険会社だって、二の足を踏むに決まっている。

チョコラは坂を上りきる。目の前には鬱蒼とした雑木林が広がる。Uターンして東屋に戻るのかと思っていると、ゾウ使いの青年はそのまま、前へ前へとゾウを誘導していく。

「お、おい、まさか……」

ゾウはやや歩足を速めつつ、林の中に入っていく。低木や落ち葉などがガサガサと大きな音をたてる。植生は様々で、数メートルの大樹から、人の背丈くらいのひょろ長い木、地面を覆う低木や雑草類など多岐にわたっていた。

そんな中をゾウはゆったりとしたペースで進む。東屋を出て十五分ほどだが、乗り心地の悪さは相変わらずで、気を抜くと振り落とされそうになる。尻がヒリヒリと痛み始め、力をこめている内股は既にパンパンだ。

突然、ゾウが止まった。何事かと身構えていると、ゆっくりと鼻が持ち上がり、そばにあった木に巻きつけ、メリメリと倒し始めた。どうやら葉を食べるようだ。小枝がピシパシと須藤の頬に当たる。

ゾウ使いたちは、ゾウを注意するわけでもなく、少し離れたところで、ぼんやりと空を見上げていた。

「ここに来たら、ゾウに従う」

マロウの声がした。

「ゾウに指示はだしません。彼女たちが食べたいと思えば食べる。歩きたいと思えば歩く。それが、大事です」

たしかにごもっともではあるのだが、へし折られた枝がいつ飛んでくるかもしれない。それにゾウが少し頭を上げただけでも、バランスの取り方は大きく変わる。つまり、彼女がのんびり食事をしているときも、須藤は気が抜けないのだった。さらに、下を見れば、へし折られた低木の幹が、鋭い切っ先を上に向けている、万が一転落したら、串刺しである。

祈る思いでゾウにしがみついている最中、薄の脳天気とも思える声が響いてくる。

「す……東さん知っていました？　ゾウは一日に二百五十キロ食べるんですよ。ほら、今もバンブーの葉を食べてます。好物みたいです」

「バンブーって言うと……竹か……」

「水は百五十リットル飲みます」

「ああ……すごいな」

「ゾウはすごく賢くて、調子を崩しても、自分で治すんです。薬草やハーブをちゃんと判っていて、自分で選んでそれを食べるんです」

「そ、そうかい……」

今度はマロウだ。

「ゾウは神の動物です。ラオスのある村では、安産のお願いをするとき、ゾウの下を三回くぐるんだそうです」

薄がうれしそうに言った。

「それは聞いたことがあります。ゾウを枕にすると、赤ん坊がよく眠るっていうのも」

「ええ、それは多分、本当です」

チョコラがようやく歩きだした。

やれやれとホッとしたのもつかの間、彼女はまた道を外れ、バキバキと林の奥へと入っていく。今度はただの気まぐれのようだ。大きな木の周りをゆっくり一周し、遊びのつもりなのだろう、細い木を鼻でへし折り、ひょいひょいと前に投げ捨てている。

そうこうしているうち、後ろから来た薄の乗るココアに抜かれてしまった。

小柄なせいもあるのだろうが、薄は見事にゾウと一体化していた。両手を離して木々の葉に触ったりしている。そのまま立ち上がっても、振り落とされるようなことはないだろう。

「ほらほら、木の向こうにメコン川が見えますよぅ」

実に楽しそうだ。

「なあチョコラ、俺たちもそろそろ行かないか」

須藤は言った。しかし、彼女に耳を貸す気はないようだった。それから十五分、彼女は気ままな散歩を楽しみ、東屋に戻ってきたときには一時間が経過していた。

東屋の茶色い屋根が見えてきたときは、心底、ホッとしたものだ。

まさか、その前を素通りするとは思ってもいなかった。

「え⁉　まだ、どっか行くの？」

マロウは答えない。チョコラは青年に導かれ、ドスドスと急な坂を下り、メコン川の河畔へと下りていく。

下り坂に来ると、当然、ゾウは前に傾く。そのままでいると、前に放りだされ、地面に叩きつけられた後、ゾウに踏み潰されてしまう。須藤は懸命に上半身をそらし、頭頂部に置いた両手に力をこめる。内股への負担はさらに増した。

下ろしてくれぇ。

メコン川の雄大な光景を楽しむ余裕もなく、須藤はただ虚ろに川面を見つめる。

マロウは須藤の様子を察したのか、もう相手にはせず、薄とばかり話している。

「ここには二日コースもあるんですよ。ほら、向こうにロッジもあって泊まれます。早朝、ゾウの体を洗うところから始めて、その後は川を渡り、向こうにある山に一緒に登るんですよ」

「すごい、行ってみたいなぁ」

ゾウに乗って山登りだと？　正気の沙汰じゃない。

青年がゾウの後方から何か言葉をかけた。チョコラは「やりたくてやってるんじゃないぞ」という様子で、川に向かってのそのそ歩き始めた。

「え……ちょっと……」

慌てる須藤をよそに、既に前足は川の中だ。

河原の真ん中に立つマロウが言った。

「大丈夫。向こうの中州まで行くだけです」

二十メートルほど先に、中州があった。しかし、その間の川は水量も多く、濁っているため深さも判らない。

ゴウゴウと音をたてて流れる川を、チョコラは大儀そうに渡り始める。

林の中では串刺しの危機、今は溺死（できし）の危機だ。落ちたら川の中の石に頭を割られ、そのまま溺（おぼ）れてしまう。

須藤は疲労困憊しながら、さらに内股に力をこめる。もはや火事場のくそ力だ。

「あれえ、す……東さんどうしたんですか？　顔色が悪いですよ」

チョコラのすぐ横に、ココアがやってきた。薄は上機嫌で、周囲に広がる景色を楽しんでいる。

「メコンオオナマズ、いないかなぁ。ラオスの人は川魚を食べるんですよ。カエルも食べるし、あ、コイも。ですが、メコン川はいまだ謎（なぞ）多き川で、よく判っていないことも多いんです。特に、このラオス流域は……」

薄の言葉など、ほとんど頭に入らない。ジャブジャブと水しぶきを上げながら、チョコラとココアは並んで進んでいった。水深はそれほどでもなく、ゾウに乗っていれば濡（ぬ）れる心配はない。

チョコラは小石が集まってできた中州に、上陸する。車が数台は駐められるほどの広さで、ちらほらと背の高い雑草がはえているほかは、何もない。

川岸では、マロウが大きく手を振っている。ゾウが中州に着いたのを確認し、ゾウ使い二人が、やっと腰を上げた。木の陰で談笑しながら、タバコを吸っていたようだ。

「まったく気楽なものだなぁ。しかし、こんなやり方、日本だったら絶対に通用しないだろうなぁ」

「さっきマロウさんが言ってました。一番、ギブアップが多いのは日本人の女性だって」

「そりゃそうだ。いきなりこんなところに上げられたら……」

須藤の頭にふと疑問が浮かぶ。

「マロウはさっき、日本人がたくさん来たと言ってたな。しかし、ゾウに乗りたい日本人がそんなにいるとは思えないんだが」

「資格ですよ」

「何?」

「ゾウ使いの資格をとって、履歴書に書くんです」

「履歴書って、就職のときなどにだす、あれか?」

「一時期、履歴書に資格をたくさん書いた方がいいみたいな話があったじゃないですか」

「おまえ、履歴書なんか書いたことあるのか?」

「ありますよぉ。今の仕事に就く前はマスマスといろんな仕事を……」

「升じゃない、猪口(ちょこ)」

「え？」

「チョコチョコ」

「ああ、ココア」

ゾウがゆらりと鼻を上げる。

「すごい、名前、判るのかな」

「何の話をしてるんだ。猪口だよ、猪口。チョコレートじゃない」

今度はチョコラが鼻を上げる。須藤は危うくバランスを崩しそうになり、慌ててしがみつく。

「と、とにかく、資格と履歴書の件はどうなった」

「履歴書に書きたいからと、学生がたくさん来た時期があったそうです」

「何とも、日本の崩壊ってのは、そのころから始まっていたのかもしれんな」

「でも、加賀谷さんはどうして、ここを選んだんでしょうね？」

「ん？」

「だって、ゾウに乗るのは、それなりに疲れるじゃないですか」

「それなりどころじゃねえよ」

「女性の加賀谷さんにとっては、かなり負担だったと思います。どうして、ゾウ使いのライセンスだったのか」

「その辺も含め、調べてみるとしよう」

ゾウ使いの青年たちは、ジャブジャブと川を渡ってくる。ずぶ濡れになることも気にしていない。

中州に着くと、ゾウを川の中へと誘導していく。

川の中ほどに来たところ、薄が突然、青年たちに向かって喋り始めた。須藤にはまったく理解できないが、ラオス語のようだ。青年たちは日本人が理解可能な言葉を喋り始めたことに、驚いた様子だ。ゾウの誘導も忘れ、顔を見合わせている。そんな二人に、薄はさらに語りかける。

青年たちは何度かうなずくと、ゾウの前を歩きながら、薄と会話をし始める。日本語だと始終トンチンカンな薄だが、彼らを怒らせることもなく、流暢に会話を行っていた。

苦手なのは人間、苦手なのは母国語。つくづく、日本人に向いていないな、薄圭子。

ポックリ、ポックリと歩くゾウの揺れに、体は大分慣れてきたものの、やはり恐怖感は薄れない。尻も内股もそろそろ限界だ。そして何より、全身に力が入っているためか、腰まで痛み始めた。

薄と青年たちの会話は、岸に着くころには、終わっていた。マロウが微笑みながら近寄ってくる。

「お二人ともかっこよかったですよ。さあ、そろそろ戻りましょう」

緩い坂を上り、草地を少し進んだところで、懐かしの東屋が見えてきた。

ゾウが高床の横で止まる。先の青年たちが何か指示するわけでもない。おそらく、ゾウにはすべて判っているのだろう。須藤は半ば痺れたようになっている脚を何とか折り曲げ、ゾウの背中から降りた。脚の内側と外側に、それぞれ堅い鎧(よろい)を着けているような感じだった。傍目(はため)には、がに股のブリキ人形のようだろう。平気を装いたいところだが、もはやそんな気力はなかった。

マロウはそんな須藤の肩を叩く。

「気にしない。大抵の人は、そうなります。あれ、タカスギさんは別のようですね」

薄は軽やかな動作でゾウから降りると、ココアの鼻を優しく撫でている。ココアもかなり気を許しているようだ。

「彼女、ココアの心を摑んだようですよ。いやいや、珍しい」

須藤は脚の曲げ伸ばしをして、固まった筋肉をほぐす。過去、過酷な張りこみなど多くの修羅場を経験した須藤であったが、今回の経験はまるで次元が違う。

そんな須藤の疲弊ぶりを見てとったのか、マロウが大げさな身振りで、事務所を指した。

「では、そろそろ昼食にしましょう」

「え？　もうそんな時間？」

ゾウに乗り始めたのは十時前くらいだったはず。マロウはニヤリと笑い、腕時計を須藤に見せた。針は十一時半をさしていた。

二時間近く乗っていたのか……。

「どうです、楽しくてあっという間でしょう」

事務所までの階段を上る動きすら、今の須藤にはきつい。その横を、薄が跳ねるようにして駆けていく。

まったく……。

マロウは事務所の奥にあるテラスへと、二人を誘った。気温は高かったが、風はさわやかで実に気持ちがよかった。

テラスにはテーブルと椅子が置かれ、既に水のペットボトルとパスタの皿が並んでいた。

マロウは言う。

「午後のコースは一時から始めます。それまではゆっくりしていてください」

いや、それをやるなら、ゾウに乗る前だろう。須藤は内心でつっこみつつ、椅子に座る。パスタは野菜と豚肉のチーズ仕立てだった。正直、味は期待していなかったのだが、これが滅法美味い。歯ごたえのある白菜やブロッコリーは塩味がしっかりついていて、疲れた体には心地よい。いくらでも食べられそうだった。

一気にたいらげたところに、団扇(うちわ)を持ったパチャラがやってきた。

「アズマさん、タカスギさん、ゾウはいかがでしたか?」

「大変だった」

「楽しかったです」

「多分、そんなことだろうと思っていました」

笑いながら、パチャラはそばにあった椅子を勝手に運んできて座る。ちらりと周囲に目をやり、人気のないことを確認すると、須藤に向かって、低い声で言った。

「テリナQのブンミー・マイファーピンに会ってきました」

「本当か?　よく会えたな」

「かなりピリピリしていましたがね」

「それで?　何か判ったことは?」

「殺されたトミーですが、昨日の午後、新しい情報を手に入れたからと、情報料の増額を要求する電話をかけてきたそうです」

「ブンミー、あだ名は何と言ったっけ」

薄が言った。

「あだ名じゃなくてニックネーム。たしか、フック」

「違う」

「パンチ」

「違う」

「ノック」

「それだ！　昨夜、店を出るまでノックはそんなことひと言も言わなかったが」

「関わり合いになりたくなくて、ノックはきっぱり断った。だから、皆さんにも伝えなかったと」

須藤はパチャラを睨む。

「ノックはそこまで信用できる男なのか？　彼ならば、先回りしてトミーを殺すこともできたはずだ」

「可能性はあります。ただ、彼ならば、もう少し上手くやるでしょう。路地裏で射殺なんて真似はしませんよ」

「そうなると、トミーの言う情報ってのが気になるな」

「ヒロコさんについては、いま、別ルートで当たっています」

「別ルートというと？」

「警察です。できれば、この手は使いたくなかったんですが、言ってしまえば、賄賂です。金を摑ませて、情報を得る」

「だがそれでは、こちらの正体も知られる可能性が……」

「諸刃の剣ってヤツですよ」

「それからもう一つ。実際にやってみて判ったが、ゾウに乗るのはかなりきつい」

「ええ、知っています」

「加賀谷みさ子は、どうしてわざわざゾウ使いのライセンスなんかをとろうと思ったんだろうか」

「観光で来て、まさかこれほどきついとは思わず、キャンプに参加したんじゃないですか」

「ライセンスをとったということは、この苦行を最後までやり通したということだ」

　須藤は固まった内股を叩く。

「できることなら、俺はもう帰りたい。ライセンスなんてくそ食らえだ」

「なるほど、カガヤミサコさんは何か強い意志があって、ライセンスをとったと？」

「確かめてみるべきだと思うんだ」

「そのことが、ヒロコさんの行方と繫がればいいんですがねぇ。それでは、ボクは車に戻ります」

　遠ざかっていくパチャラの背をながめながら、薄が言った。

「弘子さんの情報だったら、あるんだけどなぁ」

「そうなんだよ、弘子さんの……何⁉　薄、いま何て言った？」

「薄ではなく高杉です。畳に目あり、障子から足ですよ」

「一つも合ってねえ。それより、どういうことだ？　弘子さんの情報って……」

「さっき、ゾウ使いの二人にきいてみたんです。このあたりで日本人の女の人を見かけなかったかって？」

「何と答えた？」

「見てないって」

「そりゃあそうだろう。ラオスといっても広い。そんな偶然……」

「でも、おかしなタイ人の夫婦なら噂になってるって」

「何⁉」

そういえば、弘子はタイ人として入国させられたのだ。

薄は続ける。

「す……東さんは偶然って言いますけど、今回の件には最初からゾウが絡んでいます。弘子さんが加賀谷さんと会ったのははな子の前だったでしょう？　そして、加賀谷さんはゾウ使いのライセンスまで取っていた。で、ラオスにはほかにもいくつかエレファントキャンプがありますけど、ロッジがあって宿泊できる規模のものはここだけです。もしかしたらって思って」

「しかし、う……高杉、おまえラオス語はそれほど得意じゃないって言ってたよな。さっき見た限りではペラペラじゃないか」

「はい。五年くらい前に勉強しました」

「ならどうして……」

「よく判らないふりをした方が、みんな油断するでしょう?」

「おまえ……大金星だよ」

「別に足は痛くありませんけど」

「それは外反母趾(がいはんぼし)。俺が言ってるのは……あぁ、もうそんなことはどうでもいい。で、ゾウ使いたちは何て?」

「ここにいるゾウたちは、夜、林に放されます。放されるといっても、足に長い鎖をつけ、移動は制限されるのですが、日本のように、小さな小屋に入れられることはありません」

「ゾウのことはいいんだよ。俺が聞きたいのは……」

「昨日、林にゾウを連れていったとき、ロッジの一つに明かりが見えたと、彼らの一人が言っていました。最近は宿泊する客が減っていて、今もロッジはすべて空いているとか。それなのに変だなって思ったと」

「その明かりはずっとついていたのか?」

「いえ、すぐに消えたそうです」

「どのロッジか、判らないのか」

「距離があったから、そこまでは判らないそうです」

須藤はテラスの端に立ち、斜面に点々と建つロッジを見つめた。木々の向こうなど、視界に入らない場所にもまだ何棟かあるはずだ。

弘子さんはあのどれかに?

マロウが階段を上ってやってきた。

「アズマさん、タカスギさん、お食事はいかがでしたか？」

須藤は笑って言った。

「実に美味かったですよ。食べすぎてしまった」

「それは上々。では、そろそろ午後のクラスを始めましょうか」

「ええ、喜んで」

「おや、食事でずいぶんと元気を回復されたようですね」

「ええ。実は、疲れも吹き飛ぶようなことがありまして」

「ほほう。それはいったい、何です？」

「今は内緒です。ところで、ちょっと見ていただきたいものがあります」

「なんでしょう？」

須藤は服の入っている棚を開け携帯を取りだすと、保存しておいた写真のファイルを開いた。

「この人たちに見覚えはありませんか？」

田丸弘子、雅彦、康栄の画像を順番に表示する。

マロウは写真に顔を近づけ、じっと見つめた。

「さて……」

マロウの反応を須藤はうかがう。

「日本人の方々ですか？　さて、見覚えはありませんねえ」

マロウは首を左右に振りながら、須藤と目を合わせた。そのそぶりに不審なところはない。

須藤は携帯を戻し、棚に鍵をかける。

「友人一家がこちらに来たことがあると言っていたので」

「人の顔を覚えることには自信があるのですが、その方たちに見覚えはありません。しかし、そんなことを確認するためにわざわざ写真を？」

「好奇心ってヤツですよ」

「好奇心ねぇ、好奇心は身を滅ぼすなんて言いますよ」

マロウは不敵に笑った。

須藤はその顔をにらみ返す。

「なるほど、気をつけることにしよう」

マロウは目を伏せると、右手を上げ言った。

「さて、ではまずこちらへ」

先刻ゾウに乗った東屋へと通じる道とは別に、南側に並ぶロッジの間を抜けていく小道がある。マロウはそこを通り、足早に進んでいった。

歩きながら、須藤は周囲に目を走らせる。ロッジの数は全部で七棟。大きさはまちまちで、宿泊できる人数も棟によって違うらしい。

薄が仕入れてきた情報を勘案すれば、ほかならぬこれらのロッジ内に田丸弘子が捕らえられている可能性もある。

須藤はマロウに言った。

「二日コースもあると言ったな。そのときは、このロッジに泊まるんだろう？」

「そう。外観はちょっと古いけど、中は快適ですよ」

「今は誰も使っていないのか?」

「ええ。残念ながら、二日コースの希望者は減っていましてね」

薄が口を開く。

「それはやっぱり、エレファントキャンプのような施設があちこちにできているからですか?」

「そう。タイや韓国の連中が、ここと似たような場所を造っていてね。そこに行けば、もっと手軽にゾウに乗れる。大きな輿に乗って、一時間ほど公園をぐるっと回るだけ。直接、ゾウに触ることもない。そんなので、ゾウに乗ったなんて言えますか?」

その点については、須藤も大いに首肯できる。そう、ゾウに乗ったと言うためには、内股の筋肉をかつてないほど張らせなければならないのだ。柔道、剣道、日々の激務で体には自信のある須藤であったが、既に、内股には筋肉痛の兆候が現れ始めていた。

そんなことでどうする。まだ午後の部が丸々、残っているのだぞ。

自らを叱咤しながら、小道を進む。ロッジには注意を払っていたが、どれも人の気配を感じることはなかった。それは、薄も同様であるらしい。

小道を抜けると、そこは小高い丘になっており、少し下ったところにコンクリートで固めた丸い広場があった。木製のテーブルとベンチが置いてある。どうやら、ちょっとしたイベントスペースのようだった。

そこから少し離れた所には、従業員用と思しき建物があり、作業着姿の男女数名が喋りながらタバコを吸っていた。言語はラオス語なので、須藤には当然、理解できない。

丘を下りながら、マロウは彼らに大声で何か言った。彼らは陽気に手を振って笑う。

従業員と雇い主という、日本独特の厳然とした堅苦しさなど微塵もない、何とも開放的な光景だった。

広場に着くと、マロウは適当に座るよう言って、横倒しにされていた黒板を持ち上げる。そこには、英語と何やら意味不明な言葉が箇条書きになっていた。

それを見て、須藤はようやく理解する。

これは、ゾウ言葉の講義だ。たしかガイドブックにも書いてあった。ゾウ使いとなるためには、ゾウを操る独特の言葉をマスターしなければならない。

マロウは人の背丈はどある縦長の黒板を手で支えながら、せいいっぱいの威厳を作った顔でこちらを見た。

「ではこれから、ゾウに自分の考えを伝えるための言葉、教えます。そんなにたくさんはないです」

須藤はにわかに緊張する。午前中の内容から考えて、午後も相当にハードであると予想される。このゾウ言葉もしっかりと頭に叩きこまないと、命にかかわる大事になるのではないか。

しかし、紙もペンも持ってきていない。薄の方を見ると、涼しい顔で黒板を見つめている。もしかすると、ゾウ言葉などとっくにマスターしているのかもしれない。

マロウは黒板を指でさしながら、講義を始めた。

「最初に一番大事な言葉です。ゴー、進め、ね。これは『パイ』といいます。ＰＡＩ、パイ。さあ、言ってみて」

「パイ」

「そう、もう一度」

「パイ」

「もっと大きな声で」

「パイ!」

俺はいったい、何をやっているんだろう。顔が赤くなるのが判った。

「パイというのは、人の言葉でもあります。では次、ストップ、止まれ。これは『ハオ』といいます。さあ、言ってみて」

「ハオ」

「そう、もう一度」

「ハオ」

「もっと大きな声で」

「ハオ!」

もう何度となく繰り返してきた講義なのだろう。マロウは慣れたもので、淡々と「ゾウ言葉」を披露していく。

パイサイはゾウを左に、パイクワはゾウを右に。

「同時に膝でゾウに合図を送ります。パイサイ、ゾウを左に向かせたいときは、右の膝で叩きます。パイクワ、ゾウを右に向かせたいときは、左の膝で叩きます。ここ、間違えないように」

単純でありながら、ひどくややこしい。

「待ってくれ、パイサイは左で叩く膝は右」

「そうそう」

「パイクワは右で、叩く膝は左」

「そうそう。では次！」

「ちょっと早すぎないか？」

「集中です、集中。トイは下がれ、ヤーヤーはダメ。いいですか、トイ！」

「トイ」

　こんなことで、ゾウ使いになれるのだろうか。もう既に、最初に習った「進め」の指示を忘れている。パオだったか、パエだったか。

「次は重要です。午前中は高い床の上からゾウに乗りましたが、午後は地面からゾウに乗ってもらいます」

「地面から？　足がかりになる鐙でもつけてくれるのか？」

「そんなものありません。その代わり、ゾウがしゃがんでくれます」

「はぁ？」

「ゾウをしゃがませる言葉を学びます。ハプ。これでゾウは膝を曲げます。曲げた膝に足をかけ、右手で耳を持ち、左手で肌を摑んで一気に体を引き上げるのです。簡単、簡単」

　マロウが詐欺師に見えてきた。

「マップロングは、寝そべる。ただし、長時間は禁物です。ゾウは体が重いですから。立ち上がれはローク。餌を取れはヤップオウ。さぁ、ここまで、完璧にしてね。繰り返しますよ」

　頭の真ん中あたりが熱くなってきた。昇任試験に背を向けてきた須藤にとって、ここまでの詰めこみ講義は久しぶりの経験だ。しかも、ここで手を抜けば、命にかかわる。ゾウの上にいるときに命令を間違えれば、大惨事となるだろう。

一方、隣の薄は余裕である。

「す……東さん、知ってます？　水をかけろのブーンブーンって、なんかものすごくやらしい言葉と同じ発音だとか」

「うるさいよ。こっちはいまそれどころじゃないんだ」

「そんなに真剣にならなくても大丈夫ですよ。別に試験とかないですから」

「そんな悠長なこと言ってられるか。午後もゾウに乗るんだろう？」

「乗りますけど、午前中と同じで、ちゃんと、ゾウ使いがついてくれます。ゾウの言葉なんてスケベ牙では通用しませんよ」

「付け焼き刃な。ああ！　ゾウを右に進ませるのは何て言うんだったっけ？」

「パオパオですよ」

「本当か？」

「ウソです」

「あっち行ってろよ！」

そんなやり取りを、どこまで理解しているのか、マロウはニヤニヤしながらながめていた。

「さて、講義はおしまいです。では参りましょう」

マロウはタバコを吸いながらお喋りを続けている従業員に手を振ると、丘の道へは行かず、メコン川に沿って延びている荒れた小道を進み始めた。立ち枯れた草木や、整備途中で放棄された花壇など、どこかうら寂(さび)しい場所を抜けていく。あちこちに似たような施設ができ、ここの経営もかなり苦しくなっているのだろう。

　高台にある事務所をぐるりと回りこむかたちで、ゾウの待つ東屋へと向かう。

　遠目に見え隠れするロッジに目をやりつつ気配を探っていると、突然、「アズマさん」と声をかけられた。マロウが目を細めつつ、こちらを見ていた。

「ロッジの方を気にされていますが、どうかされましたか」

「ちょっと興味があってね。こういうところで一泊したら、どんな感じかなと思って」

「泊まった人は、みんな、満足して帰りますよ。夜は星が綺麗だし、川の音を聞きながら、ぐっすり眠れます」

「そうだろうな」

「アズマさんも、そのうちいかがですか」

「考えておくよ」

　このマロウという男、妙に度胸がいい。こちらの素性に気づいている節(ふし)もある。作り笑いの向こうにある、この男の本当の姿とは、どんなものなのだろうか。

　まもなく、東屋が見えてきた。チョコラとココアは、既に待機している。床の上には、スターフルーツの空箱が三つ。須藤たちを待つ間に、十分に腹を満たしたようだった。

　マロウは一段高くなった床には上がらず、二頭のゾウの横に立つ。

「さあ、さっき教えた言葉を思いだしてくださいよ」

　自分の力でゾウに乗れ――いわゆる卒業検定のようなものか。

講義によれば、ゾウにしゃがんでもらい、曲げた膝を足がかりにするとのことだった。しゃがませるには、何と言うんだったか。

「ハプ！」

須藤は言った。チョコラは微動だにしない。じっと前を向いたまま、ゆらりゆらりと首を左右に揺する。

「ハプ！」

結果は同じだった。すぐ横で、薄が立ったままのココアに手をかけた。そのまま左手で耳を摑み、ゴツゴツとした左後ろ足につま先をたて、魔法のような素早さでゾウの背中へと駆け上がった。これには、マロウをはじめ、周りにいたゾウ使いたちも、「おおう」と声を上げた。薄は首の上のところにチョコンと座り、ココアの頭を撫でている。

マロウが言った。

「すごいですね。あなた、忍者みたいだ」

「ゾウに乗るのに、忍術なんていりませんよ。それより、早くす……東さんを乗せてあげてください。ハプって言っただけでは、ゾウはしゃがみませんよ」

マロウは苦笑しながら、若者の一人に合図を送った。若者は判別不能な言葉を、チョコラに向かって叫んだ。チョコラはゆっくりと体を傾け、左後ろ足を曲げる。皮膚のへこみは、足をかけるのにちょうどいい具合である。

須藤はへこみにつま先を乗せると、先の薄と同じく、左手で耳を摑み、体を引き上げた。彼女のように鮮やかにはいかない。チョコラの硬い皮膚を摑み、何度か滑り落ちそうになりながら、背中へとよじ登る。

背中の乗り心地の悪さは相変わらずで、尻はヒリヒリと痛み、内股の筋肉は悲鳴を上げていた。

二頭のゾウはまたゆっくりと歩きだした。今度は林ではなく、まっすぐメコン川の河原へと向かう。砂地の急斜面にかかると、ドスンドスンと体重をかけながら、下っていく。頭が下がるため、乗っている須藤は前方へと放りだされそうになる。内股を締め必死に耐えるが、激しい上下動に何度も振り落とされそうになった。

河原に出たゾウたちは、大して面白くもなさそうな足取りで、ズンズン川に入っていく。午前中の時よりも深い場所で、水はみるみる足元ギリギリのところまできた。

須藤は血の気がひいてきた。メコン川は茶色く濁り、底はまったく見えない。どのくらいの深さがあるのか、川底に何があるのか、まったく判らない。

既に川岸から十メートル以上来ている。前後左右、すべて水だ。須藤はゾウに乗ったまま広大なメコン川のど真ん中にいるのだった。

助けてくれぇ。

心の叫びが終わらぬうちに、須藤は頭から水を浴びていた。チョコラが水浴びを始めたのだ。長い鼻で川の水を吸い、それを背中に向かって吹きだす。須藤の存在など、お構いなしだ。

服を着替えた方がいい。マロウの言った意味がようやく理解できた。

すぐ横では、ココアも盛大に水をぶちまけている。薄は水を浴びながら、「うひょー」と楽しげに叫んでいた。

水浴びは五分ほど続いただろうか。チョコラが満足したころには、須藤は頭の先から足の先までずぶ濡れになっていた。幸い気温が高く、寒さは感じない。チョコラの全身も水に濡れ、テカテカと黒光りしていた。

気持ちがいいのか、チョコラはご機嫌で体を大きく揺する。その度、須藤は背に必死でしがみつくこととなった。周りは深さも、流れの速さも、水質も、まるで判らない川なのだ。落ちるわけにはいかない。

チョコラがようやく前に進み始めた。どうやら水浴びに満足して岸に戻るらしい……という須藤の願いは儚く打ち砕かれた。ゾウはさらに深みへと進んでいき、前にも増して盛大に水をぶちまける。そして、もっとも須藤を驚愕させたのは、ゆっくりと水の中に体を沈め始めたことだった。

「ちょっと、待て、おい」

水から上がれってゾウ言葉はあったっけな。

あるわけはない。それ以前に、須藤の頭からは、すべてのゾウ言葉が消し飛んでいた。

「おい、う……高杉、何とかしろ！」

「す……東さん、慌てなくて大丈夫ですよ。これもイベントの一つですから」

「イベント⁉」

「ゾウと水浴び。最後はゾウと一緒に川の中に身を浸すんです」

「そんなこと、俺は聞いてないぞぉ」

「常識ですよ」

る。

「そんなバカなこと……」

チョコラは顔と鼻を残して、どっぷりと川に沈んだ。須藤は肩のあたりまで水につかってい
「フゥオオオオ」

チョコラが雄叫(おたけ)びを上げ、グワングワンと体を揺する。

必死にしがみつかなければ、振り落とされる。内股はもちろん、両腕でゾウの首を抱えこむ。

殺される。本気でそう思った。

「大丈夫ですよ、す……東さん。ゾウは喜んでいるんですよ。気持ちよくて」

「と、とても、そうは思えんが」

「ゾウに入ってはゾウに従え」

「勝手なこと、言いやがって」

恐怖の時間は果てしなく続き、チョコラがゆったりと水中から身を起こし始めたとき、須藤の体は恐怖と怒りではち切れんばかりになっていた。

「マロウさん！　これはどういうことだぁ」

すかさず、薄の声が聞こえた。

「す……東さん、怒ったらだめですよ。観光客として目立つことは避けないと」

「むぐぐぐ」

「大丈夫、す……東さんが泣いてたことは、内緒にしておきますから」

「泣いてなどいないぞ」

「振り落とされなかっただけ、立派ですよ」

薄の乗るココアは満足そうに目を細めつつ、鼻で背中の薄をちょいちょいとつついたりしている。すっかり打ち解けた様子で、意思の疎通もほぼできているようだった。

片や、須藤の乗るチョコラは背中の人間のことなど気にも留めない様子で、河原の砂利の上を、ノソノソと歩いていく。ときおり、道端にある低木に近づくと、鼻で枝をバキベキとへし折っていく。食べ物を探しているのか、退屈しのぎなのか、須藤には判断がつかなかった。

　姿を消していたマロウが木陰からひょいと現れた。

「見事にびしょびしょですね。どう？　楽しかったですか？」

「これが楽しそうに見えるか？」

「うーん、ちょっと刺激が強すぎましたかねぇ。しかし、向こうのお嬢さん、すごいですねぇ。ココアを完全に乗りこなしてますよ。ココアも彼女のことを信頼しているようだ。いったい、何者ですか？　やっぱり忍者か何か？」

「忍者はゾウになんか乗らないよ。彼女は動物に詳しいんだ。動物園の飼育員を長くやっていたから」

「ああ、なるほど。いやあ、うちに欲しいくらいだ」

　二頭のゾウは、ゆっくりと東屋に戻っていく。須藤の服からはぽたりぽたりと水がしたたり落ち、両腕、両脚ともに筋肉が痙攣（けいれん）でも起こしたようにフルフルと震えている。

　東屋に着き、ゾウから降りたときは、安堵のあまりその場にしゃがみこんでしまった。

「さあさあ、楽しんだ後はゾウにお礼をしてください」

マロウがやってきて、須藤と薄の前に、スターフルーツの入った箱を置いた。チョコラはそれをめざとく見つけ、鼻を伸ばしてくる。そのままでは届かないため、須藤を鼻の先端で突っついてきた。食わせろという意味らしい。

ココアもまた、鼻を高々と上げ、薄にアピールしている。

「やれやれ」

疲れきった体で立ち上がり、果物を両手に取る。それをさしだすまでもなく、チョコラは器用に鼻でくるりんと奪い取ってしまった。

薄は疲れなどまったく感じていないようで、「ココア、ココア」と連呼しながら、フルーツを与えている。薄の両手に山となった果物を、ココアもまた器用に鼻で取っていく。

箱がほとんど空になったころ、マロウが再び現れ、言った。

「お疲れ様でした。どうでしたか、ゾウは」

「いい経験をさせてもらったよ」

「これだけ充実したゾウライドを経験できる場所は、滅多にありませんからね。日本に戻ったら、宣伝、お願いしますよ」

「ああ。任せておけ」

こんな危険な場所、誰に紹介できるというのだろう。

スターフルーツを食べ終わったゾウは、もうこちらにはいっさいの興味を無くしたようだ。二頭連れだって、ゆらりと川の方へ歩いていく。今は足の鎖も外されていて、自由に水浴びができるのだ。

ゾウを見送ったマロウは、何やら落ち着かない様子で、薄と須藤をちらちら見ている。意味が判らず、須藤がとまどっていると、薄がするりと脇をすり抜け、マロウに何かを手渡した。とたんに彼は満面の笑みを浮かべる。

「これは、どうも、ありがとう」

薄は東屋の隅にたむろする男たち四人にも、同じように何かを手渡す。皆、マロウと同じ反応を見せる。明るい笑みを浮かべ、ラオスの言葉で口々に何か言っている。ゾウと一緒に歩いているときには、一度も見せなかったほがらかな顔だ。

須藤は薄に近づき、耳元でささやいた。

「おまえ、何をしたんだ?」

「お礼を渡したんですよ」

見れば、薄の手の中には小さくたたんだドル紙幣があった。

「お礼って、金は前払いで渡してあるだろう」

「チップですよ。マロウさんとゾウ使いの人たちに」

「そんなこと、する必要あるのか?」

「義務ではないですけど、あげた方がいいに決まってます。あの人たち、すごくいい顔してたじゃないですか」

「それは……そうだが」

マロウが言った。

「それでは、事務所の方へ。着替えて少し休んだら、ライセンス、もらいに行きましょう」

釈然としない思いを抱きつつも、事務所への階段を上る。濡れ鼠になった服はいまもじっとりと湿っている。地下へと下り、また小便器の脇で着替えをした。渡されたタオルで全身を拭き、乾いた服を着ただけで、生まれ変わったような気分になった。

階段を上がり事務所に戻ると、テーブルにコーヒーが置いてあった。インスタントだが、砂糖がたっぷり入っていて、疲れきった体に染み渡った。遅れてやってきた薄も、さすがにさっぱりとした様子だ。

「面白かったですねぇ。ゾウに乗ってノリノリですよ」

返事をするのも面倒になり、須藤は二度、短くうなずいた。内股の張りは足全体に広がり、膝を少し上げるだけでも一苦労だ。尻と腰も鋼鉄の重りでもぶら下がっているように重い。

マロウがぽんと両手を打ち鳴らし言った。

「さて、それでは、いよいよライセンスを受け取りに行きましょう」

腰を下ろしていると、うっかり寝こんでしまいそうだ。須藤は柱の時計を見る。

午後四時。結局、午後も三時間近く、ゾウに乗ったり、一緒に川に沈んだりしていたことになる。

マロウは事務所の玄関で立ち止まり、須藤たちの方を振り返った。

「では、お一人ずつ、そこに立ってください」

玄関は小洒落たアーチになっていて、両側にはよく手入れされた椰子の木が植わっている。

須藤は尋ねた。

「立って、何をするんだ?」

「写真を撮ります。これがライセンスに載ります」

そういえば、日本で見たライセンスにも写真がプリントされていたっけ。玄関周りだけが妙に南国ムードいっぱいなのも、写真映えを意識してのことか。

須藤はアーチの真ん中に立つ。マロウが自分の携帯を向けた。彼の携帯に自身の顔のデータが残るのは、何とも薄気味悪かったが、ここであれこれ言っても始まらない。足を肩幅に開き、じっとカメラのレンズを見る。

「あ、あの、もう少し穏やかな顔、してもらえませんか?」

「この顔は生まれつきだ」

マロウはシャッターを切る。須藤が退くと、薄がチョコンと出てきてその場に立った。

「どうせなら、ココアと一緒に写りたかったです」

マロウは再び携帯を構えながら、にこやかに言った。

「あなたなら、いつでも大歓迎だ。すぐにゾウ使いとして雇いたいくらいですよ」

お世辞とも思えない。薄がその気になれば、本当に雇う気だろう。

「うーん、でもゾウはやっぱり森の中で自由に暮らすべきだと思うので、ここでは働けないですねぇ」

カシャリとシャッターを切る音が響いた。

「これで全部、完了です。ライセンスは三十分ほどでできますから」

「ここでもらえるのかい?」

「いえ。ホテル近くに我々のオフィスがありますから、そこで受け取ってください。場所は運転手さんに伝えました」

見れば、駐車場の車の脇で、パチャラがにこやかに手を振っていた。

マロウは大仰な身振りで両手を大きく広げると、言った。

「ぜひまた、来てください。いつでもお待ちしていますよ」

須藤は言った。

「ありがとう。楽しかったよ。また、会おう」

「はい。いつでも」

マロウの目が不敵に光っていた。

「す……東さん、楽しかったですねぇ」

車に向かいながら、薄は目をキラキラさせている。

「そ、そうか？　こんなに恐ろしくきつい思いをしたのは、久しぶりだが」

「ライセンス、楽しみだなぁ」

「法的な効力は何もないって、おまえ、言ってたじゃないか」

「観光のお土産みたいなものですけど、それでも記念は記念です。ココア、かわいかったなぁ。チョコラも。だけど、鎖で繋がれて、あれこれ命令されて、やっぱりかわいそうだなぁ」

「見た感じ、いい環境で飼われているようだったが」

「ゾウは本来、飼うものじゃありませんよ。共に生きるものです。無理に人を乗せたり、森や川を連れ回したり、あれでは家畜と変わりません。やっぱり、焼き討ちにして、ゾウを解放すべきだったかなぁ」

「口が裂けても、人前でそんなことを言うな」

「口が裂けたら、もっと大きな声が出るんじゃないですかね」

「出ねえよ。とにかく、ゾウに対するおまえの思いは判ったが、ここはラオスだ。下手にもめ事を起こすと、命にかかわる」

「つまらないなぁ」

「つまる、つまらんの問題じゃない！」

「相変わらず、楽しそうですねぇ」

パチャラは笑って、車のドアを開けてくれた。薄は後ろへ、須藤は助手席に座る。腰をかがめたり、足を曲げたりするだけで、激痛が走る。

「まったく、ゾウのヤツめ」

エンジンをかけながら、パチャラはさらに笑う。

「ゾウはどうでしたって、きこうと思ってたんですが、その必要はないみたいですね」

「君、ここがどんなところか、知ってたんだろう?」

「ええ、もちろん。でも、前もって判っていると、つまらないでしょう?」

「だから、つまる、つまらんの問題じゃないんだけどな」

「それで、何か収穫はありましたか?」

車は来た道を戻る。未舗装の凸凹道を通り、メコン川沿いに広がる山々の間を、車は快調に飛ばしていった。

「具体的な証拠は摑めなかったが、あのロッジはどう見ても臭い」

「ＭＡＩＦＡエレファントキャンプについては、さらに調べてみましたけれど、これといったものは出てきませんでした。地元にも愛され、敵もいないようです」

「しかし、案内人のマロウ、ヤツは何か隠している」

「刑事の勘ですね」

すかさず、後ろから薄が言った。

「そう、缶じゃなくて勘な」

「須藤さんの勘はけっこう当たるんですよ。そうですねぇ、カモメが海中の魚を一撃で仕留められるくらいの確率？」

「判んねえよ、そんな喩え」

「常識ですよ」

「非常識！　それに、確率としては、ものすごく低いような気がする」

「さあさあ、着きましたよ」

車はいつの間にか、ルアンパバーンの街に戻り、二輪車が駆け巡る、あの喧騒の中にいた。車が駐まったのは、ホテルからワンブロックほど南に下ったところにある、雑居ビルの前だった。一階は観光案内所のようになっていて、四角い部屋の四隅にそれぞれ、デスクが配置されていた。デスクには男女が並んで座り、電話や来客の応対に追われていた。装飾もなく照明も暗い。殺風景極まりない案内所であるが、それなりの活気はあるようだった。「世界遺産」というブランドゆえだろうか。

パチャラは慣れた様子で、それぞれの係員に挨拶をすると、須藤たちとともに、右奥のデスクへと向かった。青いキャップをかぶった男性が、にこやかな笑みで迎えてくれる。すぐ横では、同じキャップ姿の女性がひどく険しい顔で、電話口の相手に向かって何事か早口でまくしたてている。

パチャラは須藤たちを男性に紹介し、ラオス語で会話を始めた。男性は小刻みに「イエス、イエス」と言いながら、手元のパソコンのキーをゆっくりと叩いていく。まもなく、後ろにあるプリンターがガタゴトと音をたて始めた。横にいる女性の電話は終わる様子もなく、会話の様子は先よりもさらにヒートアップしていた。身振り手振りを交え、荒々しい口調で何かをまくしたてている。

ふと横を見ると、薄がいない。

「あれ……う……高杉?」

薄の小柄な後ろ姿が、正面玄関の向こうに消えるのが見えた。

「もう、勝手に動くなって言っただろう」

小学生の引率者じゃあるまいし。須藤は玄関から外に出る。室内は冷房も効いていないため、外に出ても不快指数は大して変わらない。ギラリと照りつける太陽に高い湿気。じわりと汗が浮き出てきた。

薄は玄関脇にあるポスターに、じっと見入っていた。灰色に変色したビルの壁に貼られたものだ。

文字はラオス語なのでまったく読めないが、どうやら、ＭＡＩＦＡエレファントキャンプの宣伝ポスターのようだった。印刷は粗(あら)く、かなり劣化もしているが、緑の森をバックに七頭のゾウが並び、その背で観光客が笑顔を見せている。

ゾウの上で、こんなににこやかに笑えるかよ。ひりつく尻を気にしながら、須藤は思った。

「おい、う……高杉、何してるんだ？」

「あ、す……東さん。見てください、このポスター」

「見てるよ。しかし、こんなところに貼って、効果あるのかね」

「効果は判りませんが、ここ、よーく見てください」

薄が指さしたのは、ゾウが並んだ横、数人のゾウ使いと思われる男たちが集まっているところだった。タンクトップ姿の男たちが、これまたにこやかな笑みをたたえている。

そこに並ぶ男たちの何かに、須藤の記憶が反応した。しかし、それが何であるか、とっさに判断がつかない。

かつてなら瞬時にできたことが、今はただ焦りとなって積み重なるだけだ。何とももどかしい。

対外的には、頭部への負傷という言い訳がある。だが現実は痛いほどに判る。加齢、経験不足。すべてが、刑事としての能力を鈍(にぶ)らせる。

須藤はもう一度、男たちの顔をつぶさに観察する。

真ん中に立つ浅黒い顔の男に、焦点が合った。

こいつだ。俺はこいつの顔を前にも見たことがある。懸命に記憶を手繰(たぐ)る。気づけば、顔中、汗びっしょりになっていた。暑さのせいだけではない。

「す……東さん、大丈夫ですか？」

薄が横から、シャツの袖を引っ張ってきた。

「大丈夫だ。ちょっと……そのぅ……」

閃光(せんこう)のように、記憶がよみがえった。

男の顔を見たのは、三鷹にある加賀谷みさ子の自宅だ。テーブルに置かれた遺影。みさ子の一人息子、加賀谷雅彦だ。

「しかし、彼は二〇一六年の二月に死んでいる。だからこそ……いや、彼は七年間の失踪の後、死亡したと見なされただけ。消息を絶ったラオスで、実は彼が生存していたとすれば」

薄が言った。

「ほら、ゾウの上にいる観光客を見てください」

薄は細い指で、右から二番目のゾウをさす。よく見ると、そのゾウはチョコラだった。丸一日ともに過ごしたことで、須藤にも何となくだがチョコラの顔が判別できるようになっていた。チョコラの上には、太った白人男性が乗っている。彼は右手に数字を書いた紙を持ち、カメラに向かって掲げていた。どうやら、撮影日が書かれているようだ。印刷のせいでかなりぼんやりとしてはいるが、二〇一五年六月三日と読めた。

「少なくとも四年前まで、彼は生存していたんだ。ここラオスで」

加賀谷みさ子が、高齢で病気を抱えているにもかかわらず、なぜラオスまで来てMAIFAエレファントキャンプでライセンスを取得したのか。その謎がようやく解けた。彼女は何かのきっかけで、息子が生きていることを知ったに違いない。彼女はここまで息子に会いに来たのだ。

しかし、どうやら思いはかなわず、彼女はまた一人日本に帰った。息子への思い断ちがたく、彼女は毎日、動物園にいるはな子の檻の前にたたずんでいた——。

「弘子さんは、その辺の事情を聞いたんだな。そして、同情した」

「はい。多分、そうだと思います」

薄もまた、このポスターからほぼ同じ結論に至ったとみえる。

「す……東さん、ああ、もうめんどくさいです。須藤さんでいいですか?」

「ダメだ! おまえ、今、堂々と本名言ったよな」

慌てて周囲を見回すが、こちらを気にする者の姿はない。

「とにかく、東さん、雅彦さんが生きていたというのが真相だとして、それでもまだ、いろいろと判らないことはあります」

「ああ。みさ子さんが息子に会えなかったとするなら、なぜ会えなかったのか。そして、彼はいま、どこにいるのか」

「マロウさんの態度も気になりますね。このポスターを見る限り、雅彦さんはエレファントキャンプの従業員だったようです。なのに、マロウさんは写真を見ても知らないと……」

「あいつのことは、怪しいと思っていたんだよ。こいつは、ますます調べる価値がありそうだな」

「もう時間もありませんしねぇ。かといって、いま、マロウさんのところに戻って問い詰めたりしたら……」

「弘子さんの身に危険が及ぶ恐れがあるな。確認は取れていないが、あのロッジのどこかに彼女が監禁されている可能性はゼロではない」

「動くとしたら、夜しかありません」

「やるか?」

「もちろん」

パチャラが明るく笑いながら、やってきた。

「皆さん、取れましたよ、ゾウ使いのライセンス」

両手には印刷の終わった紙を持っている。

「ええっと、こっちがアズマさん、こっちがタカスギさんの……」

須藤は言った。

「そんなものはどうでもいい。しまえ」

「は?」

「車に戻れ。相談したいことがある」

十二

闇の中で、須藤の心は躍っている。闇といっても、日本にあるぼんやりとした闇ではない。本物の闇だ。まず、自身の足下が見えない。これから進んでいく場所が皆目、見通せない。前後左右に、光を発するものは何もなかった。見上げれば、満天に星が瞬く。その星の輝きがキラキラとまぶしく思えるほどに、ラオスの夜は闇が深かった。

ＭＡＩＦＡエレファントキャンプから一キロほど手前で、パチャラの運転する車を降りた。あとは徒歩で山の中を進む。

理由は二つ。ヘッドライトの光が見とがめられる恐れがあることと、万が一のとき、パチャラに危害が及ぶのを防ぐためだ。

懸案はエレファントキャンプの警備態勢が判らないことだった。昼間見た限りでは、別段、そうしたものは見受けられなかったのだが……。

ある程度まで道を行き、直前で山に入るという手もあったが、それには薄が反対した。薄は状況が切迫すればするほど、動物的な勘が働くようになる。非科学的ではあるけれど、須藤は彼女の勘を全面的に信用していた。こうした場合、薄がダメと言えば、それに従うまでだ。

山道を進む間は、当然、薄が先頭に立つ。彼女は暗闇の中でもしっかりと方角を捉え、的確なルートを選択することができる。いま、須藤の目に入ってくるのは、少し先を行く薄のザックの色だけだ。須藤に見えるよう、わざとオレンジ色のリボンをつけている。もしそれがなければ、薄の姿は漆黒の中に隠れ、気配を感じ取ることすらできないだろう。実際、薄はコソリとも音をたてずに歩いていた。須藤とて、長年刑事として最前線で戦ってきた男だ。気配を悟られず、足音をたてず、相手に忍び寄る技術くらい会得している。その須藤が舌を巻くほどに、薄の歩行は完璧だった。

いま二人は、正規の道から離れ、緩やかな山の斜面を登っている。腰くらいまでの草が生い茂り、ところどころに幹の細い木々が点在している荒れ地だ。普通に歩けば、嫌でも草や木々の葉が音をたてる。また地面には枯れ葉などが幾重にも重なっていた。乾いたそれは踏んだら最後、耳障(みみざわ)りな音をたてる。

そうした状況下で、薄はカサリとも音をたてず、進んでいく。それもけっこうな速さでだ。後に続く須藤は薄がコーディネートしてくれた通り道を、ゆっくりと歩むだけで、これまた綺麗に気配を消して進むことができた。

そんな薄は時々立ち止まり、空をあおぐ。星の位置を元に、方角を割りだしているのだろう。そのメカニズムは、須藤にとってまったく未知の領域だった。

『太陽、月、星があれば、方角、時刻を割りだすのは、数の子ホイホイです』

『お茶の子さいさいな』

かつて交わした会話を思いだした。まさか、実践することになろうとは思いもよらなかったが。

薄が立ち止まる。何となくだが、周囲の空気が変化していた。湿気を閉じこめたようなムッとした雰囲気が消え、風の吹き渡るさわやかな体感に変わっている。それに伴って、鼻をつく臭いも……。

　これは、ゾウの臭いだ。

　薄が数歩前進する。それについていくと、ふいに足下の感覚が変わった。土から硬いアスファルトへ。

　道に出たのだ。

　どうやら須藤たちは、既にエレファントキャンプ内に入っているようだった。

　丘の上の事務所やロッジなど、様々な施設があったキャンプ内だが、今は暗闇に包まれ、人の気配も感じられない。マロウやあれだけいたゾウ使いの若者たちは、敷地内のどこかで寝泊まりしているのだろうか。それとも、別の場所に自宅を持っているのだろうか。

　須藤たちがパチャラの車に乗りこんだのは、午後十時過ぎ。それから考えれば、いまは午前零時少し前くらいと考えられる。

　それにしても、静かだ。

　薄がまたスルスルと動き始めた。彼女のことをリスだのネコだのとたとえてきた須藤だったが、今の薄はまるでヘビのようだった。音もなく、あらゆる方向へ自在に動いていく。そして、彼女にははっきりと見えているに違いない。目標であるロッジが近づいたのかと思ったが、どうやらそうではないらしい。

　薄が立ち止まった。獲物の在処（ありか）が。

　ほんの数メートル先で、突然、ぽっとオレンジ色の光がともった。ライターの火だ。何者かが、タバコを吸うため、火をつけたのだ。一瞬、光に浮かんだ顔。細身でよく日に焼けた、ラオス人のそれだった。須藤は激しく打つ心臓の鼓動とともに、その場に立ち尽くしていた。幸い、相手はほぼ目の前にいると言ってもよい須藤たちに、気づいてはいない。だが、わずかな動き一つで、相手に存在を悟られるに違いない。唾を飲みこむことすらできなかった。

つんとタバコの香りが鼻をつく。男は懐中電灯を持っているかもしれない。それをつけられたら、おしまいだ。武装しているのだろうか。銃は……。あらぬ想像ばかりしてしまう。

タバコの先の真っ赤な火が消え、男がその場を立ち去るまでの数分が、須藤には無限に感じられた。薄が前進を再開したとき、須藤の体は小刻みに震えていた。

右に左に、薄は大きく蛇行しながら進んでいく。歩行の速度は先に比べ、格段に遅くなっていた。警戒しているに違いない。

先の男は、敷地内をパトロールしていた。むろん、治安が良いとは決して言えないラオスだ。金目のものの少ないエレファントキャンプとはいえ、警備が必要だろう。だがもし、強盗などを防ぐためならば、厳重な警備を見せつけるはずだ。雇った男たちを正面玄関に配置し、灯りでこうこうと照らしだす。襲撃犯にプレッシャーをかけた方が、抑止力としてはよほど有効だ。暗闇の中に、腕利きの男たちを溶けこませても、攻撃を防ぐ意味にはならない。

では、あの男は何だったのか。

侵入者を警戒しているのだ。

須藤はゾクゾクと気が高ぶるのを感じていた。ヤツらは何か見られては困るようなものを、ここに置いている。そして、今夜あたり、侵入者があることを予測していた。

マロウだ。ヤツの差し金に違いない。そして、彼らが警戒している相手とは、まさに薄と須藤だ。

須藤に対し、妙に挑発的であったマロウ。彼は須藤を誘っていたのかもしれない。ここに侵入してきたところを捕まえ、口を割らせようとでも考えているのだろう。

勘が良く、頭も回る男だ。唯一の誤算は、薄の能力をあまく見ていたところだ。

いま、薄と須藤は河に沿って並ぶロッジへと肉薄しつつあった。

薄が止まり、右手を肩のあたりまで上げた。ここで待てという合図だ。ぼんやりと見えていた彼女のザックがすうっと闇に吸いこまれていく。一人残された須藤は、危うく恐怖に押しつぶされそうになる。勝手知らぬ土地に不法侵入し、周囲の状況はまったく判らない。今にも、先の男が戻ってくるのではないか。ふいに襟首を摑まれるのではないか。突然、背中に銃口を突きつけられるのではないか。

この場を逃げだしたいという欲求と、須藤は戦っていた。犯罪者に鬼と恐れられた自分が、子供のようになす術もなく震えている。考えてみれば、滑稽な話だ。

ふと我に返ると、いつの間にか、薄が戻っている。彼女の白い指が上を指し、一緒に来いと手招きする。

どうやら須藤たちは、一番大きなロッジの手前にいるらしい。玄関は一段高いところにあるようで、まず階段を上らねばならない。ところが、観察してみると、階段は鉄製だ。ステップに足を乗せただけで音がする。

薄は素早くザックから大きめのタオルを何枚か引っ張りだした。それをステップの上に敷く。薄は手でオーケーマークを作り、自らゆっくりと階段を上り始めた。まったく音がしない。

須藤は同じく鉄製の手すりを握りしめ、つま先からそっと上っていく。薄ほどではないが、気を引くような物音はたてていない自信があった。

八段ほどのステップを上りきったとき、薄は既に扉の前にしゃがみ、中の様子をうかがっていた。

室内は明かりもなく、ひっそりとしている。

須藤は薄と並び、しゃがんだ。彼女の耳元にささやきかける。

「どうだ？」

「物音などはしませんが、何となく気配がします。どうしますか？」

「中にいるのが弘子さんかどうか、何としても確認したい」

「手っ取り早くいきましょう！」

薄はドアノブに手をかける。ゆっくり回すと、ドアは難なく開いた。

「鍵もかけていないのか⁉」

ゆっくりと開くドアが闇の中にぼんやりと見える。問題は、ロッジの中だ。果たして……。

薄の低い声が聞こえた。

「そこにいるのは、田丸弘子さんですか？」

はっと息を飲む声が、部屋の中から聞こえた。夜目のきく薄と違い、須藤は黒いベールに包まれているも同じ状態だ。

「薄、どういうことだ？　説明してくれ」

「その声は、須藤……さん？」

田丸弘子の声だった。

「弘子さんですか？」

須藤は膝立ちとなり、彼女の気配を探す。

「須藤さん！」

温かな手が須藤の手を包みこんだ。目の前に、弘子がいた。ぼんやりとではあるが、輪郭を見ることができる。

「弘子さん！ ご無事でしたか！」

「須藤さん、薄ちゃん、きっと来てくれると思っていたわ」

「話はあとです。こうなったら、このままここを出ましょう」

「待って。それが、そうもいかないの」

「なぜ？」

薄の声が割りこんできた。

「須藤さん、部屋の中にもう一人いるみたいです」

「何？」

「待って」

今度は弘子の声だ。

「その人は私たちと同じ日本人よ。彼も日本に連れて帰らないといけないの」

弘子の切迫した様子から、須藤にも何となく状況が見えてきた。

「弘子さん、まさか、あなたの言う彼というのは、みさ子さんの息子さんのことですか？」

一瞬、絶句した後、弘子は言った。

「驚いた。さすがだわね。そう、加賀谷雅彦さんよ。亡くなったと思われていた彼が、実は生きていたの」

弘子とは反対側の闇の中に、ぼんやりと人の影が浮かび上がる。影はボソボソとかすれた声でつぶやいた。

「加賀谷雅彦です……」

「これはいったい、どういうことです?」

弘子が何事か答えようとしたが、薄の鋭い声にさえぎられた。

「誰か来ます。気をつけてください」

「薄、こうなったら、もう何でも使え。コブラの毒でも、ウシガエルの毒でも」

「ウシガエルに毒はありません。毒があるのは、モウドクフキヤガエルなどで、その毒性は世界一とも……」

「何でもいい。とにかく、おまえ、その手のものをいつも使いたがっていただろう。今夜は存分にやってくれ」

「ダメよ」

弘子が叫んだとき、あたりが強烈な光で満たされた。とっさに顔をそらしたものの、暗闇に慣れきった目には、強すぎる刺激だった。開けていることができず、両手で顔全体を覆う。

そんななか、薄は須藤の脇をすり抜けると、玄関ドアに取りつき、それを閉めた。光が和らぎ、須藤は壁を背にして視界が戻るのを待った。

涙を拭い、瞬きを繰り返していると、外から鋭い声の日本語が聞こえてきた。

「ただ者ではないと思っていたが、予想以上だった。まさか、こちらの警備を突破してくるとは」

マロウだった。どうやら、このロッジ全体が包囲されているようだ。照射されている光は投光器か何かだろう。

「抵抗は無駄だ。大人しく出てきてもらおう」

シャツの袖で両目を軽く拭うと、目は完全に機能を取り戻した。玄関ドアの脇にひざまずいた薄は、愛用のザックを引き寄せつつ、外の様子をうかがっている。彼女の言う「猛毒兵器」の類いが、あの中にぎっしりと詰まっているのだろう。そんなものを使うことはないと信じていたのだが……。

「薄、進退窮(きわ)まった感じだ。ここは一つ……」

「待って」

叫んだのは、弘子だった。

「私に話をさせて」

外に出ようとする彼女を、須藤は慌てて止める。

「とんでもない。迂闊に外に出たら……」

「違うの。彼らは悪い人ではないわ」

「しかし、ヤツらはあなたを日本から拉致して、ここに監禁……」

「違う、違うの。彼らは私たちを助けて、ここに匿(かくま)ってくれているの」

「何ですって?」

　須藤は弘子を見る。やつれてはおらず、血色はいい。髪もきちんとまとめられており、服は綿の半袖シャツだ。エレファントキャンプ内で従業員が着ているのを何度か見かけた。

　そんな弘子の後ろに悄然とたたずむ細身の男。日に焼け、髭に覆われ、大分面相は変わっているが、加賀谷雅彦に間違いはない。彼もまた、同じ色の綿シャツを着て、闖入者である二人を、怯えた目で見つめていた。

　須藤は薄と目を交わす。彼女の意見も同じようだった。ザックの口を閉じると、ドアからそっと離れる。

　須藤は弘子に言った。

「後ほど、詳しいことを聞かねばなりません。ですがここは、あなたに任せます」

「外に出て、話をさせて。マロウさんたちは、あなたたちを敵だと思っているの。話せば判る人たちだから」

「それでも、十分に気をつけてください」

　弘子は大きくうなずくと、ドアノブを回す。再びドアがゆっくりと開き、まぶしい光が室内を照らす。

　弘子は両手を高く挙げると、階段を下りマロウの許へと向かった。外をのぞいてみると、三台の投光器がこちらに向けられていた。草むらかどこかに隠しておいたのを、持ちだしたのだろう。

　須藤は薄に言う。

「やられたな。警備の男たちがウロウロしていたのは、投光器の隠し場所に俺たちを近づけないためだったんだ」

「やられましたね。こんなことなら、片っ端から眠り薬で眠らせればよかったんです。火にくべるとライオンでもコロリと寝てしまう薬草があるんです。それを風上から焚けば、こんなことには……」

「ライオンが一発ってことは、人間には少々、強すぎるんじゃないか？」

「コロリはコロリでも、本当にコロリといっちゃうかも」

「じゃあ、ダメだろう。危うく大量殺戮をやらかすところだ」

「でも多分、ゾウは大丈夫……」

「そういう問題じゃないの」

ふと気がつくと、雅彦は須藤たちから距離を取り、壁際にうずくまっている。

須藤はせいいっぱい、穏やかな顔を作り、言った。

「申し訳ない。今の会話は忘れてくれ。俺たちは、日本の警察官だ。殺し屋でもギャングでもない。連れ去られた田丸弘子さんを、助けに来たんだ」

雅彦はそれでもまだ、完全にはこちらを信用していない様子だった。壁際から動こうとはしない。

ふいに、ロッジを照らしていた灯りが消える。須藤は身を固くして、薄のいる玄関ドア脇へと戻った。

「薄、状況をどう見る？」

「判断するには情報が少なすぎます。でも、こっちには、ヤマカガシから抽出した毒がありますからねぇ。イチコロ、ニコロ、サンコロですよぉ」

「ヘビの毒ならハブとかの方が効くんじゃないのか？」

「ブブー。ハブの毒もヤマカガシの毒も同じ出血性の毒ですが、ヤマカガシの方が強いんです。知ってました？　須藤さん。ヤマカガシは、自分では毒を生成せず、餌のヒキガエルの毒素を溜めて毒にしているんですよ」

「そうなのか⁉」

「ですから、ヒキガエルが存在しない地域のヤマカガシはですね……」

「おい、ちょっと、あんたたち……」

　雅彦が震える声で言った。

「こんな状況なのに、何の話をしてるんだ？」

　薄が答える。

「ヘビの毒の話です。独自の抽出方法でですねぇ、吹き矢の毒にするため日本から持ってきたんですよぉ。見せましょうか」

　須藤は慌てて止める。

「止めろ。万が一ってことがある」

「須藤さん、漫画持ってきたんですか？　でも一って、一冊ってこと？　どうせならもっとたくさん……」

「うるさいよ。それに、今回の旅行でのんびり漫画を読む時間なんてあるわけないだろう」

「さあさあ、二人とも」

ドアが開き、弘子が顔をだした。手には懐中電灯を持っている。会話に夢中で、まったく気づかなかった。これが敵だったら、今頃全滅だ。弘子もあきれ顔で須藤たちを見ている。

「こんな状況なのに、いつも通りなのね。逆に感心しちゃう」

「いや、これは面目ない」

「一応、マロウさんたちに話は通した。まだ百パーセント納得したわけじゃないみたいだけど、とりあえず、話を聞こうって」

「判りました。いや、先ほどの状況から見れば、百歩前進ですよ。それから……」

「判ってる。私からもきちんと話をするわ」

「頼みます。我々が出国できる期限は明日……というか……」

既に真夜中を過ぎ、日付はとっくに変わっている。

「今日中に出国しなければなりません。十七時二十分発のバンコク行きです。乗り遅れたら、アウトです。日の出とともに、すぐ行動を開始する必要があります」

「判った」

「それから……」

須藤は部屋の隅で小さくなっている雅彦に目を向ける。弘子は力強くうなずくと、言った。

「彼のことも、私が説明する。とにかく、ここを出ましょう」

弘子に促され、須藤はロッジから出た。すぐ後ろには薄がつく。吹き矢だの猛毒の手製武器はザックにしまわせたが、万が一のときは、即応できる態勢を取るよう言ってある。まずは田丸弘子が最優先、須藤のことは一番最後でいいと厳命しておいた。こうした修羅場を何度も経験している薄は、何の感情も見せず、ただ「判りました」とうなずいた。何とも心強い。

階段を下りきると、顔に懐中電灯の光を向けられた。向かいに立つのは、マロウである。

「こんな形で会うことになろうとは、思いませんでしたよ」

昼と同じ、陽気な調子だ。

「それはこちらも同じだよ」

「しかし、あなたがたが警察官だったとはねぇ。私も見抜けなかったなぁ」

「だからこそ、俺たちが来たのさ」

懐中電灯に照らされている須藤には、マロウの表情を正確に見ることはできない。

「ひとまず、こちらに」

という彼の言葉に、黙って従うよりなかった。マロウの背後には数人の男たちがいた。彼らが昼間のゾウ使いたちなのか、あるいは従業員たちなのか、それとも、特別に雇われた特別な者なのか、それもまったく判らない。唯一の救いは、弘子自身がマロウを信用しているように見えることだ。わずかな可能性にかけ、日本を飛び立って二日、こうして本人と巡り合うことができたわけであるから、ここまでの道のりは決して間違いではなかったことになる。

問題はこれからだ。

この状況を脱し、ここラオスから出国しなければならない。

『指定した便に乗れなかった場合、皆さんの安全は保証できません』

儀藤の言葉がよみがえる。

「こっちへ」

マロウに案内されたのは、昼間、「ゾウ言葉」の手ほどきをうけた場所の近く、お喋りに興じていた従業員たちが出入りしていた建物だった。

中には厨房やランドリールーム、ゾウの飼育に必要なものの備蓄倉庫など、エレファントキャンプの運営に必要なものがすべて、集約されていた。

従業員の宿舎、食堂などもここにあるようだ。

須藤たちが通されたのは、一階奥にある殺風景な休憩室だった。薄汚れたテーブルと、吸い殻でいっぱいになったスタンド式の灰皿、シートの破けた椅子が数脚。隅には飲み水用のタンクが置かれ、ブーンと耳障りな音を発していた。

マロウの部下と思しき男たちが我先にと中へ入ろうとしたが、一喝され全員、建物の外にだされてしまった。残ったのは、マロウ、須藤、薄、弘子に雅彦の五人だけだ。

マロウは手近な椅子に座ると、須藤を見上げて言った。

「あなたの運転手に手だしはしていない。一人、山道であなたがたを待っていることだろう」

「それを聞いて安心した。感謝するよ。だが……」

須藤は立ったまま、マロウを睨みつける。

「このミズ・タマルヒロコのこと、きっちりと説明してもらおう」

「そんな怖い顔をしなくても、話しますよ。まず、昼間、あなたがたにウソをついたことについて謝ります。あなたがたが何者か判らなかったし、てっきり、あっち側のヤツらかと」

「あっち側?」

「ミズ・ヒロコを日本から連れだしたヤツら。友達のマサヒコを殺そうとしたヤツらでもある」

「詳しく聞く必要がありそうだな」

そのとき、廊下でマロウを呼ぶ声がした。彼は慌てて休憩室を出ていく。ドアが閉まると同時に弘子が口を開いた。

「まずは私から話すわ。ここまで来たということは、加賀谷みさ子さんのことについては……」

「ええ、すぐに突き止めました。ここにいる薄と、東京にいるあいつらのおかげでね」

「あいつら……石松警部補と……もしかして日塔警部補？」

「ご名答」

弘子は目を潤ませて笑った。

「私のために、あの人たちが？」

「ええ。日塔なんざ、目の色が変わってた。戻ったら、熱いほうじ茶でもてなしてやってください」

「そう……。でも迷惑かけてしまったわ。今後に響かなければいいけれど」

「その辺は鬼頭管理官が上手くやってくれるはずです」

「管理官に……ほうじ茶は無理そうね」

「それで、いったい何があったんです？　あなたが、病気に倒れた加賀谷みさ子さんの代わりに、息子の雅彦さんの墓参りに行ったことまでは判っています」

その雅彦は生きていて目の前にいる。何とも奇々怪々な状況になったものだ。

弘子はそのときのことを思い起こしてか、身震いをしてから語り始めた。

「自分の部屋に帰って少ししたら、インターホンが鳴ったの。宅配便だと言うから、用心しながらドアを開けた。でも、U字ロックは外さなかった。そしたら突然、後ろからナイフを突きつけられて」

「後ろから?」

「留守中に入ったんだと思う。風呂場に隠れていたんだわ。男はロックを外して、宅配業者を装った男たち三人を招き入れた。私は箱に閉じこめられたから、その後のことはよく判らない」

「部屋の中にいた男は、どうやって侵入したんでしょう。防犯カメラにとらえられたサラリーマン風の男が、そいつに間違いないと思うのですが」

「ピッキングか何かでは?」

「こじ開けられた痕跡はありませんでした。でも彼らは、加賀谷みさ子さんと間違えてあなたの部屋に押し入った。合鍵では辻褄があわない」

「そうね。前もって用意できたはずはないし。そもそも、鍵にはいつも気をつけてる。合鍵を作られるようなヘマはしないわ」

「侵入した四人は、既に身柄を拘束してあります。でも彼らにきければ早いのですが、ネットを介して雇われたこと以外、頑として口を割りません。雇い主も判らずじまいです」

「でも、彼らを捕まえたんでしょう? さすがねぇ」

弘子はちらりと薄を見る。

「もしかして、彼女にひどい目に遭わされたとか?」

「ええ。乗っていた車は大破、一人は喉にナイフを突きつけられ、危うく頭の皮を剝がれるところでしたよ」

「頼もしいわね」

「侵入者たちとは別ルートで、私と薄はゾウのはな子に行き着きました。あなたが残してくれたヒントのおかげでね」

「あのチケット、役に立ったのね。うれしい」

「あれがなければ、到底、ここまで来られなかったですよ。さすがですね」

「とっさの思いつきよ」

須藤はうなずきながら、弘子を無事保護できたという安堵感に包まれていた。いまだ危機的状況下にあるのだが、それでも、先行きの見えないなか、出発ゲートをくぐったあのときよりは、はるかに前進している。

須藤は続けた。

「マンションを出てからのことを、簡単に教えてくれませんか」

「簡単も何も、車に連れこまれて、空港まで一直線。運転手以外は覆面で、ひと言も喋らない。多分、外国人だって判ったし、私をみさ子さんと間違えているだろうことも推理できたわ。でも、その目的は皆目判らなかった。だから、じっと黙っていたの。みさ子さんじゃないと判れば、何をされるか判らないし、それに……」

弘子はしばし目を伏せた。

「私も一応、警察官だったわけだし、真相を突き止めたくってね」

「無茶をしますなぁ」

石松、日塔の分も合わせて、頭を抱えてみせる。

「ごめんなさいね」と詫びたものの、弘子はさして応えてもいないようだ。あっけらかんとした調子で再び話し始める。

「空港に連れていかれたときはさすがに焦ったわ。まさか、海外に連れだされるなんて思ってもいなかったから。でも、もう後戻りはできないでしょう？　スーツケースやら何やら、全部、向こうが用意していた。旅行者としてそれらしく見えるようにね。手慣れた感じだった」

「搭乗ゲートを入ってからは、男が一緒だったんですね」

「そう。何しろ夫婦って役どころだったから。四十前後で、なかなかの男っぷりだったわ。でも、最後までひと言も口をきかなかった。彼はラオスに着くまで八時間以上、私につきっきり。片時も目を離さなかった」

「つまり、逃げたり、連絡をする隙はなかった？」

「ええ。バンコクで乗り換えるときは、ちゃんと女が待機していたの。トイレに行くときなんかは、その女がついてくるのよ。完全にプロね。日本からの出入国は、ザル状態」

「サル？」

「ザル」

薄の問いに弘子は笑う。

「では、ラオスに着いてからは？」

「入国手続きが終わると、私の『夫』はすぐいなくなっちゃった。代わりに、男が三人来て、私を車に乗せた。そのまま山道を一時間ほど走り、石造りの小さな家に入れられたの。男たちは銃を持っていて、お互いあれこれ喋っていたけど、多分ラオスの言葉だったから、チンプンカンプン」

「家には誰かいたのですか?」

「いいえ。人の気配はなかった。がらんとした部屋に椅子があって、そこに縛られたの。時計もなかったから正確な時間経過は判らなかった。見張りの男が一人いて、やがて日が暮れてつい、ウトウトしちゃったの。気づくと男もいなくなってた」

「いなくなってたって……?」

「詳しいことは判らない。これ幸いと手首の縄をほどこうとしていたとき、彼が……」

弘子は雅彦を指さした。

「彼が入ってきたの」

須藤は雅彦を見つめながら、弘子のもたらした情報について考える。

「弘子さんをここに連れてきたのは、君か」

雅彦はうなずいた。

「今度は君に話してもらう番のようだ。いったい何から聞けばいいのか……」

あまりの展開に頭の整理がついていかない。

口をつぐんだ須藤に、弘子がそっと問いかけてきた。

「みさ子さんの容態はどう?」

「思わしくはないようです」

弘子の表情が曇る。

「みさ子さん、あまり幸せな人生ではなかったようなの。息子さんは行方不明になるし、旦那さんもね……。何とか息子さんには会わせてあげたい」

弘子は雅彦を見た。彼は目を伏せたまま、上げようとしない。

須藤はひとまず、気になっていることを尋ねることにした。

「雅彦君、まずは君の父上について聞かせてくれないか。詳しい情報が出国までに間に合わなくてね。今回の件と直接関係なくても構わない。関係者のことを調べるのは、捜査の常道なんでね」

薄が目を輝かせる。

「極楽ですね」

「浄土じゃない。常道」

「尿道?」

「うるさいよ」

雅彦は、か細い声で話し始めた。

「父は商社勤めでした。母と結婚してからも、海外勤務が多く、家を空けることが多かったそうです。ただ、ボクが生まれた後は、家族で赴任するようになりました。一家で最初に行った国はインドだそうです。ボクは小さくて全然、覚えていないんですけど」

雅彦の年齢などから考えて、一九八〇年代のことか。

雅彦は続ける。

「記憶にあるのは、東南アジアの国々です。転勤ばかりでろくに学校にも行けませんでしたけれど、周りの人はみんないい人ばかりで、とても大らかでした」

「康栄さんは、商社で主にどんな仕事を?」

「鉱物関係が多かったです。山奥に分け入って、何日も帰ってこない日もあって」

みさ子宅で見た康栄の写真は、日に焼けてたくましく、豪快な笑顔のよく似合う男だった。

そのことを告げると、雅彦は深くうなずいた。

「父の記憶はあまりありません。思いだすのは、大きな笑い声と白い歯です。いつも大きな声で『おうおう』とうなずいて、何でも笑い飛ばしていたそうです。その口癖(くちぐせ)を取って、現地の人からはオウさんって呼ばれていたとか」

「お父上はたしか……」

「ええ。ボクが十歳のとき、交通事故で亡くなりました。タイにいるときです。母はボクを連れてすぐに日本に帰ろうとしたようですが、現地の人たちの引き留めもあって、その後も何年か、タイにいました。日本に帰国したのは、十五歳のときでした」

「そうか。大変だったんだなぁ」

「でも、母はあれで商売が上手いんです。父が亡くなった後も、タイで服を作って売ったり、父の友人だった人たちと水の濾過(ろか)装置を作ったり、虫除けのスプレーを輸入しようとしたこともありました」

そんな雅彦の言葉を、弘子は感慨深げに聞いていた。

「そうねぇ。私と知り合ったころはかなり弱っておられたけれど、芯のある聡明(そうめい)で素敵な方だなって思ったわ」

　雅彦もうなずいた。

「ですから、父の生命保険や会社の方の助けもあって、帰国してからもあまりお金には困りませんでした。三鷹に家まで建てて」

　須藤は雅彦を睨む。

「そんな母上を捨て、君は日本を出た。なぜだ？」

　雅彦は表情を歪めつつ、顔を伏せた。

「海外育ちのボクは、日本に馴染めませんでした。学校に行ってはイジメられ、就職も失敗しました。母はいろいろと手を尽くしてくれたのですが、それもまたボクには重荷で」

「何とも親不孝なことをしたな」

「すみません」

「しかし、そんな君がなぜいまラオスにいる？　喋らせてばかりで申し訳ないが、ききたいことが山ほどあってね」

「あのぅ、須藤さん」

　薄が須藤の肩をちょんちょんとつついた。

「何だ薄？　山ほどと言っても、本当に山があるわけじゃない。ものの喩えだ」

「違います。山ほどくらい知ってますよぉ。ホドってホドイモのことですよね。マメ科ホドイモ属」

「違うよ。判ってないじゃないか」

「山のようなホドイモを山ほどって……」

「違う！　今、大事なところなんだよ。雅彦君もびっくりしてるじゃないか」

「実は、もっとびっくりすることがあるんです！」

「何だ？」

「何者かが、こっちに向かってますよ」

「そういうことは、早く言えよ‼」

「だって、山ほどなんて、須藤さんが言うから」

「だから、その何者かってのは誰だ？」

「判りませんよ。でも気配が……」

薄が言い終わらぬうちに、ヤツらが乗りこんできたみたいです。立場上、応戦はできません。逃げてください」

「ヤツらが乗りこんできたみたいです。立場上、応戦はできません。逃げてください」

「ちょっと待て。それはどういう……」

問い返す須藤の腕を、弘子が摑む。

「彼らにこれ以上、迷惑はかけられない。ここを出ましょう」

「出るって、こんな真夜中に……」

「ここにいるよりはまし。それに、彼女がいるでしょう？」

薄は既にザックを背負い、不敵に微笑んでいる。ここからはまた、薄の領域に入ったようだ。

須藤は弘子に言った。

「判りました。先頭は薄で。最後尾は俺が」

とまどう雅彦を弘子が促し、先に建物の外へだす。弘子が出る直前、須藤はきいた。

「ヤツらっていうのは、誰なんです？」

「密輸業を生業（なりわい）にしている、凶悪なヤツらよ」

弘子に続いて須藤もマロウと共に外に出る。階段を下りたところに、マロウがいた。

須藤は彼の手を握った。

「いろいろ、ありがとう」

「マサヒコと、ミズ・ヒロコを頼みます」

「君たちは大丈夫なのか？」

「心配しないでください。ヤツらも我々には手をだしません。我々は政府と上手くやっている。私たちに手をだせば、ラオス政府を敵に回すことになります」

上手くやっているというのはつまり、金で繋がっていることを意味するのだろう。毒まんじゅうも使いようってわけか。

マロウが続ける。

「ただし、我々の敷地内であなたがたが捕まったら、言い逃れはできません」

「判った。そんなヘマはしないよ」

「ヤツらは武装しています。人を殺すことなんか、何とも思っていない」

「日本でそんなヤツらを何人も相手にしてきた。大丈夫だ」

「くれぐれも気をつけて」

「あんたもな」

須藤は彼に背を向けると、再び、暗闇の中へと向かった。

マロウ。もう二度と会うこともないだろうが、今にして思うと、骨のあるいい男だった。

既に薄を先頭に、弘子、雅彦の順で隊列ができていた。須藤の到着を見て、薄はすぐに前進を始めた。

「薄、まずはエレファントキャンプを出る。マロウさんたちに迷惑はかけられないからな」

「がってん提灯(ちょうちん)！」

「承知な」

事務所のある丘の方からは、何やら声高に言い合う声が聞こえてきた。敵は思った以上に迫っている。道に残してきたパチャラはどうしただろうか。気にはなるが、今は無事を祈るしかない。

薄は相変わらず、いっさいの音をたてず、密林のまるで風のごとく進んでいく。須藤も極力それに倣(なら)うが、今回は雅彦と弘子がいる。足音や枝葉のこすれる音をすべて消すのは不可能だった。

敵も気配を読む術には長(た)けているようだ。既に丘を駆け下り、こちらに向かってきている様子だ。

薄が進んでいるのは、メコン川とは反対方向、つまり、木々が生い茂る森の方向だ。どのくらい行けばエレファントキャンプを抜けられるのか、須藤にも判然としない。周辺地図は頭に叩きこんだものの、闇夜(やみよ)の中ではまったく役に立たなかった。

薄が言った。

「ここは素早く行きましょう。まずは、敷地から出ることです」

こちらの返事も待たず、薄は進む速度を上げた。低木が揺れ、ガサガサと葉が大きな音をたてる。

丘の方からの声が一瞬止まり、やがて先よりも大きな怒鳴り声が響いた。こちらの位置を気取られたようだ。

先頭の薄は、後から来る弘子たちを気遣いながらも、いっさいのためらいなく、草むらの真ん中をぐいぐいと歩んでいく。

弘子もさすがは元警察官だけあり、遅れることもなく後に続いた。雅彦もまた、慣れた様子で弘子の後ろにぴたりとついていく。

結局、雅彦についていては、何もきくことができなかった。十年前、ラオスで彼に何があったのか。なぜ、日本に帰らなかったのか。なぜ、母親に生存を知らせなかったのか。疑問はつきない。

突然、闇の中に白い光がともった。不気味な目のような光は二つ、左右に揺れながらこちらに向かってくる。

光は懐中電灯だ。どうやら追っ手は一隊だけではなかったようだ。二手に分かれ、挟み撃ちにする作戦だったのだろう。多勢に無勢だ。このままでは、いずれ追い詰められる。唯一あるとすれば、メコン川を渡ることだが、深夜に徒渉して無事に済むとは思えない。

薄は歩みを止め、素早くザックを下ろす。

「フンフンフーン」

「やけに楽しそうだな」

「アフリカで野生のゾウに追われたことがあるんです。あのときの興奮を思いだしちゃって」

「ゾウに追われても、走って逃げられるだろう」

須藤は昼間のチョコラのことを思いだしていた。たしかに勝手気ままで融通が利かず、図体が大きく力も強いため、油断するとひどい目に遭いそうだが、基本的には鈍重で穏やか。そんな印象だった。

「ブブー。須藤さん、ゾウのこと何も判っていませんねぇ。そんなことでは、ゾウの餌ですよ」

「ゾウは草食だろう?」

「桃のタトゥーです」

「ものの喩えな」

「怒ったゾウを止められるものはありません。車より速く走るし、本気でぶつかってこられたら、車なんて仏陀です」

「お釈迦な。それより、こんな無駄口きいている場合じゃないだろう」

「無駄口は聞くものではなく、喋るものですよ」

「うるさいな。一応、無駄口だってことは判っているのか。いやそんなことはどうでもいい。どうするんだ。このままだと……」

「ちょっと危険だけど、強行突破ですね」

薄は何やら紐のようなものをだした。逆の手にはライターが握られている。

「ジャジャーン」

「何だ、それは？」

「爆竹です。私が繋げて七十二連発にしてあります」

「そ、そんなものをここで鳴らしたら……」

「みんな、びっくりしますよぉ」

「そりゃあ、びっくりするだろうけど、パニックを起こさないか」

「そこがつけ麺です」

「付け目」

「多分、銃とか持っているでしょうから、姿勢を低くして、動かないでください」

「いや、俺はいいけど……」

須藤は弘子と雅彦を見る。弘子はすべての状況を理解しているようだ。既に草むらに身を横たえ、流れ弾などにやられない体勢をとっていた。一方、雅彦の口からはカタカタと不規則な音が漏れている。恐怖のあまり、歯が鳴っているのだ。

このままにしておいては、雅彦がパニックを起こす。須藤は襟首を摑むと、強引に地面に伏せさせた。そこに覆い被さるようにして、自らも横たわる。

「いいか、何があっても、起きるんじゃないぞ。起きたら、やられる。そう思え」

「ふぃぃぃぃ」

雅彦は泣いているようだった。ラオスで生きてきたにしては、ずいぶんと肝の小さいことだ。

「よし、薄、やれ！」

追っ手はもうすぐそこまで来ている。距離にして二十メートルくらいだろう。

「うしし、いきますよぉ」

薄がライターをつける。大した光ではないが、真夜中の林では嫌でも目立つ。間近にいる敵たちの動きが、一瞬、止まった。薄はそのタイミングを狙っていたのだろう、爆竹に火をつけ、遠くに放り投げた。かすかな赤い火種は、緩やかな弧を描きながら、低木の向こうへと消えた。すさまじい破裂音が響き渡るまでには、一秒とかからなかった。鳴ると判っていた須藤ですら、思わず身を縮めてしまうほどの衝撃だった。

須藤たちを探して林に分け入ってきた相手の驚きようは、その比ではないだろう。叫び声に混じって、ついに銃声が轟いた。一人、二人ではない。数人が闇雲(やみくも)に銃を撃っていく。窘(たしな)める者はいない。銃声に混じって、悲鳴やうめき声も聞こえる。同士討ちだ。

須藤の下で、雅彦はガタガタと震えていた。押さえていなければ、パニックを起こしていただろう。

「雅彦君、落ち着け」

須藤が言うまでもなく、轟いていた銃声は散発的なものになり、やがて、止(や)んだ。先よりもさらに深い静寂が闇を覆う。

薄が移動を始めた。雅彦の縛めを解き、無理やり、立たせた。

「緊急事態だ。無理にでも歩いてもらうぞ」

雅彦が力なくうなずくのが判った。

高台の方から迫っていた追っ手も、この騒ぎで完全に足止めを余儀なくされたようだった。状況も判らず、乱射の起きた場所にノコノコやってくるほど、命知らずでもあるまい。

七十二発の爆竹で、追っ手の一方を行動不能にし、もう一方の動きを封じた。薄圭子。そこら辺のゲリラより、よっぽど恐ろしい。

茂みの中から、黒いものが飛びだしてきて、前を行く雅彦に組みついた。どうやら敵の生き残りのようだ。付近を徘徊(はいかい)していて、偶然、出くわしたものとみえる。

雅彦の悲鳴が響いた。須藤は手探りで相手の背を摑むと、雅彦から引き剝(ひきは)がす。右頰を殴られた。

カッと頭に血が上る。一課時代、「火薬庫」だの「導火線のない男」だの「発破」だのと後輩たちからも揶揄(やゆ)されたほど、須藤の怒りは爆発が早い。

当たりをつけ、相手の顎に拳を見舞うと、正面から首を摑み、締め上げた。そのとたん、気配を感じ、腹を蹴る。相手の体が後ろに吹き飛ぶ。右手にはナイフが握られていた。先の気配はそれか。そのまま組みついていたら、脇をえぐられていたところだ。

面白いじゃないか。

お互いの姿すらほとんど見えない中、ナイフを持った男が自分を殺そうとしている。

手加減はいらないな。

後先を考えない行動からして、相手はさほどの経験もない、血気に逸(はや)るだけの若者らしい。動きも大きく、気配を探るのは容易だ。ナイフを持ち、優位に立ったという自信からだろう、動きが雑になっていた。枯れ草を踏む足音で、居場所は手に取るように判った。グズグズしているわけにもいかない。須藤は左側に回りこむと、わざと足下に落ちていた枝を踏んだ。その音に相手は反応した。体を真正面に向け、こちらをうかがっている。大きな的だ。須藤は先と同じく、腹を蹴りつけると、仰向けに倒れた相手を押さえつける。右腕を封じ、ナイフをもぎ取る。強引に引き剝がしたため、指が何本か折れる手応えがあった。男は痛みに悲鳴を上げる。鼻先に三発、拳を叩きこむと静かになった。その代わり、鼻から吹きだした血を浴びた。生ぬるい液体が首筋を伝っていく。ナイフを握りしめた須藤は、切っ先を相手に向ける。

「ダメよ、須藤さん」

すぐ後ろで、弘子の声がした。男のときとは違い、まったく気配が読めなかった。

「武器を取り上げたら、もう何もできないわよ」

須藤はナイフを放り投げると、男のボディチェックをする。銃を含め、ほかに武器はなかった。銃は先の混乱の中で取り落としたか、いずれにせよ、弾切れで使い物にならないだろう。

須藤は男をそのままにして、薄たちの待つ方へと向かう。弘子はすぐ前にいた。

「雅彦君はどうです？」

「ショックを受けてたけれど、怪我はないみたい。今は落ち着いているわ」

十メートルほど先に、薄と雅彦がいた。薄はじっと空を見上げ、雅彦は地べたにへたりこんでいる。

須藤は薄に言う。

「待たせたな。どうだ？」

「どうやら、エレファントキャンプの敷地は抜けたようです。これでマロウさんたちに迷惑が及ぶ心配はなくなりました」

「問題はこれからだ。高台のヤツらも、そろそろ本気だして追いかけてくる」

「待ち伏せしますか？」

「これ以上、騒ぎは大きくしたくない。警察沙汰にでもなったら、俺たちはおしまいだ」

「もう十分、大きくなっていると思いますけどねぇ。あんなに爆竹鳴らして」

「鳴らしたのはおまえだろう」

「とりあえず、道に出ましょう。日の出まではまだ大分ありますから、歩いて行けるところまで行き、車があればそれを……」

「警官としてどうかとも思うが」

「鹿立たない」

「仕方がない」

「イカしか立たない」

「いたしかたない」

弘子が言った。

「そういうことは日本に帰ってから、ゆっくりやってちょうだい。今は……」

「判りました。よし薄、前進だ」

「はーい」

「あれだけの手勢を繰りだしているんだ。おそらく道も封鎖されているだろう。何とか突破していくしかない。問題は、パチャラだが……」

「あと百メートルほどで、道に出られます。私たちが車を降りたすぐ近くですから、上手くすれば、合流できますよ」

「それに期待しようか」

残り百メートルと聞いて安堵したのもつかの間、キャンプの敷地を出たせいか、土地の荒れ方がひどくなった。草は人の背丈を超え、木の根の張りだしなどでまともに歩くこともできない。弘子たちには無理と薄が判断した場所は、大きく迂回(うかい)するよりなく、想定外の時間がかかってしまった。

耳をすませば、はるか彼方(かなた)から追っ手たちの怒鳴り声が聞こえる。まだまだ距離はあるが、万が一、暗視スコープやライフル銃でも持っていられたら、ことだ。

乾いた木の枝をかき分け、腕や顔を細かな傷だらけにしながら、ようやく開けた場所に出た。道だ。とはいえ、あたりは変わらず真っ暗で、まったく気が抜けない。

左右を見回すが、車らしきものはなく、パチャラの姿もなかった。

「薄、パチャラは?」

「別れたのは、間違いなくこの辺です。でも……」

薄の表情が強張った。車のエンジン音が轟き、ヘッドライトがつく。一台の車が、茂みの中から躍り出てきた。光のせいでまたも視界を奪われ、須藤は弘子、雅彦の背中を、今出てきた林の中へと押し戻す。背後から、乾いた銃声が連続して轟いた。

車はライトをつけたまま、道の真ん中に止まる。運転手と助手席に一人、後部シートに一人の合計三人が見てとれた。運転手をのぞく二人が、車を降りる。どうやら自動小銃と思しきものを肩から下げている。逆光の位置にいるため、二人の顔かたちは判らない。体つきはアジア人のようであったが、小声で交わされている会話は、英語のようである。

二人は須藤たちを見失っていた。銃を構え、慎重に林へと入ってくる。須藤は雅彦の頭を押さえつけ、じっと息を殺していた。彼の震えが手のひらを通して伝わってくる。弘子は須藤から少し離れたところで、じっと身を伏せている。彼女の思いが須藤には判った。いざというときは、自ら囮になるつもりなのだ。

そんなことはさせられない。相手は武装している上、さきほどの攻撃から見ても、生かしたまま捕らえる気はないようだった。

ゆっくりと顔の向きを変え、低木越しに道の車を見る。間違いなく、パチャラの運転で、須藤たちがここまで乗ってきたものだ。さらに目をこらすと、ウインドウには弾痕(だんこん)が刻まれている。

パチャラ……。

怒りとともに闘志がわいてきた。

こんなところで、惨(みじ)めに死ぬわけにはいかない。

幸い、深い闇がこちらの味方をしてくれる。音にさえ注意すれば、しばらく見つかる心配はなさそうだった。右手に手頃な石の感触があった。それを摑み、引き寄せる。身を縮め、ゆっくりと靴を、続いてソックスも脱いだ。ソックスの中に石を入れる。

かつて薄は、ベルトと靴の中敷きで瞬時に投石器を作ってみせた。

あんな風にはいかねえけどな。後は十分引きつければ、確実に一人は倒せる。須藤はもう一人に撃たれるだろうが、残りは多分、薄が何とかしてくれる。

須藤は雅彦にささやいた。

「いいか、ここを動くな。何があってもだ。君は生きて日本に帰るんだ。おふくろさんが待っているんだ。これ以上、親不孝をするんじゃない」

応えはなかった。雅彦はめそめそと泣いているだけだ。

枝を踏む音がする。二手に分かれた男の一人が、須藤たちの間近に迫っていた。

あとは相手の熟練度にかかっている。一歩、二歩、三歩……。

須藤は立ち上がり、急ごしらえの武器を振りかぶる。相手も瞬時に銃口をこちらに向けた。残念ながら、かなりの手練れのようだ。

一撃で勝負を決めることをあきらめ、石を相手の手首に振り下ろす。ゴキンと嫌な音がして、銃を持つ右手首に命中した。幸い、暴発することもなく、男の悲鳴だけが深夜の林に響き渡った。須藤は相手の右つま先を踏みつけると、肘を顔面に叩きこむ。これで決まったと思った。

しかし、相手は須藤の腕を摑み、肘を折りにきた。これだけのダメージを負ってなお、戦意を失わない。こんな敵、日本ではそうそうお目にかかれない。

須藤の心は浮き立っていた。そうだ、これで終わったら、面白くない。肘折りの一撃を逆の手で受け止め、手のひらで相手の目を打つ。腕を摑む力が緩んだ。右拳でもう一度、顔面を殴る。苦し紛れの蹴りがきた。避け、半身になり、喉元に手刀をお見舞いした。かなりの手応えがあった。

「うっへっ」

男はうめくと、膝からその場に崩れ落ちた。うつ伏せとなった男の後頭部を、須藤は踏みつける。

死んだふりではたまらんからな。

カチャという銃を構える音を背中で聞いた。もう一人が駆けつけてきたのだ。一人目を楽に片付けられたら、二人目もと思っていたが、そうそう、上手くもいかないようだ。

それでも振り返り、相手の顔を睨みつけてやりたかった。かつて鬼と言われ、犯罪者に恐れられたこの顔を……。

振り向いた須藤の見たものは、焦点の合わぬぼんやりとした相手の目だった。男は銃を構えた姿勢のまま、ゆっくりと前に倒れこんだ。地面に横たわった男の背中には、先を鋭く尖らせた細い木の枝が突き立っている。

小さな影が音もなく躍り出てきた。

「須藤さん、無事でしたか。もう少し、早く効くかと思ったんですがねぇ」

薄だった。手には弓状に曲がった枝を持っている。よく見れば、枝の両端にゴム紐のようなものが結びつけられている。即席の弓だと判った。これを使って、枝を削った矢を放ち、男を……。

「薄、そのゴム紐はどこから現れたんだ」

薄は腰のあたりをぽんと叩いた。彼女はカーキ色のズボンをはいている。

「もしかして……」

「はい。これのゴムを使いました。ベルトで一応留めているんですけど、ちょっとずり落ちそうで……」

「薄、重々、気をつけろ。落とすんじゃないぞ」

「はーい」

「だが薄、たかが枝一本にしては、すごい効果だな。これって、まさか……」

「はい。痺れ薬をちょこっと」

「致死量じゃないよな」

「多分」

「多分⁉」

「インドジャボクから抽出したレセルピンが主原料なんですけど、人に使うのは初めてだからなぁ」

薄は倒れた男の腕を足先で小突く。

「死んではいないみたいですよ。反応があります。少ししたら動けるようになるんじゃないですかねぇ。でも、私のことばかり言って、須藤さんこそ、そっちの人、ぐったりして動かないですよ」

「手加減する余裕もなかったから、もしかすると……」

「ずるい！」

「そういう問題じゃないだろう。それより、もう一人、運転手がいる」

「とっくにおまんまですよ」

「おねんねな」

林の向こうがにわかに騒がしくなってきた。高台の方からの追っ手が、いよいよ迫ってきたようだ。

「あの車をいただこう。それにしても、パチャラにはかわいそうなことをしたな……」

「運転は私でもできますが、詳しい道が判りません。モチモチしてるとヒマワリが咲きますよ」

「モタモタしていると先回りされるって言いたいのか」

「だから、そう言ってるじゃないですか」

「言ってねえよ。とにかく、まずは俺が運転を……」

須藤がドアに手を伸ばしたとたん、サイドミラーが消し飛んだ。ほぼ同時に銃声が響く。

助手席側に向かおうとしていた薄が、ボンネットを飛び越え、須藤の後ろにいた雅彦と弘子を地面に押し倒す。

須藤もまた車のドアにへばりつくようにして、しゃがみこんだ。

「何だ？　まだいたのか？」

「追っ手といっても、さほど統制が取れているとは思えません。本隊から離れて先行した者ではないでしょうかね」

薄はザックを下ろすと、麻紐で束ねてある手製の矢を取りだした。

「そんなに作っておいたのか」

「はい。レセルピンもいっぱいありますから、毛当たり次第、バンバンいきますよぉ」

「手当たり」

「え？」

「毛じゃなくて、手」

「ああ、手ですか。毛は少ない人もいるから、なんかおかしいなって……」

激しい銃声が須藤たちを襲う。ウインドウが割れ、破片がバラバラとふり注ぐ。

「手でも毛でもいい。何とかしないと……」

「うーん、これだけばらまかれると、かえって反撃しにくいですねぇ。モジモジしてると、本隊がきちゃうし」

「グズグズ」

「え？　ぴっちりしたタイツ着て踊るヤツ……」

「それはモジモジくんだろう。なんでおまえがそんなん知ってるんだ？」

「フランス人の知り合いにモジモジくんマニアがいるんです。タブレットにコピーして、毎日見てましたよ。フールジャパンですねぇ」

「モジモジしててもどうにもならねぇ。とにかく、これを何とかしろ」

「うーん、そうは言っても……」

薄はザックから小瓶を取りだした。

「これ？　使います？」

「カエルの毒か？」

「バトラコトキシン。空気中に飛び散るだけで、そこそこの威力が……」

「ダメだ。我々まで巻き添えになる」

「相手はコロリですよ」

「コロリでもダメ」

そうは言ったものの、このままではいずれこちらが制圧されてしまう。

カエルの毒かぁ。そう考え始めたとたん、それを戒めるかのように、須藤の背後から銃声が上がった。須藤たちは道に横付けされた車を盾に、林から来る敵と対峙している。銃声は道を挟んで広がる低木地から聞こえてきた。

いよいよ挟まれたかと首をすくめたものの、弾はすべて迫り来る敵に向かって放たれている。須藤は振り返り、闇に包まれた低木地に目をこらす。ぼんやりとした影が現れ、徐々に姿がはっきりしてくる。

「パチャラ！」

服は泥だらけとなり、額に擦り傷を作っているが、人懐っこい笑みはまさにパチャラのものだった。

「無事だったのか」

パチャラは自動小銃を肩に、須藤たちの許へと駆けてきた。

「ヤツらがやってくるのが見えたので、車を捨てて、低木地に身を隠しました。でも見つかって、しつこく追いかけられていたんです。何とか片付けて、戻ってきました」

パチャラは銃を示す。

「これは追っ手が持っていたものです。戦利品として頂戴しました」

須藤は百万の味方を得た思いだった。

「バトラコトキシンを使わずに済む」

「え?」

「いや、こちらのことだ。パチャラ、運転を頼みたい」

パチャラの反撃に驚いたのか、敵の攻撃は止んでいた。この場を離れるのであれば、今が最大のチャンスだった。

パチャラはその意図を察し、すぐに運転席側のドアを開け、中に滑りこんだ。

「ガラスが割れていますし、このままルアンパバーンに入っても、すぐに止められます。どこかで別の車を調達します」

「判った」

須藤は助手席へ。薄、弘子、雅彦は折り重なるようにして、後部座席に飛びこんだ。

それを確認し、パチャラがエンジンをかける。ヘッドライトもつけず、急発進した。

気づいた敵が、弾丸を雨あられと降らせてきた。何発かが車体をこすり、火花を散らす。車は後部を左右に振りながら、猛スピードでカーブにさしかかった。ここを曲がりきれれば、敵からの死角に入る。だが進入速度が速すぎたのか、車輪のスライドが止まらない。山側の斜面に乗り上げ、横転する恐れがあった。

「パチャラ!」

素早いハンドル操作と絶妙のブレーキングで、車はギリギリのところをすり抜け、直線道路へと出た。

「みんな、無事か?」

須藤の声に、薄、弘子の元気な声、雅彦のか細い声が上がった。パチャラも、握った右手の親指を上げてみせる。

道に街灯はなく、濃い闇の中を車は猛スピードで進んでいく。後方からは当然、追っ手が来ているはずだ。グズグズしているわけにはいかないし、ヘッドライトをつけるわけにもいかない。ここはパチャラの運転技術と土地勘に期待するよりなかった。

パチャラが言う。

「ホテルに戻るのは危険だと思います。敵が監視しているでしょう。このまま、どこかに身を隠し、空港に行きましょう」

「身を隠すってどこへ?」

「ブンミー・マイファーピン」

「あのノックが俺たちを匿うか?」

「我々に恩を売れば、いいことがあります。多分、引き受けますよ」

パチャラはポケットから携帯をだし、運転をしたままかけ始めた。通話中は片手運転となるにもかかわらず、アクセルを緩めようとはしなかった。ヘッドライトも消した中で、須藤は生きた心地がしない。ラオス語のシャワーを浴びつつ、須藤は思わず手を合わせたくなった。

十三

　ノックこと、ブンミー・マイファーピンが用意してくれたのは、二階建ての粗末な小屋だった。木造で窓ガラスもなく、壁の一部は腐って崩れかかっている。家具の類いはもちろん一つもなく、一階の土間のような部屋にパチャラを含む五人、壁を背に座りこんでいた。

　入り口脇に陣取った須藤は、窓から表をうかがうパチャラに言った。

「こんな場所でも、ないよりはいい。ノックに礼を言わないとな」

「日本人はもうこりごりだと言っていましたけどね」

「ラオス料理、美味かったのになぁ」

　パチャラがロウソクに火をつけ、部屋の真ん中に置いた。かすかな明かりではあるが、お互いの顔は何とか見ることができる。

「明かりなんかつけて、大丈夫なのか？」

「ノックの方で手を回してくれているので、ここには警察も来ません。前の道を五分ほど行くと、ルアンパバーンの街に入ります。街に近すぎるので、ここなら、ヤツらも派手なことはできないはずです」

　須藤はあらためて、パチャラに尋ねた。

「そのヤツらっていうのは、やはり、密輸業者のことか？」

「おそらく。中国だけでなく、ベトナムやタイの人間も混じっているでしょう。統制が取りきれていなかったから、何とか脱出できました」

「しかし、遠慮なく銃をぶっぱなしやがって」

薄が言う。

「アロワナ事件のときも言いましたよね。密輸は儲けも大きいですから、それだけ巨大な組織が絡みます」

「人の命は動物より軽いってわけか」

パチャラが深刻な口調で言った。

「薄さんたちが予測されたように、象牙密輸の拠点として日本が狙われているのは、間違いないようですね。アフリカからここラオス経由で日本に運び、そこから中国へ。そんなルートが確立されたら、摘発は今の何倍も困難になるでしょう」

そう言い置くと、パチャラは小屋を出ていった。食糧を調達してきてくれるらしい。

須藤は青い顔をして床にへたりこんでいる雅彦の目を見る。

「また質問させてもらっていいだろうか。さっきは邪魔が入ってしまったからね。新事実もあきらかになったことだし、あらためてきく。最初の質問だ。君はいまパチャラが言った密輸業者と繋がりがあるのか？」

雅彦は唇を噛みしめながら、それでも深くうなずいた。

「君がずっと日本に帰らなかったのは、そのためか」

雅彦は決然と顔を上げると、首を横に振った。

「違います。そんなんじゃないんです。ボクは……この数年、Sとして生きてきたんです」

思いも寄らぬ言葉だった。

「S？　つまり、情報屋として？　それは……」

「日本の警察ではありません。タイです。タイ警察と協力して、密輸業者の摘発を行ってきました。タイ警察の命令で、象牙の密輸業者を探るために……」

「何てことだ……」

弘子もこの件は初耳だったらしい。呆然とした様子で雅彦を見つめている。

「それじゃあ、私が誘拐されたのって……」

「密輸業者は薄々、ボクの正体に感付いていました。だから、すぐにタイへ戻る計画をたてていたんです。それを止めるため、ヤツらはボクの母親を誘拐し、その命と引き換えに、本当のことを言わせようとしたんだと思います」

「だけど、彼らは間違えて私を誘拐し、ラオスまで連れてきてしまった……。それであなたは……」

「おおよその情報はタイ警察からもらっていました。すぐに脱出するよう言われたのですが、あなたのことを放っておくことができず……」

「助けに来てくれたのね」

弘子はそっと雅彦に近づくと、手を取った。

「ありがとう。あなたは、命の恩人だわ」

「いいえ。元はといえば、ボクのせいですから」

「弘子さんを連れて、マロウの所に行ったのはなぜだ？　どうして、彼らなら匿ってくれると？」

「あそこで、以前働いていたことがあったから」

須藤は薄と目を合わせる。ゾウ使いライセンスの宣伝ポスターに写っていた雅彦の姿。ようやく、繋がってきた。

「それはいつ頃のことだ？」

「九年前、二〇一〇年のことです」

「その時、どうして母親に連絡しなかったんだ？」

母親のことを思いだしたのだろう。雅彦は言葉を詰まらせ、弱々しく輝くロウソクの火を見つめた。

「そうするべきだったと、今は思っています。でも当時は……」

うなだれる雅彦を前に、須藤はため息をつく。

「日本も母親も捨てることになるっていうのに、どうしてタイ警察のSになった？」

「話せば長いんですが……」

「手短にだ」

「手、長いですよ」

「薄、妙なところにだけ口をはさむんじゃない」

薄は首を傾げながら、親指と人差し指で、自分の唇をつまんでいる。

須藤は雅彦に向かう。

「続けてくれ」

「ラオスに来ても言葉は判らないし、仕事はないし、途方に暮れていたところに……」

「ねえ、須藤さん」

「何だ、薄」

「途方って、いつも暮れてますね。明けるところを一度も見たことがないんですけど」

「日の出と一緒にするんじゃないよ」

「途方って何です？」

「そんなことも知らんのか、途方って言えば……ええっと、途方ねぇ」

弘子が苦笑しながら教えてくれた。

「途方は、手立て、筋道って意味よ。多くの方向を表す言葉でもあって、途方のことを十方と書くこともあるの。そんな途方が暮れてしまうわけだから、手段方法がなくて、どうしていいか判らなくなるって意味になるの」

「すごい、弘子さん、悪食ですねぇ」

「博識だ！　ああ、もう、何の話をしていたか判らなくなったぞ」

「雅彦さんの手が長いってとこです」

「違うよ。ラオスに来て、途方に暮れていたってとこだ。そう、それで、どうした？」

時と場所をわきまえない雑談に、雅彦は目を白黒させている。

「たまたま、タイから来た人に会って、日本語を喋れるのなら、頼みたいことがあるって……」

「まさか、それが……？」

「動物の密輸だったんです。タイを拠点に、アロワナやカメなんかを扱っていました。日本人はお得意さんだったので、日本語のスキルが必要だったんです。ボクはラオス語を勉強して、通訳をやりました」

「組織のボスに会ったことは？」

「ありますよ」

「タイ人か？」

「ええ。でも、組織を作ったのは日本人だって聞きました。名前は知りません。でも、周りからはすごく怖がられていました。Xって呼ばれていて」

あまりの因縁(いんねん)に、須藤は思わず苦笑してしまう。

「そうか。君がいたのは、ヤツが作った組織か」

その意味が理解できない雅彦は、怪訝そうな顔で目をぱちくりさせていた。

「すまん、こっちのことだ。続けてくれ」

「住むところも食事も用意してもらって、お金もそこそこくれて、日本にいるときよりずっと自由で、ボク、その生活が気に入ってしまいました。母には悪いなと思ったんですけど、自分のしていることを考えると、連絡するわけにもいかなくて。結局、そのまま……」

加賀谷みさ子のことを思うと、この場でぶん殴ってやりたい衝動にかられるが、何とかこらえる。

今の須藤にできることといえば、せいぜい目の前の男に嫌みをぶつけることくらいだった。

「悠々自適の生活を送っていた君が、どうしてこんなところにいるんだ？」

雅彦はそんな須藤の物言いに対し、反論するでもなく、ふて腐れるわけでもなく、ただ漫然と受け流しただけだった。

「このあたりのペットビジネスが思っていたよりはるかに危険なものだってことは、じきに判りました。警察はもちろん、敵対するグループがいくつもあって、毎月、どこかで抗争があって、仲間が死んで……」

「抜けたのか？　自分から」

「いいえ。そんな勇気はありません」

雅彦は自嘲的に笑う。

「きっかけは、白い道です」

「白い……道？」

薄が突然、ぴょこんと顔をだし、雅彦に詰め寄った。

「もしかして、見たんですか？　白い道？」

「あ、ああ」

「すごい！　どこで？　どんなふうに？　どうして？　どうやって？」

「薄、雅彦君がずいぶんと怯えているようだが？」

「怯えたって無駄です。さあ、くしゃみして？　胡椒(こしょう)！」

「それはハクション。おまえが言いたいのは、白状だろう？」

「くしゃみでもしゃっくりでもゲップでも」

「白状は生理現象じゃねえよ。とにかく少し落ち着け。雅彦君、その白い道ってのは何なんだ？」

「森の中を彷徨(さまよ)い歩いていると、突然、白い道に出合い、無事、森を出ることができたって話があるんです」

「それは、獣道のようなものをさしているのか？」

「まあ、当たらずとも遠からずです。ただ、獣道と呼ぶには道幅も広く、地面はしっかりと踏み固められ、そして何よりも、長くどこまでも続いている――」

「それって、まさか……」

「そう。ゾウの道です。密林で暮らすゾウは、餌などを求めて移動していきます。しかも、家族単位の群れで動きますから、その移動によって、いつしかそこに大きな道ができる」

ゾウに乗った一日の体験で、彼らの力がいかに強く、体がいかに重く、頭がいかに良いか、身にしみて判っていた。

「なるほど。たしかにありそうな話ではあるが、ちょっと信じられないな」

「ボクもそう思っていました。そんなのは作り話だと。でも、九年前、取引を終え街に戻ろうとしていたボクたちは、敵対するグループの襲撃を受けました。丸腰だったボクはジャングルに入り、一目散に逃げました。気がつくと、方向を見失っていて、迷子になったんです。ジャングルで迷うことは、死を意味します。一昼夜を大木の陰で震えて過ごし、空腹から朦朧(もうろう)となって闇雲に歩き回りました。周りの風景はどこも同じに見えるし、太陽とか星とか、天体の知識もないし、二日目の夕暮れにはまともに歩くことすらできなくなりました。そんなとき……」

雅彦はそのときのことだけは、克明に覚えているという。ゾウの群れとの出会い。彼らは雅彦には大した興味も示さず、悠々と白い道を歩んでいった。

「その道のおかげで、ボクは人家のあるところまでたどり着くことができました。ただ行く当てもないので途方に暮れていたところを、エレファントキャンプの人に拾ってもらい、そのまま、キャンプで働くことに」

「エレファントキャンプのポスターに君の姿が写っていた。あれはいつ撮ったものなんだ?」

「はっきりとは覚えていませんけど、二〇一五年くらいだと思います。キャンプの皆さんには、本当によくしてもらいました」

「そんなキャンプを、なぜ離れたんだ?」

「ある時、タイ警察の役人がやってきました。ボクの過去や来歴もすべて知っていて、取引を持ちかけてきました」

「それが、タイ警察のSになること」

「そうです。そうすれば、過去の罪にはすべて目を瞑ると。ボクに選択の余地はありませんでした」

見た目も細く頼りなげに見える雅彦だが、なかなかどうして波瀾万丈(はらんばんじょう)ではないか。

「経緯は判った。では、今回のことについて話してくれ。どうして、そんなことになった?」

そうきいたものの、須藤にも事情はある程度、察することはできた。

「ばれたんだな、Sであることが」

雅彦はうなずいた。

「グループの人間は、ボクにほかのSの氏名を明かすよう迫りました。でも、それを教えたら、Sは皆殺しにされるでしょう。ボクも含めて。喋らないボクにグループの男たちは拷問を加えようとしました。でもそれでは、ボクの正体がばれたことがタイ警察に判ってしまいます。情報漏れを警戒して、Ｓたちもまた姿を消すでしょう。そこでリーダーは……」

「君の母親を連れてくるよう、部下に命じた、か」

雅彦はうなずいた。

「母親の命と引き換えにすれば、ボクが口を割る。そう思ったようです。ですが……」

「連れてこられたのは、見知らぬ女性だった」

「はい。最初に見たときは驚きました。でも……何となくですが、察しはつきました。もしこの人が母親でないとばれたら、命が危ないってことも」

「機転が利くな。いい判断だったよ。だが、君は拘束されていたんだろう？　どうやって逃げだしたんだ？」

「手入れがあったんです。ラオス警察の」

「それはよくあることなのか？」

「いいえ。グループは警察にも賄賂を贈っています。もし手入れがあるとしても、情報は事前に知らされます。でも今回は、突然でした。アジトは大混乱になって、ボクはその隙に逃げだしました。ミズ・ヒロコを連れて」

「そうか、そういうことか」

窓に目を向けると、もう空はほんのりと明けに染まっている。

須藤は最後の質問をした。

「みさ子さんは、ＭＡＩＦＡエレファントキャンプに来て、ライセンスを取っていた。そのことは、知っていたのか？」

雅彦は大きく目を見開き、両手で口元をおさえた。

「それは、本当なんですか？」

「ああ。経緯は判らないが、みさ子さんはエレファントキャンプのポスターを目にし、そこに息子がいることに気づいた」

ただただみさ子が不憫だった。息子の消息を求め、細い糸を辿り、老いた身でここまでやってきた。だが、雅彦の消息は得られず、失意のうちに帰国することになった。その思いはいかばかりであっただろうか。

それでも、もはや雅彦を責める気にはなれなかった。彼は彼で、十分すぎるほどの傷を、心に受けている。

今は彼を無事に日本へと連れて帰り、みさ子と再会させるのだ。二人の負った傷をわずかでも癒やせるのであれば、それをするのが警察官としての任務だ。

熱い思いがわき起こる一方で、いくつかの疑問点が頭の片隅に引っかかっている。例えば、弘子宅の合い鍵の件。トミーの死。すべてを象牙密輸組織の陰謀で片付けてよいものなのか。

ドアがノックされ、パチャラが顔をだした。

「こんなものしかありませんが」

とチキンサンドイッチのパックを部屋の真ん中に置く。大して食欲もないが、腹が減ってはなんとやらだ。皆に行き渡ったのを確認して、ぱくついた。パンは固く、チキンも乾いてパサパサしていたが、それでもゴマの利いたソースは食欲を刺激する。パチャラはポットに冷たいお茶も用意してくれていた。紙コップに注ぎ、一気に飲む。

パチャラが言う。

「夕方の飛行機ですから、まだ時間があります。何かあったら知らせますから、少し休んでいてください」

須藤もそうだが、皆、疲労の色は濃い。例外は薄で、窓から外をのぞいては、聞いたこともない鳥の名前を連呼していた。

「薄、少し静かに……」

そんなことをつぶやきながら、須藤はウトウトと眠りの中に落ちた。

気づいたときはもう昼近かった。身を起こすと、弘子も雅彦も丸くなって眠っている。薄だけが、先と同じ格好で窓の外をながめていた。

須藤は立ち上がり、薄の横に立つ。

「なあ薄、一つ、相談があるんだが」

薄はにっこりと笑い、須藤を見上げる。

「危篤ですねぇ。私もです」

「奇遇だ」

ノックとともにパチャラが顔をだした。

「そろそろ出ましょう」

須藤は身支度を調えた弘子たちの様子を確認し、うなずいた。

「よし。準備ＯＫだ。パチャラ、運転を頼めるか」

「もちろんです」

建物の横には、車が一台、横付けされていた。白色の車で、パチャラを含め五人乗ってもまだ余裕がある。

運転席に乗りこみながら、パチャラが言う。

「昨夜までの車は処分しました。この車なら、問題なく空港に入れるはずです」

薄たち三人が乗りこんだのを確認し、車は走り始めた。天気は曇り、気温は高く、湿度も相変わらず高い。昼過ぎということで、自転車やバイクの往来も盛んだ。傾斜した土地に広がる畑には、子供たちの姿が見受けられた。

その後の道中は、拍子抜けするほどに快適だった。途中、警察に止められることもなく、相変わらずほこりっぽい印象の国際空港の駐車場に車は滑りこむ。

「パチャラはここで待っていてくれ」

「判りました」

「ただし、もし何かあったら、我々に遠慮することはない。さっさと逃げろ」

「それも了解」

パチャラはおどけた顔で敬礼をした。

出国ゲートへと続く建物は、入国時のものとは比べものにならないほど、綺麗で整っていた。天窓からは日の光が明るく差しこみ、座り心地の良い椅子も用意されている。

椅子の向こうにあるのは、航空券の発行カウンターと荷物預かり所だ。五つある窓口には、観光客たちが列をなしていた。

さてと、いよいよだな。儀藤が用意した三人分のチケットを手に列に並ぶ。通常、パスポートも必要だが、儀藤はチケットだけを窓口で見せろと言っていた。

須藤の順番が来る。入国時と違い、カウンターに座るのは、制服を着た女性たちだ。須藤がだしたチケットに目を落とした女性は、何ら特別な反応を見せることもなく、すぐに航空券三枚をさしだした。その後、英語で出国審査のゲートがある方向を示す。

「あ、ああ……イエス、イエス」

須藤は航空券を手にその場を離れる。

薄、弘子、雅彦はゲートへと向かうための仕切りの前に、立っていた。薄は鼻歌を歌い、弘子と雅彦は不安げに周囲に目をやっている。

須藤は二人に言った。

「落ち着いて。あまりキョロキョロしないように。これが航空券です」

二人に渡す。

「薄、これを」

弘子が言う。

「須藤さんは？　須藤さんの分は？」

「俺はいいんです」

弘子の目が見開かれた。

「それ、どういうことですか？」

「チケットは三枚です。まさか、雅彦君まで連れて帰ることになるとは、思っていませんでしたから」

「いや、それでは……ダメ。私、これは受け取れません」

「弘子さん、我々はあなたを連れ戻すため、ここに来たのです。あなたと雅彦君が日本に帰ることがまず第一です」

須藤は薄に目を向ける。

「薄は俺の部下です。上司として、部下の安全を確保することは義務ですから。俺のことなら、ご心配なく。この後、パチャラに頼んで、どこかに逃がしてもらいます。無事、帰国されたら、儀藤にその旨、報告してください。事情が許せば、何らかの手を打ってくれるでしょう」

「許さなかったら？　事情が許さなかったらどうなるんです？」

「まあ、そのときは、そのときです」

雅彦が切羽詰まった様子で言う。

「この国をなめてはダメです。あなた、追われて拘束されます。そうなったら……」

「その前に逃げるさ」

「密輸組織も放ってはおかないです。あなたの逃げ場はない。このままだと……殺されます」

「大丈夫だ」

「大丈夫ですよ」

薄が割りこんできた。手には航空券がある。

「これ、須藤さん使ってください」

「何？」

「残るのなら、私が残ります」

「何をバカな……」

「土地勘もある程度あるし、言葉も喋れます。パチャラさんのアシストがあれば、どうにかなると思います。陸路でベトナムに抜けるのがベストだと思います。北部の方はまだ治安が不安定なので、かえってやりやすいです。バスでそこまで行って……」

「バカを言うな。こんなところに、おまえ一人、残していけるか」

「こんなところって、それはラオスに失礼ですよ。たしかに発展はしていませんが、自然は豊か、何といってもゾウがいるんですよ。このあと、もう一度ゾウに乗って……」

「そんな悠長なこと言ってる場合か」

「箇保ですか？」

「それは郵貯だ」

するりと弘子が二人の間に割って入った。

「薄ちゃん、こういうときは、年齢順なの。ここまで来てくれて感謝しているわ。でも、私も前は警察官だったたし、若いあなたを犠牲にして助かろうなんて思っていない。残るなら、私が残る」

それに対し、薄は目をパチパチと瞬かせる。

「犠牲ってつまり、やられちゃうって意味ですよね。あの、私、そんなつもり全然ないんです。少し時間はかかりますけど、普通に日本に帰りますよ」

ほがらかに笑う薄を、弘子も呆然と見つめるよりほかない。

須藤は言った。

「議論は終わりだ。残るのは俺だ」

「ダメです。須藤さん、早く日本に帰って、一度整体師に診てもらった方がいいですよ」

「整体師？　どうして？」

「歩き方がおかしいです。ゾウに乗ったせいで、体のバランスが崩れているんですよ。そんな状態でこっちに残ったら、飛んで死に入る蛙かな」

「いろいろ間違っているが、意味だけは判る。でもダメだ。それにパスポートが……」

「提出は求められないと思います。儀藤さんが話をつけてくれていると思います」

突然、背後から鋭いラオス語で声をかけられた。どこから現れたのか、カーキ色の制服を着た厳めしい男が立っている。あきらかに軍人だ。ぎょろりとした目で須藤を睨み、甲高い声で何事かをまくしたてる。

薄が流暢なラオス語で説明を始めた。お互い、何を言っているのか判らない。軍人の表情は険しいままで、叱りつけるような口調は変わらない。それでも薄は落ち着き払った様子で、相手と同じくらいの早口でまくしたてる。やがて、軍人の口数が少しずつ減っていった。ときおり、須藤や弘子の方に無遠慮な視線を投げかけてはくるが、先までのような尖った印象は和らいでいた。

二人の会話は三分ほど続いただろうか、軍人はやってきたときと同様、険しい表情になって薄に対し、くるりと背を向けた。そのまま、正面玄関の方へと靴音を響かせていく。

薄は須藤に言った。

「とりあえず、私はガイドということにして、ごまかしました。でも、完全には納得していません。すぐに出国審査を受けてください。そのまま、三人で飛行機に乗るんです。多分、尾行がつきます。バンコクに着いても、油断しないでください」

「薄……」

「私のことは心配無能です」

「無用な」

「二、三日ってわけにはいきませんが、一週間か二週間ほどで、日本に戻ります」

「ああ……」

「手続きが済んだ後、いつまでもグズグズしていると、また疑われます。早く行ってください」

背中を強く押された。絶対にその場を動くべきではないと判っていても、前に出る足を止めることはできなかった。

いまもっとも重要なことは、弘子と雅彦を無事、日本に送り届けることだった。

「弘子さん、行きましょう」

「でも……」

弘子は涙目になって、薄を振り返る。薄は言った。

「感情は抑えて。ここは、ガイドと客の別れです。涙を見せるのは構いませんが、それ以上は」

弘子は唇を噛みしめる。手は感情の高ぶりで震えていたが、それでも、顔には笑みを見せた。

弘子は手を振りながら言った。

「日本にも……来てちょうだいね。絶対よ、絶対に、来てちょうだいね」

「はーい、絶対に行きますよー」

そんなやり取りを、雅彦はうつむいて聞いている。自身の存在が、薄を窮地に陥れていることを自覚しているからだろう。

須藤は雅彦の肩に置いた手に力をこめた。

「気にしなくていい。君が無事だったことは、我々にとって最高の贈り物だ。無事に帰って、みさ子さんに元気な顔を見せてやれ」

雅彦は弱々しくうなずく。

須藤は二人をせき立てるようにして出国審査ゲートに向かう。パーティションで仕切られた先に、手荷物検査のレーンがある。ポケットの中身をだすだけで、上着や靴などを脱ぐ必要はない様子だ。

仕切りの陰に入る前、須藤は後ろを振り返った。薄の小さな姿がじっとこちらを見つめていた。

薄……。

須藤はぎゅっと拳を握りしめる。

まさか、こんな非情な選択を強いられるとは。

出国審査は簡単なもので、パスポートの提出すら求められることなく、フリーパスで中へと誘われた。待合ロビーは一階と二階に分かれており、正面は滑走路が一望できるガラス張りだった。とはいえ、周辺には牧歌的な緑が広がり、待機している飛行機も三機ほど。一機は中国行きの小型機で、もう一機は須藤が乗ってきたプロペラ機である。もう一機は、駐機場で整備を受けている。小型ながら、流線形をした美しい機体である。

バンコク行きの出発ゲートは二階にある。須藤たちはエスカレーターに乗った。コーヒーや民芸品を売る売店などがわずかに並ぶだけで、お世辞にも活気があるとは言いがたい。天井が高いだけ、余計に閑散とした雰囲気が増す。

須藤たちは言葉を交わす元気もなく、硬い椅子にそれぞれ腰を下ろした。

飛行機に遅れなどはなく、時間通りに出発できそうだった。

搭乗時刻が近づくと、さすがにロビーにも人が増えてくる。半分ほどが白人の観光客、残りがアジア人の家族連れだった。

やがて先に見た流線形のジェット機が、可動式の通路に横付けされ、搭乗が始まった。

前回のプロペラ機に比べ、かなりグレードアップしている。三つ並んだシートに並んで座ると、ミネラルウォーターが配られた。そのすぐ後に、またもチキンサンドが配られる。

薄がいたら、大喜びでぱくつくだろう。須藤は思わず涙が出そうになった。

搭乗してから十分ほどで飛行機は滑走路へと動きだした。英語でのアナウンスが流れるが、薄がいないため、何を言っているのかさっぱり判らない。

座席に押しつけられる感覚とともに、飛行機が滑走路を走りだし、ふわりと浮き上がった。

窓際に座っていた須藤は、窓にへばりつく。空港の建物が既にはるか遠くにある。もしかすると、薄の姿が見えるかもしれない。そんな望みを持っていたが、確認できるのは空港周辺を行き交う車とバイクの列だけだった。

街は瞬く間に消え去り、緑深い山々の景色が広がる。

機体は薄い雲の中へと入り、ラオスの大地はその向こうへと消えていった。

十四

透明アクリル板の前に座る男は、須藤の顔を見るや、ニヤリと笑った。底の見えない、何とも冷たい笑みだった。

「そうか。無事に戻ってきたのか」

京都拘置所の面会室である。アクリル板の手前には細いカウンターと椅子が一脚だけ。板を挟んだ向こう側も、立会官がいる以外はほぼ同じだ。

許可された面会時間は十五分。赤星（あかぼし）の態度次第で即刻打ち切りの可能性もあると釘（くぎ）を刺されていた。

須藤は平静を保ち、相手を観察する。地味なグレーのトレーナーを着て、髪は短く刈っている。あの日、新幹線のホームで見たときより、幾分、痩せたようだ。

「さすがだな。俺のラオス行きを知っていたか」

「今でも、それなりの情報は入る。こんな所にいるが、ファンは多いんだ」

「さすが、元Xだけのことはある」

Xこと、赤星敬作（けいさく）。一九九〇年代、タイなどを中心にアロワナをはじめとする古代魚の密輸組織を構築、その黒幕として君臨した男である。二〇〇〇年を前に裏の世界から引退していたが、旧悪を隠蔽（いんぺい）するため罪を重ね、今は殺人容疑で裁判を待つ身となった。

赤星は腕を組み、挑戦的な目つきで須藤を見る。

「ラオスは楽しかったか？　ラオスには一度も行ったことがないんだよ。まあ、俺がタイにいた時分、ラオスは密輸どころじゃなかったけどな」

饒舌（じょうぜつ）な赤星を見て、追い詰められているなと須藤は思う。自惚（うぬぼ）れが強く、実際に頭は切れる。かつて挫折など味わったことのない男が、いま、身の自由を奪われている。プライドを奥底まで傷つけられ、平静でいられるはずがない。

須藤は言った。

「おまえの専門は古代魚だ。象牙に手をだしたことはないだろう？」

「ああ」

赤星は芝居がかった仕草（しぐさ）で顔を顰める。

「象牙はダメだ。ゾウを殺して、牙を切り取る。ひどすぎるじゃないか」

「同じ密輸業者でも違うと？」

「俺は魚を生きたまま顧客に届けるのが仕事だった」

須藤は苦笑する。

「ものは言いようだ」

「とにかく、象牙に関わるようなヤツらと一緒にはしないでくれ」

人を殺した男が何を言う。心の内で吐き捨てながら、須藤は穏やかに続けた。

「八〇年代後半から九〇年にかけて、タイを中心に象牙密輸に関わったグループがあった。そのリーダーが日本人だったと聞いたんだが、何か知らないか？」

赤星の目に初めて、潤（うるお）いのようなものが浮き上がった。

「なんと、そいつはもしかして、タケイ・Tのことか」

須藤は興奮が顔に出ぬよう自身を律しながら、質問を続けた。

「知っていることがあれば、聞かせて欲しい」

「伝説的な人物だ。俺と同じく、最後まで警察にしっぽを掴ませなかった。今もって正体不明なんだろう？」

「つまり、タケイ・Tは実在したんだな」

赤星はうなずく。

「一度だけだが、顔を見たこともある」

やはりそうか。Xとタケイ・T。手がける物は違っても、所詮（しょせん）は同じ穴の狢（むじな）だ。互いに探りくらいは入れるだろうと思っていた。

須藤は胸ポケットから写真を取りだす。

「それは、こいつか？」

一目見るなり、赤星は先に須藤に見せたものと同じ、冷酷な笑みを浮かべた。答えを聞くまでもなかった。

須藤は写真を戻すと、立ち上がった。

赤星は座ったまま、名残惜しげにこちらを見上げる。

「薄圭子は？」

須藤は口を閉じたまま、見返す。

「連絡一つないのか？　もう一ヵ月だぞ」

須藤は赤星に背を向ける。ドアノブに手をかけたとき、

「もう生きちゃいないだろうな」

赤星の声が聞こえた。

「余計な発言をするな」

叱責(しっせき)する立会官の声を聞きながら、須藤はノブを握りしめたまま、しばし固まった。

薄……。

手続きをすべて済ませ、拘置所を出る。正門の前には、小柄な女性が一人、立っていた。

「福家(ふくいえ)じゃないか」

警視庁捜査一課、現在、京都府警に出向中の女性警部補は、昨日からの暖かさでつぼみがふくらみ始めた桜の木の下を抜け、須藤の前に立った。

「収穫はありましたか?」

「ああ、ばっちりだ」

「顔色がよくないようです。お疲れなのでは?」

「こんなの疲れたうちに入るかよ。薄のことを思えば……」

福家は無言で目を伏せた。気詰まりな沈黙を避けたくて、須藤は続けた。

「そろそろ出向期間も終わりだろう。東京に戻ったら、一杯やろうじゃないか。もちろん、薄も入れて」

「そうしたいのは山々ですが、東京には戻れそうもないのです」

「どうして? まさか、このままずっと京都に?」

「いえ。許可が下り次第、ロサンゼルスに向かいます」

「ロス？　何でまた？」

「彼女の情報が」

「彼女？　まさか後藤喜子か？」

福家はうなずいた。福家が唯一取り逃がした、連続殺人犯である。

「そうか、海外に」

「支援者の手を借りて、出国したのだと思います。鬼頭管理官が手続きをしてくれました。ロサンゼルス市警に研修という名目で」

「何と……」

「赤星の裁判を見届けたら、すぐに発ちます」

「おまえのことだ。心配なんてすることはないだろうが、気をつけてな」

「ありがとうございます。薄さんによろしくお伝えください」

「ああ。伝えるよ。必ずな」

福家を残し、須藤は駅に向かって早足で進む。

東京へ戻り、すべての決着をつけるのだ。

十五

牛尾久兵衛は浮かない顔のまま、来客用のソファに身を沈める。

「そうか、連絡はまだ……」

須藤はペットボトルのお茶をテーブルに置きながら、うなずいた。

「今日でもう一ヵ月になります」

「何か手がかりはないのか？　空港からの足取りは？」

「それが、皆目」

牛尾は眉を寄せながら腕を組む。

「いくらラオスとはいえ、日本人一人が煙のように消えるはずもない」

「入国方法に問題があった手前、あまり強くは言えないのですが……」

「そんな弱気でどうするんだ。偽名で入国したのには、それ相応の理由がある。彼女は、日本人を救うため自ら危地に飛びこんでいったんだよ」

「それはそうなんですが……」

須藤は言葉を切り、窓の外に広がる青空を見上げた。警視庁にある動植物管理係、つまり須藤のオフィスである。

京都出張から戻った後、須藤の方から連絡を入れた。あらためて情報を整理することで、見えてくることがあるかもしれない――。牛尾は快諾し、警視庁まで出向くと言ってくれた。

帰国後、須藤は上層部への報告などに忙殺され、まったく身動きができない状態だった。

そんななか、牛尾は雅彦の面倒を見てくれた。慣れぬ日本でとまどう雅彦をサポートし、様々な事務手続きにも付き添ってくれた。

弘子によれば、先日ついに、みさ子との対面も果たしたという。

ただみさ子の病状は進んでおり、雅彦を認識できたかどうかは微妙なところらしい。

雅彦も牛尾には心を開きつつあるようで、牛尾も将来にわたって彼の面倒を見ていきたいと弘子に語ったという。

そんな牛尾は、お茶のペットボトルへと手を伸ばした。キャップを開けながら、思いだしたように言う。

「田丸さんは？」

「今はまだ休んでいます。あんな経験をしたばかりですし、それに加えて、薄のことで責任を感じているみたいで」

「それは、そうかもしれんなぁ……」

須藤は時計を横目で見ながら言った。

「実は今日、儀藤さんをお呼びしたのです」

牛尾はぎょっとしたように目を見開いた。

「彼が？　ここに？」

「ええ。牛尾さんがいらっしゃると言いましたら、いろいろとご相談したいことがあると言って」

牛尾は薄くなった頭を忙しくかいた。

「いやあ、私はもうとっくに引退した身だ。儀藤君のような最前線で戦う者に助言など……」

「彼は独自のルートで、薄の行方を追ってくれているんです。何しろ密輸絡みの一件ですから、牛尾さんからの意見も聞きたいと」

「そうか。いや、私も薄君のことを考えると、もう夜も眠れぬ思いでね。彼女を送りだしてしまった責任もあるし」

ドアをノックする音が聞こえた。

「どうぞ」

音もなくドアが開き、猫背気味の小男がぬっと姿を見せた。グレーの上下を着て、手には革の鞄を提げている。前回会ったときよりはやや憔悴(しょうすい)した様子で、須藤と牛尾に頭を下げた。

「ごぶさたをしています、今日は突然、すみません」

「いえ、こちらこそ……」

牛尾が立ち上がって頭を下げようとしたが、儀藤は素早く須藤の横に移動し、勝手に腰を下ろしてしまった。

「実は、こちらでも内々に調べてみたのですがねぇ」

儀藤はテーブルに持参した資料を広げだす。須藤や牛尾のことなど、まったく気にかけていない。

「やはり薄圭子さんは、ルアンパバーン国際空港からパチャラさんの車に乗って移動を開始したようです」

牛尾が身を乗りだす。

「そのパチャラも音信不通だとか。彼を紹介したのは私だ。もう何とも気になって……」

儀藤は弱々しく首を左右に振り、言った。

「残念ながら、薄さん同様、まったく行方が摑めないのですよ」

須藤は言った。

「彼女はベトナムに移動してから帰国すると言っていましたが」

「その点についても、裏から手を回して調べました。残念ながら、入国の痕跡はないんですよ」

牛尾が下唇(したくちびる)を嚙んだ。

「何てことだ。ということは……」

「彼らはラオス国内にいる。そして、我々に連絡を取ることができない状況下にある」

須藤は言った。

「マロウさんはどうなんです?　何度か連絡したんでしょう?」

「情報なしです。ラオス警察にも問い合わせていますが……」

重い沈黙が落ちた。二人とも現職であるかないかの違いだけで、何度も修羅場をくぐり抜けてきた警察官だ。儀藤がもたらした情報の意味は判る。

牛尾が声をしぼりだすようにして、言った。

「何か私にもできることがあればいいのだが……」

「いえいえ、生活安全部の生活環境課には、大変お世話になりました。牛尾さんがひと声、かけてくれたからですよ」

牛尾に頭を下げる儀藤の横で、須藤は言った。

「俺はあきらめん。薄は生きている。彼女は俺の部下です。このまま見捨てるなんてことはできません」

「しかし、須藤警部補……」

「もう一度、もう一度だけ事件を見直してみたいんです」

「それはもう、何度もやったことで……」

「牛尾さんもいらっしゃるんです。もう一度、もう一度だけ」

牛尾は興味を持った様子で、表情を引き締めた。

「私で良ければ、聞かせてもらいたい」

須藤が儀藤を睨むと、彼は不承不承といった体でうなずいてみせる。

「どうやらまだ、カードをお持ちのようですね、須藤警部補は」

「そんなはっきりとしたものではないんです。もっと摑みどころのない、ぼんやりとした……そう、刑事の勘。缶じゃなくて勘」

牛尾が目をぱちくりさせているのを無視し、須藤は言った。

「発端は田丸弘子さんが、突然、行方を絶ったことです。異変を感じ、私と石松、日塔が彼女の住まいへと向かいました。ここで一つ疑問があります」

「それは？」

「犯人の侵入方法です。犯人一味はネットで集められた、お互いろくろく顔も知らないような寄せ集めグループでした。にもかかわらず、弘子さんの住まいには詳しかった。管理人の目をごまかし、オートロックを突破、さらにどうやら、弘子さん宅の合鍵を持っていたらしい」

「彼らは加賀谷みさ子さん宅と間違えて、田丸さん宅を襲撃したのだろう？　彼女の部屋の合鍵を持っているはずがない。窃盗のプロがいて、ピッキングで鍵を開けた。そう考えた方が自然じゃないか？」

「玄関の鍵は徹底的に調べましたが、ピッキングなどの痕跡は皆無だったそうです。いかに腕がよくても、痕跡をまったく残さないというのは考えにくい」

「それでは、いったい……」

「弘子さんの拉致は、本当に間違えられたものなのか」

須藤の言葉に、牛尾は首を左右に振る。

「それでは、この事件の前提そのものが崩れてしまう」

「ですから、はっきりしたものではない、ぼんやりとした刑事の勘だと申し上げているんです。刑事の勘、缶じゃなくて勘」

「そんなことはどうでもいい」

「ただ仮に、拉致犯たちが合鍵を持っていたとしても、第二の疑問がわいてきます。彼らはいつそれを作れたのか。弘子さんは用心深い人だ。鍵を不用意に放置したりはしない。何日も狙って、わずかな隙を突くしかなかったでしょう。つまり、彼女の拉致はかなり計画的なものだったことに……」

牛尾が苛立ちを露わにして言った。

「須藤君、君は何が言いたいんだ。もっと要点を……」

「第三の疑問に移ります」

「須藤君！」

発言を無視され、牛尾は頬を赤くした。須藤は構わず続ける。

「ソムタイ・ハットタムの事件です。彼はレストランオーナーのノックが紹介してくれた情報屋でした。しかし、彼は我々と会う直前に殺害された。なぜ彼は、そのタイミングで殺されねばならなかったのか」

「そんなことは決まっている。君たちに情報を渡されては困るからだろう」

「ではなぜ、我々を殺さず、情報屋を消したのでしょう」

「日本から来た刑事を殺せば、大事になる」

「しかし、我々が刑事であることは秘匿されていました。それに、相手は日本人女性を拉致し、ラオスまで連れてくるほどの組織です。その気になれば、我々二人を消すくらいはやったでしょう」

「それはそうかもしれないが……」

「これはラオスにいるとき、薄と考えた推理なんですがね、彼は何らかの真実に気がついたのではないか。その情報を我々に流されるとまずい。そう考えた何者かに、先んじて殺された」

「それは少々、飛躍が過ぎるのではないか？」

「ソムタイ・ハットタムに関する疑問はまだあります。犯人は、我々が彼に会おうとしているのをいつ、どうやって知ったのか。私が彼の名を知ったのは、事件の少し前です。それも、口の固いノックを半ば脅して白状させた。そのことを犯人は知っていた。なぜか？」

「レストランにスパイがいたのかもしれない」

「その可能性はあります。ただ、こうして事件を最初から洗い直してみると、どうにも作為的な臭いを消すことができないのです。私と薄は、ずっと何者かの敷いたレールの上を進まされていたのではないか」

「それは考えすぎだよ。何といっても君たちがいたのはラオスだ。そんなことができる組織もない。第一、犯人一味の目的は何なんだ？　なぜ田丸さんを拉致し、君たちをラオスに呼び寄せ、わざわざ捜させる？」

「餌ですよ」

「餌？」

「そういえば、雅彦さんはお元気ですか？」

牛尾はしばらくきょとんとした顔で須藤を見返していたが、「ああ」と深くうなずいた。

「母親との対面も済んだし、いま、いろいろと手続き中だ」

「牛尾さんは、雅彦さんの後見人になられる予定だとか」

「成り行きというか、彼は母親のほかに身よりもないそうだ。残念ながら、みさ子さんが完全に回復する見こみは薄い。まあ、私に何ができるか判らないが、この歳で息子ができたと思って、面倒をみるつもりでね」

「さすがです」

「死者が生き返る瞬間を間近で見られるかと思うと、興奮するよ」

「あのぅ」

儀藤が申し訳なさそうに口をはさんできた。

「須藤警部補、あなたが言っていた『餌』とはどういう意味なのです?」

「言葉通りの意味です。これは私の仮説ですがね、先に言った通り、もし最初からすべてが仕組まれていたとしたら。弘子さんはみさ子さんと間違われたのではない。最初から彼女自身が狙われていたんだ。我々はまんまとラオスにまでおびきだされ、私はゾウに乗るはめになった」

須藤は内股をパンと叩いてみせた。牛尾は苦笑する。

「どうも私には、君の真意が見えないな」

「そう難しいことを喋っているつもりはないのですがね。今回の件には黒幕がいる。そいつがすべてお膳立てしたんですよ。我々は黒幕の計画通りに動かされていた。ラオスでの我々の行動も筒抜けだったのでしょう。我々は自分自身で進んでいるつもりで、実は、予定通りの場所に誘われた。エレファントキャンプにね」

「そ、そんなこと、できるわけがない」

「できますよ。たった一人、ラオスで我々の傍にいた男ならね」

儀藤がつぶやいた。

「パチャラ」

「そう。ヤツなら、我々に先んじてソムタイ・ハットタムを殺すこともできた。エレファントキャンプで襲われたときも、見事な救世主を演じてくれた」

牛尾は顔面蒼白だ。

「パチャラが? そんな、信じられん。だが、いったい何のために?」

「大金ですよ。目のくらむようなね」

「いったい、何のことだね？」

「加賀谷みさ子さんの夫について、儀藤さんがあらためて調べてくれました」

ソファの隅で丸まっていた儀藤が、のそりと動く。

「商社勤務で世界各地を渡り歩いていた。専門は鉱物で、最後の赴任地はタイ」

牛尾は苛立ちを隠そうともせず、「そのくらい知ってるよ」と言った。

それに対し、儀藤は間延びしたいつもの調子で答える。

「雅彦さんからお聞きになったのでしょうなぁ。交通事故で亡くなったことも？」

「むろんだ」

儀藤は茶色い表紙の手帳を開き、続ける。

「その事故がどうも怪しいのですよ。犯人は結局、捕まらずじまい。つっこんできたトラックに撥ねられたとあるのですが、ほかに犠牲者はなし。どうも、故意に撥ねたようなんです」

「事故自体、もう三十年近く前のことだろう？　今さらほじくり返したところで、意味はないだろう」

「加賀谷みさ子さんは夫の死後も、幼い雅彦君を抱え、タイに残られています。どうしてすぐ帰国しなかったのでしょう？」

「周りに面倒見のいい親切な人が多くいた。雅彦君からはそう聞いているが」

「その数年後、二人は帰国。みさ子さんは三鷹に家を建て、その後、今に至るまで質素ではありますが、働くこともなく暮らしてこられた。その金はどこから出たものなのでしょう」

「生命保険や夫の康栄さんが勤めていた会社が工面してくれたと――」

「しかし、金の流れがどうもはっきりとしないのです。昔のことなので、はっきりしないところも多いのですが、みさ子さんがタイから大金を持ちこんだ痕跡もない。家を建て、雅彦君を育て上げ、二十年以上、暮らしているわけです。相当な金が必要だったと思うのですが……」

「思う思うって、推測ばかり。第一、人の家の台所事情など、この際、関係ないだろう。今はラオスにいる薄君を……」

「ラオスを発つ前に、その薄が面白いことを言っていたんですよ」

言葉をさえぎられ、牛尾が顔を顰める。須藤は構わず続けた。

「ノックが用意してくれた小屋にいたときです。実は、私も似たようなことを考えていましてね」

「いったい何が言いたいんだ？」

「八〇年代から九〇年代にかけ、象牙密輸グループのリーダーだった日本人のこと、ご存知ですか？」

「タケイ・Tのことだろう。知っている。当時、私はXを追うことに夢中で、タケイはほかの者に任せていたんだが……」

「今もって、その正体は謎のままです。彼が稼いだ金とともにね」

「対立組織に殺されたんだろうと思っている。川か海に捨てられ、死体もでなかった。そういうことは、当時、よくあった」

「タケイ・T、日本人の名前のように読めますが、これは本名でしょうかね」

「そんなはずないだろう。偽名に決まっている」

「では、なぜタケイ・Tなのでしょう」

「知らんよ、そんなこと。名前なんて、適当につけたんだろうよ。現地の人間が何となくそう呼んでいたのかもしれん」

「そう、それです」

須藤は用意しておいた、紙とペンをテーブルに置く。

「この名前は、現地の人間がつけたんじゃないでしょうかね」

須藤は紙にアルファベットで「T A K E I　T」と書く。

「こう書くとすぐに判る」

横からのぞきこんだ儀藤が言った。

「テイク・イットですな」

「そう、TAKE ITと読めます」

「それが日本人とどう関係するんです？」

「我々はエレファントキャンプでゾウに乗りました。さらに、昼休憩の後にはゾウ語も習ったんですよ。言葉一つでゾウを自在に動かすことができるという、魔法のような言葉です」

「須藤君！」

牛尾が顔を赤くして怒鳴った。

「君はいったい、何の話をしているんだ？」

「象牙密輸の犯人について話しているんです。ラオスで習ったゾウ語、その中にTAKE ITもありました。その発音は、オウというんです」

牛尾の眉がぴくりと動いた。

「オウ……」

「私は雅彦君から聞きました。彼の父親、康栄氏の口癖は『おうおう』だった。そのため、オウとあだ名されていたとか」

「まさか……雅彦君の父親が……密輸組織のリーダー……？」

「商社を隠れ蓑に、荒稼ぎしていたんでしょう。世界を渡り歩いた経験と人脈、それに才覚があれば、独自の象牙密輸ルートを作ることは可能だった。君臨する日本人のリーダー・オウを、現地の部下たちは、ゾウ語をもじりTAKEI T.と呼んだんです」

「そ、そんなバカな」

「彼が自動車事故で命を落としたのは、おそらく敵対組織によるものでしょう。外国から来た男が、シマを荒らし荒稼ぎしていたわけですから、現地の者にとっては面白いはずもない。だが、康栄氏を消しても、組織は崩壊しなかった。すぐに後継者が現れた。それも、康栄氏以上に優秀で冷徹な人物」

　儀藤が言う。

「妻の加賀谷みさ子ですな」

「夫の死後も彼女が現地に留まったのは、そのためでしょう。彼女の下でその後も数年、密輸ルートは動き続けた。そして、見切りをつけたみさ子は、一人息子を連れ日本に戻った。稼いだ金を持ってね。おや、どうしました牛尾さん。ひどく汗をかいておられる」

　牛尾は慌ててハンカチで額の汗を拭く。その手はかすかに震えていた。

「面白い説だが、仮説の域を出ない。いささか強引なところもあるしな」

須藤は牛尾の目を見ながら言う。

「昨日、京都に行ってきました」

「京都……?」

「ヤツに会ってきましたよ。Xに」

牛尾がひざに置いた両手をぐっと握りしめるのが判った。

「ヤツに会った?　なぜ?」

「勘ですよ。缶ではなく勘。今回の一件にはゾウと密輸が色濃く絡んでいる。ひょっとしてという思いがありましてね。ダメ元で投げてみたら、見事にヒットしました」

須藤はポケットから写真をだす。加賀谷康栄とみさ子の写真だ。

「ヤツは認めましたよ。康栄がタケイ・Tであることをね。さすがにみさ子のことまでは知りませんでしたが。ところで……」

須藤はあらためて、牛尾を睨む。

「アロワナ事件の際には、Xについての貴重な情報をお寄せくださった牛尾さんです。その辺については、本当に何もご存知なかったのですか?」

「いや、恥ずかしながら、まったく知らなかった」

「ところで、加賀谷雅彦さんのことなんですが」

須藤の言葉に、牛尾は大きく肩を震わせた。

「何ということだ。こうなってくると、雅彦君の今後にも影響が……」

「それ以上に、彼がどの程度、密輸に関わっていたかが問題となります。知っていて隠していたのか、それとも、まったく知らなかったのか」

　儀藤が粘っこい視線を須藤に向けてくる。

「今後、象牙密輸の中心地となるかもしれないラオスに、彼はいたわけですよ。偶然で片付けるわけにはいかないでしょう」

「しかし一方で、彼がラオスで行方不明になる以前に、どんな形であれ、密輸に関わっていた様子はない。この辺は石松たちが徹底的に調べてくれました」

「もしかすると、彼が日本を捨てラオスに向かったのは、両親の正体を知ったからとも考えられますね」

「いずれにせよ、彼からは話を聞く必要があります。もちろん、取り調べなどではありません。任意の聴取です。牛尾さん、よろしいですか?」

　牛尾は落ち着かない様子で、両手を握ったり開いたりしている。

「もちろん、喜んで協力する。しかし、少しだけ待ってもらえないか。まだ彼の精神状態が心配でな。もう少し日本に馴染んでからにしてもらえると……」

「その間に、口裏を合わせるつもりですかね」

　須藤のひと言に、牛尾がさっと気色ばんだ。

「いま、何と言った?」

「新井(あらい)次郎(じろう)という男を知っていますか」

「こちらのきいたことに答えろ。口裏と言ったが、それはどういう意味だ?」

「口の裏だから、硬口蓋(こうこうがい)のことですかねぇ。でもそれじゃあ、口の上になっちゃうし。あいつなら、そう言うところですよ」

牛尾はますます顔を真っ赤にして怒鳴る。

「君はいったい……」

「日塔が調べあげてくれました。五年前に、新井次郎という三十男が、墨田区の施設から失踪しています。莫大な借金を抱え、ホームレス同然だった男です。ご存知ありませんか？」

「知らん」

「新井、身長も体重も雅彦さんと同じくらいなんですよ。それに血液型もね」

須藤は、テーブルの下に用意しておいた書類をだす。一番上にあるのは、皺が寄って黄ばんだ紙切れだ。

「これ、ヤミ金が洒落で作った借用証です。下のところ、新井の名前の横にあるもの、これ拇印です。ここから採取できた指紋と、雅彦さんが使ったコップに付着した指紋、一致しましたよ」

牛尾は口を真一文字に結んだまま、じわりと額に汗をかいていた。須藤は続ける。

「つまり、我々がラオスから連れ帰った加賀谷雅彦は真っ赤な偽者だったわけです」

「な、何てことだ」

牛尾はやおら立ち上がる。

「今すぐ、彼に会って真意を問いただしてくる」

儀藤が書類の束を指先でパラパラとめくりながら、いつもの間延びした調子で言った。

「ご心配なく。既に一課の者が動いているはずです。あなたが現場に行かれても、することはないかと」

「しかし、彼には私も騙されていたんだ。そのうえ、後見人にまで……」

須藤は興奮気味の牛尾をなだめる。

「落ち着いてください。これは別に、誰かの責任というわけではありません。それに騙されたのは警視だけじゃない。私だってころりと騙された。何しろ、大切な部下を置き去りにし、代わりに偽者を連れ帰ってきたんですから」

須藤の言葉に、牛尾は肩をすぼめ、うなだれた。

「それは……まぁ……」

「敵の罠がそれだけ巧妙だったってことです。しかし、ギリギリのところで我々は踏み止まった。まあ、お座りください」

須藤は牛尾を促す。ストンと支えを外されたように、彼はソファに腰を落とした。

「牛尾さん、ここでもう一度、最初に立ち返ります。雅彦が偽者だと判明し、すべての前提が崩れましたからね。おや、どうしました。手の震えが止まらないようだが」

「いや、別に、私は……」

「弘子さんの拉致から始まった一連の事件は、すべては仕組まれたことだったんですよ。みさ子と間違えて弘子さんが連れ去られたと思わせ、我々をラオスに向かわせる。一方、ラオスでは五年前からスタンバイしていたニセ雅彦が弘子さんに接触、エレファントキャンプで我々を待ちます。ラオスで弘子さんを監禁していたのも、エレファントキャンプで我々を襲撃したのも、すべては数年にわたる計画の一部だ。そもそも、ラオス—日本ルートなんてものは端から存在していなかったんだ。何もかもが、雅彦を本物と思わせるための仕掛けだ。では、なぜ、そんな回りくどい、手のこんだことをしたか」

牛尾に顔を近づけた。

「みさ子が隠匿している隠し財産だ。それはおそらく、三鷹の家のどこかにある。家の相続権があるのはただ一人、息子の雅彦だけだ。ニセ雅彦を仕立て、彼に土地家屋を相続させ、その後は財産を手中に収める。遠大かつすさまじい計画だよ」

儀藤の携帯に着信があった。何者かと通話しながら、儀藤は部屋を出ていく。須藤は牛尾と差し向かいになった。

「ではこれだけの画を描けるのはいったい誰か。田丸弘子さんと個人的な付き合いがあり、すきを見て合鍵を作れる人物、密輸に通じ、ラオス—日本ルートという絵空事を人々に信じこませることのできる人物、アジア圏の情勢に詳しく、指先一つで現地のSを動かせる人物。ラオスで我々をいいように翻弄してくれた、パチャラ。彼は誰の紹介だったかな?」

牛尾は須藤とは目を合わせず、じっと壁を見つめていた。

「私は……私は……」

「牛尾、おまえ以外に誰がいる?」

「し、知らん。私は何も……」

「知らんですむか。俺は大事な部下一人を犠牲にしているんだ。きさまの命なんて、ケツの毛くらいにしか思ってないぜ」

「い、いや、そ、そんな、いや、証拠はあるのか? 私がやったという……」

「あるさ」

「え？」

部屋のドアが開いた。

「須藤さん、ケツの毛はあれでけっこう大切なものなんですよ。鼻毛、耳毛と同じです」

薄圭子と田丸弘子が、後ろ手に手錠をかけられた男を間に挟んで立っていた。

須藤は、自然と笑みがこぼれ出た。こんな感情、生まれて初めてだった。

「薄、どうだ、久しぶりの日本は？」

「人間に元気がありませんねぇ。昨日までいたタイはもっと、人間が活き活きしていましたよ」

薄は真っ黒に日焼けしていて、カーキ色のシャツに丈（たけ）の短いパンツ姿だ。昭和の探検隊のイメージそのままである。

「タイ警察の方とは上手くいっているのか？」

「はい。関わった人たちをサルコギ違う、プルコギ、もっと違う、イヌ、トリ……ネコ！　根こそぎ逮捕しました」

そんなやり取りを微笑みながら見つめていた弘子が、手錠の男を前に突きだしながら、言った。

「そして、お土産です」

憔悴しきったパチャラは、へなへなとその場に崩れ落ちた。

「もうダメです。ボス」

その潤んだ目は、呆然とたたずむ牛尾をしっかりと捉えていた。

十六

「そうか、本物の雅彦さんは……」

薄は肩を落としうなずいた。

「残念ながら、今も行方不明のままです。ラオスの病院に入院していたことまでは突き止めたのですが、そこからは……」

「牛尾たちがラオスを訪れ、雅彦さんの消息を追ったのは、二〇一六年のことか」

「そのようです。雅彦さんが入院していた病院にもやってきたそうです。そこで、彼が病院に残していった手記を手に入れた」

『ひょろりとしたチークの林を抜け、湿り気を帯びた下草の中に身を隠す』

そんな書きだしの手記を、須藤は何度も読み返した。

手記は牛尾が保管していた。粗悪な紙にペンでつづられたもので、最後に、加賀谷雅彦のサインも入っていた。

薄は言う。

「彼は牛尾たちがやって来る少し前、何も告げず姿を消したそうです。今もどこかで、元気にしてるといいなぁ」

須藤は、昨日届いたばかりの資料と報告書の束を、デスクに置く。

「一応、目を通しておけ。大きな事件だ。おまえも、上からいろいろきかれるに違いない」

「鵺ですか？　鵺が鳴く夜は恐ろしいらしいですよ」

「上だよ。警察上層部。鵺が鳴くより怖いよ」

銀座のはずれにある警察博物館の六階、会議室の一つを間借りした薄の部屋である。今は幸い、預かっている動物もおらず、部屋はがらんとしている。

薄はいつものように制服を着て、窓際にチョコンと座っていた。動物がいないときの薄は、どこか魂が抜けたような様子である。

須藤はそんな薄を見つめながら言った。

「三鷹の家のこと、聞いたか？」

「はい。弘子さんが知らせてくれました」

「昨日はずっと現場に詰めていて知らせてやれなかった」

「いいですよ。象牙なんか、見たくもありませんから」

三鷹の加賀谷宅の徹底検証が行われたのは、数日前のことである。その結果、仏間の床下に地下室への入り口があることが判った。だが入り口は半ば土に埋もれており、錠前も旧式のものだが完全に錆びついていて容易に開けることができない。悪戦苦闘の末、扉が開いたのは、発見から八時間後の深夜だった。

そこで捜査員たちが見たものは、無残にも朽ち果てた無数の象牙の残骸だった。

「みさ子は象牙を金に換え、日本に持ちこんだ。俺たちはそう考えていたんだが、間違っていた。彼女は、夫が集め売りさばく手はずだった象牙をすべて、そのまま日本に持ちこんだ。いったいどうやって運んだのか、今となってはもう判らんがな」

「象牙の保管にはかなりの手間がかかります。温度や湿度、カビや微生物は大敵です」

「みさ子自身が管理し、少しずつ市場に流し、金に換えていたのだろう。だが、雅彦の失踪ですべてが変わった。みさ子は地下室の扉を閉め、それからは世捨て人のような生活を送っていた」

「残された象牙は微生物によって分解され、その価値を失ったわけですね」

「そう。牛尾たちは、そんなもののために、何年もの歳月を捧げたってことだ」

牛尾は取り調べ中に倒れ、現在、警察病院に入院中だ。

須藤は薄に向き直る。

「長期にわたる海外捜査、大変だったな。ご苦労さん」

「思っていたより時間がかかってしまいましたよぉ。逮捕されたパチャラさんもなかなか鼻を割らなくて」

「割るのは口な」

「腹も割りませんか?」

「腹を割って話すっていう言い方もある」

「昔の人ってすごいですよねぇ。切腹しながら話をしたんですか」

「そこまで割らねえよ。本音で話すってことで……ああ、また何の話か判らなくなった」

「パチャラさんが自供してくれなくて、時間がかかったって話です」

「そう、それだ。パチャラは、俺たちの計略にはまったんだよな」

「ええ、もう、スポッて感じで。空港を出てすぐ私に声をかけてきました。タイに抜けるルートを知ってるからって。なので、途中まで黙ってついていきました。青葉城、人気のない所に行って……」

「案の定」

「ナイフをだしてきたので、きゅっと一捻り」

「パチャラのヤツ、取り調べ中もおまえと二人きりにされるのを、何より嫌がっていたぞ。ウスキを自分に近づけるなって、タイの警官にも懇願していたらしい。おまえ、何したんだ？」

「何もしてませんよ。ただ、静脈をちょっと傷つけただけです。出血もほとんどない感じで。ただ、少しずつ血は抜けていくんですよねぇ。三日もすると失血死」

「おまえ、そんなことを……⁉」

「ウソですよ。そんな都合のいい出血方法、あるわけないじゃないですか。でも、パチャラさんは信じたみたいで、あとは私の言いなりでした。タイとの国境を越えて、そこで儀藤さんと落ち合って、タイ警察に協力してもらったって流れです」

「無事で良かった」

「ニセの雅彦さんがいたので、出国のときからずっとお芝居してましたからねぇ。けっこう疲れちゃいました。それにしても、牛尾さん、どうしてこんなことをしたんでしょう。退官後は奥さんとのんびり畑仕事だって、言ってたはずなのに」

「欲が出たみたいだな。身を粉にして働いて、結局、残ったのはわずかな蓄えとつましい暮らし。そんなとき、暇つぶしにと隠し財産のことを調べ始めたらしい。そして、それをいただいてしまおうと考えたんだ」

「ニセの雅彦さんが財産を相続した後は、後見人ということで、やりたい放題しようと思っていたんですね」

「本人が倒れたので、その辺は曖昧なままだ。あの歳で大金が手に入ったところで、できることはたかがしれている。もしかすると、平穏な暮らしに飽きがきて、刺激が欲しかっただけなのかもしれんな」

「人間の考えることは、よく判りません」

「ああ、俺もだよ」

「珍しく、意見がエッチしましたね」

「イッチな。それで薄、明日から二週間の特別休暇だ。おまえ、どうするんだ?」

「沖縄に行こうかと」

「沖縄か。いいじゃないか。のんびり観光でもしてこい」

「そんな暇ないですよぉ。辺野古に行くんです」

「辺野古? 辺野古って、あの辺野古?」

「埋め立て周辺海域でジュゴンの死体が見つかったでしょう? まったく許せないですよ。あの海域にジュゴンはいなくなったと言われていますけど、最近また鳴き声が検出されたみたいなんです。それを確認しに行ってきます。あんな綺麗な海を埋め立てるなんて、許せないです」

「ああ、薄、行くのは構わんが、一応、おまえも警察官なんだ。自重しろよ」

「次長? 向こうでお会いするのは観光課の課長さんですが」

「自重! 警察官として自覚ある行動を取れってこと」

「すべてはジュゴン次第ですねぇ」

「とにかく、一日一回は俺に連絡を入れろ」

「はーい」

薄はジュゴン、ジュゴンとつぶやきながら、ロッカーを開け、潜水用のゴーグルだのダイビング用マスクなどをだし始めた。

須藤はため息交じりで部屋を出る。

やわらかな日差しの中でも、コンクリートで囲まれたゾウ舎は、どこか寒々しく感じられる。一歩一歩、春の訪れを感じるこの季節、自然文化園を訪れる人も増えてきているようだった。前回、薄と訪ねたときは人もまばらで閑散としていたが、今は家族連れなどで賑わっている。主のゾウがいなくとも、ゾウ舎の前で足を止める人は多い。皆、その脇にあるはな子の展示をながめた後、かつて彼女が悠々と歩いていた場所に目を細める。

須藤は一人、ベンチに座り、ゾウ舎をながめていた。

胸を過るのは、加賀谷みさ子のことだった。彼女はなぜ、ここに来たのだろう。自身の体が病に侵されていくなか、なぜ、はな子をながめ、時を過ごしたのだろうか。

象牙の密売により、多くのゾウを死に追いやった。そのことへの贖罪だろうか。

両親の行いを嫌い、ラオスへと飛びだした息子が、結局、密輸に手を染めることになったのはどうしたことだろう。薄たちの調査でも、そのことについては、判らなかった。ただ一つ確かなことは、雅彦は本当に白い道を見たということだ。

雅彦が銃撃を受けた場所と、彼が発見され病院に搬送された場所の間には、広大なジャングルがあった。手負いの彼が、道のないジャングルを移動することは、絶対に不可能だと地元の人間も断言した。

にもかかわらず、現実に彼は移動している。

薄はその謎の答えが、白い道にあると言いきった。

彼はジャングルを彷徨うなか、白い道に偶然、出合ったのだろう。そしてゾウとともにそこを進み、ジャングルの反対側へと出た。

いま、ラオスのジャングルは開発が進み、ゾウの個体数も激減しているという。

今でも、白い道はあるのだろうか。

須藤はゾウ舎に目を戻す。

五歳くらいの女の子が二人、歓声を上げながら、ゾウ舎の前を走っていく。

おそらく、ここに再びゾウが戻ってくることはないだろう。

「チョコラのヤツ、どうしているかなぁ」

雄大なメコン川で悠々と水浴びをするチョコラの姿が、ふと瞼(まぶた)の向こうに浮かび、消えた。

── 参考文献 ──

「月刊 たくさんのふしぎ 1994年8月号　象使いの少年　スッジャイとディオ」
小河修子・文　田村仁・写真　福音館書店

『どこに行ってしまったの!?　アジアのゾウたち　あなたたちが森から姿を消してしまう前に』
新村洋子・著　合同出版

『象使いの弟子〈上・下〉』　畑正憲・著　中公文庫

『ゾウのいない動物園　―上野動物園 ジョン、トンキー、花子の物語―』
岩貞るみこ・作　真斗・絵　田丸瑞穂・写真　講談社青い鳥文庫

『象にささやく男』
ローレンス・アンソニー、グレアム・スペンス・著　中嶋寛・訳　築地書館

『ゾウの知恵　陸上最大の動物の魅力にせまる』
田谷一善・編著　片井信之、乙津和歌、成島悦雄・著　対馬美香子・イラスト　SPP出版

『象の物語　神話から現代まで』
ロベール・ドロール・著　長谷川明、池田啓・監修　南條郁子・訳　創元社

『牙　アフリカゾウの「密猟組織」を追って』　三浦英之・著　小学館

『象使いティンの戦争』　シンシア・カドハタ・著　代田亜香子・訳　作品社

『旅するラオス・ルアンパバーン案内+ついでにハノイ&サパ』
島本美由紀・著　パイインターナショナル

『地球の歩き方　ラオス　2019～20』　ダイヤモンド・ビッグ社

── 初出 ──

(「ゾウを愛した容疑者」より改題)　メフィスト 2019 VOL.2 ～ 2020 VOL.1

ゾウ使いになった〜!!

今作の取材のため、作者は2019年2月、
ゾウ使いのライセンスを取得すべくラオスへ向かった。
作中の須藤のリアリティはここから生まれたのだ！

1

ゾウに乗って10分後、林の中に突入。摑まる手綱などはなく、ゾウの頭においた両手を軸にバランスを取るだけ。林の中には折れた木や石がゴロゴロしていて、落ちたら間違いなく大けが。

箱いっぱいの
スターフルーツを、
ゾウは5分足らず
でペロリ！

大倉さん　顔が
ひきつってますよｗ

2

午前中の散策が終わった後はゾウにご飯をあげる。箱いっぱいのスターフルーツ。実はこれも園内の木になっているのを自分で落としてかき集め、ゾウに供するのである。

大倉崇裕がラオスで

3

午後のメインイベント。ゾウと水浴び。まだ川に沈んではいないけれど、鼻で水をバシャバシャかけてくるので、既に濡れ鼠。この後、川の中ほどまで行き、どっぷりと水に浸かる。

２度ほど振り落とされ、川底に沈みそうになったそうですよ！

おつかれさまでした！

1日の過密スケジュールをこなしなんとかライセンス取得！

Certificate Of Completion

This Certificate certifies that

Cert No.2348/ALS

OKURA TAKAHIRO MR

Completed 1 Day Mahout Training Course with the All Lao Elephant Camp at Ban Nounsawad, Luang Prabang, Laos PDR

Certified by:
Mr.Khamvanh Keoviravong
Director of All Lao Elephant Camp

On this day 26 FEB 2019

All Lao Elephant Camp

www.alllaoservice.com

大倉崇裕　おおくら・たかひろ

1968年生まれ。京都府出身。学習院大学法学部卒業。1997年「三人目の幽霊」で第4回創元推理短編賞佳作を受賞。1998年「ツール&ストール」で第20回小説推理新人賞を受賞。2009年、2014年に『福家警部補の挨拶』、2017年に「警視庁いきもの係」シリーズがTVドラマ化。『死神さん』が2021年秋にhuluで配信予定。近年はアニメの脚本も多く手がけ、2019年公開の映画『名探偵コナン　紺青の拳』は大ヒットとなる。2021年10月からは「ルパン三世」のシリーズ構成も担当する。

ゾウに魅かれた容疑者
警視庁いきもの係

二〇二一年七月一日　第一刷発行

著者……大倉崇裕
発行者……鈴木章一
発行所……株式会社講談社
東京都文京区音羽二・一二・二一
郵便番号一一二・八〇〇一
電話　出版　〇三（五三九五）三五〇六
販売　〇三（五三九五）五八一七
業務　〇三（五三九五）三六一五
本文データ制作……凸版印刷株式会社
印刷所……凸版印刷株式会社
製本所……株式会社国宝社

ISBN978-4-06-524057-1
N.D.C.913　319p　19cm

KODANSHA